U0369703

民国词学史著集成

第十一卷

周慶雲《歷代兩浙詞人小傳》

孙克强 和希林◎主编

南開大學出版社

图书在版编目(CIP)数据

民国词学史著集成. 第十一卷 / 孙克强，和希林主编.—天津:南开大学出版社，2016.12
ISBN 978-7-310-05275-2

Ⅰ.①民… Ⅱ.①孙… ②和… Ⅲ.①词学—诗歌史—中国—民国 Ⅳ.①I207.23

中国版本图书馆 CIP 数据核字(2016)第 287702 号

南开大学出版社出版发行
出版人:刘立松
地址:天津市南开区卫津路 94 号　邮政编码:300071
营销部电话:(022)23508339　23500755
营销部传真:(022)23508542　邮购部电话:(022)23502200
*
天津市蓟县宏图印务有限公司印刷
全国各地新华书店经销
*
2016 年 12 月第 1 版　2016 年 12 月第 1 次印刷
210×148 毫米　32 开本　26.75 印张　4 插页　767 千字
定价:100.00 元

如遇图书印装质量问题，请与本社营销部联系调换，电话:(022)23507125

總序

清末民初詞學界出現了新的局面。在以晚清四大家王鵬運、朱祖謀、鄭文焯、況周頤為代表的傳統詞學(亦稱體制內詞學、舊派詞學)之外出現了新派詞學(亦稱體制外詞學)。新派詞學以王國維、胡適、胡雲翼為代表,與傳統詞學強調『尊體』和『意格音律』不同,新派在觀念上借鑒了西方的文藝學思想,以情感表現和藝術審美為標準,對詞學的諸多問題展開了全新的闡述。同時引進了西方的著述方式:專題學術論文和章節結構的著作。傳統的詞學批評理論以詞話為主要形式,感悟式、點評式、片段式以及文言為其特點;民國時期的詞學論著則以內容的系統性、結構的章節佈局和語言的白話表述為其主要特徵。當然也有一些論著遺存有傳統詞話的某些語言習慣。民國詞學論著的作者,既有新派大師王國維、胡適的追隨者,也有舊派領袖晚清四大家的弟子、再傳弟子。他們雖然觀點不盡相同,但同樣運用這種新興的著述形式,他們共同推動了民國詞學的發展。民國詞學論著的蓬勃興起是民國詞學興盛的重要原因。

民國的詞學論著主要有三種類型:概論類、史著類和文獻類。這種分類僅是舉其主要內容而言,實際情況則是各類著作亦不免有內容交錯的現象。

概論類詞學著作主要內容是介紹詞學基礎知識，通常冠以『指南』『常識』『概論』『講義』之名。這類著作無論是淺顯的入門知識，還是精深的系統理論，皆表明著者已經從傳統詞學中片段的詩詞之辨、詞曲之辨，提升到系統的詞體特徵認識和研究，是文體學意識的體現。史著類是詞學論著的大宗，既有詞通史，也有斷代詞史，還有性別詞史。唐宋詞成為後世的典範，對唐宋詞史的梳理和認識成為詞學研究者關注的焦點，如詞史的分期、各期的主要特徵、詞派的流變等。值得注意的是詞學史上的南北宋之爭，在民國時期又一次達到了高潮，有尊南者，有尚北者，亦有不分軒輕者，精義紛呈。南北宋之爭的論題又與新派、舊派基本立場的分歧對立相聯繫，一般來說，新派多持尚北貶南的觀點。史著類中清代詞史亦值得關注，詞學研究者開始總結清詞的流變和得失，清詞中興之說已經發佈，進而加以討論，影響深遠直至今日。文獻類著作主要是指一些詞人小傳、評傳之類，著者廣泛搜集歷代詞人的文獻資料，加以剪裁編排，清晰眉目，為進一步的研究打下基礎。

『民國詞學史著集成』有兩點應予說明：其一，收錄了一些中國文學史類著作中的詞學史部分。民國時期的中國文學史著作主要有兩種結構方式：一種是以時代為經，文體為緯，此種寫法的文學史，詞史內容分散於各個時代和時期。另一種則是以文體為綱，注重文體的發展演變，如鄭賓於的《中國文學流變史》的下冊單獨成冊，題名《詞（新體詩）的歷史》，篇幅近五百頁，可以說是一部獨立的詞史；又如鄭振鐸的《中國文學史》（中世卷第三篇上），單獨刊行，從名稱上看是唐五代兩宋斷代文學史，其實是一部獨立的唐宋詞史。

『民國詞學史著集成』視這樣的文學史著作中的詞史部分，為特殊的詞史予以收錄。其二，『民國詞學史著集成』收入五部詞曲合論的史著，著者將詞曲同源作為立論的基礎，合而論之，本套叢書亦整體收錄。至於詩詞合論的史著，援例亦應收入，如劉麟生的《中國詩詞概論》等，因該著已收入南開大學出版社出版的『民國詩歌史著集成』，故『民國詞學史著集成』不再收錄。

『民國詞學史著集成』收錄的詞學史著，大體依照以下方式編排：參照發表時間、內容分類、著者以及著述方式等各種因素，分別編輯成冊。每種著作之前均有簡明的提要，介紹著者、論著內容及版本情況。

在『民國詞學史著集成』中，許多著作在詞學史上影響甚大，如吳梅的《詞學通論》等，多次重印、再版，已經成為詞學研究的經典；也有一些塵封多年，本套叢書加以發掘披露，如孫人和的《詞學通論》等。這些文獻的影印出版，對詞學研究具有重要的參考價值。近些年，民國詞學研究趨熱，期待『民國詞學史著集成』能夠為學界提供使用文獻資料的方便，從而進一步推動民國詞學的研究。

孫克強　和希林

2016 年 10 月

總目

第一卷

第二卷

第三卷

第四卷

第五卷

第六卷

第七卷

第八卷

第九卷

第十卷

第十一卷

第十二卷

第十三卷

第十四卷

第十五卷

第十六卷

本卷目錄

周慶雲《歷代兩浙詞人小傳》

周慶雲（1864–1933），字景星，一字逢吉，號湘齡，別號夢坡，浙江吳興（今湖州市）南潯人。清光緒七年（1881）秀才，後以附貢授永康教諭，例授直隸知州，均未就任。周氏早年經營絲業，中歲以改行鹽業起家，為浙西巨富。曾任蘇、浙、滬屬鹽公堂總經理。曾在杭州開辦天章絲織廠，在上海浦東設立五和精鹽公司，又投資興辦長興煤礦。藏書十余萬卷。著述極豐，共四十五種，四百六十九卷，匯為《夢坡室叢書》。

《歷代兩浙詞人小傳》凡十六卷，引書數十種，每條下皆注明出處，每傳錄詞人代表作若干首，間作考評。卷一至十一以朝代為序，卷十二以下收錄方外、閨閣、宦遊、流寓等詞人。《歷代兩浙詞人小傳》收錄清代詞人最多，達四百六十餘家，幾占全書一半，一些名不見經傳的詞人皆得以列入。《歷代兩浙詞人小傳》于民國十一年（1922）周氏夢坡室刊行。本書據民國十一年周氏夢坡室版影印。

歷代兩浙詞人小傳

無錫王蘊章題耑

夢坡室藏版

序

詞學託始唐之開天，盛於北宋，極盛於南宋。當宋之世，若閩、若贛，號稱詞苑，多才顧猶不逮兩浙，何耶？蓋自南渡首都臨安，湖山靈閟，風雅所興，高孝右文，有宣政流風餘韻。趙昂以賦拒霜邀眷賚，甄龍友以才華見賞，雖清狂牾俗，不爲嫌。是時東南士夫，嚮風競爽，浙士近光輦轂，尤宜家擅倚聲，重以開其先者若煙波釣徒、雲破月來花弄影郎中，襟抱神韻之閑妙，造不可一世。乃至清眞一集，深美閎約，兼賅衆長，爲兩宋關鍵。自時厥後，覺翁崛起四明，以空靈奇幻之筆，運沉博絕麗之才，縋陞技滑腓徑自行凝然爲斯道高矩又後草窗碧山鑪翁二隱輩熏香擷豔異曲同工以審定宮律言知音如紫霞翁亦當於詞壇別樹一幟兩浙詞家之導源引緒如此所綴雅音遠姚縣翼勿替下逮有元仇仁近趾美於前其詞清麗和雅邵復孺耀藻於後其詞遒秀精密蓋猶有兩宋之遺音焉　國朝詞學蔚興幾於方駕天水承　列聖熙洽治世安樂之貽握蘭荃詠歎任者奚啻千百氏別黑白而定一尊吾必以金風亭長爲巨擘焉其所爲詞綴精穩進於沈著不失其爲格調之正也兩浙詞人之名歸實至又如此雖無庸以多爲貴乎然

而鐘呂既陳八音繇會同聲之應不期而然於稽其數曷勝僂指烏程周夢坡先生劬學媚古餘事塡詞既於西谿秋雪庵後建築歷代兩浙詞人祠堂復甄輯詞人小傳最如千家晨書瞑寫付梓以行其以詞傳人者尤有合於顯微闡幽之指甚盛事也抑余重有感焉詞之極盛於南宋也方當半壁河山將杭將汴一時騷人韻士刻羽吟商寧止流連光景云爾其犖犖可傳者大率有忠憤抑塞萬不得已之至情寄託於其間而非曉風殘月桂子飄香可同日語矣夢翁褱裒淸負於詞境爲最宜設令躬際承平出其象筆鸞箋以鳴和聲之盛雖

平揖蘇辛指麾姜史何難矣乃丁世劇變戢影滄洲黍離麥秀之傷以眡南渡羣公殆又甚焉開天全盛何堪囘首韓陵片石而外唯是古人與稽風雨一編輒復按譜尋聲以自陶寫其微尚所寄方之兩浙詞人於吳勉道錢玉潭爲近斯人可作庶幾引爲同調乎

歲在壬戌重九前五日臨桂況周頤序於滬上賃廡之天春樓

序

詞與詩均三百篇之遺然詞林故實殊少專書詞話作者雖多要皆碎金片玉僅楓江漁父詞苑叢談一書蔚成大觀餘如秀水朱氏之宏博青浦王氏之淹雅海鹽黄氏之精審亦僅網羅散逸選錄名篇爲藝林增重未嘗爲詞家作史傳也余嘗論之詩詞雖所以吟詠性情然亦可以考其邑居氏族與其家世之盛衰君國之感遇懷抱之蘊蓄作者之遭際萬殊則其流露之情感亦異詩有詩史詞亦有詞史樂府補題所載詠蟬龍涎白蓮等什皆天水遺民寓其麥秀黍離之感下至近人如

臨桂王半塘鷓鴣天詠史之作皆與時事有關苟無人焉爲之爬梳其寓義抉剔其隱微則作者之精神或徒耗於寸楮尺墨間而末由自見况詩人少達多窮詞律矜嚴作者較少苟有鶩精役神不憚致力於此者大抵憂傷憔悴之士羌靈修之難問徒芳絜而誰諒纏綿悱惻猶是國風怨誹之旨離騷荃蓀之託其詞雖工其遇愈可悲矣然則補白石之小傳訂碧山之雅音俾花間草堂長留清響而後之讀其詞者低徊往復尚友其人徵獻論文亦得有所考訂不猶愈於詞話等書但供觹律選聲之用嘯餘談麈之助者哉懷此有年卒未屬草

近修復杭州西溪之秋雪庵地極幽僻高人逸士往往吟歗其間然勝蹟不常湖山久寂因念吾浙自南宋以還詞家輩出大雅鱗萃維桑與梓必恭敬止每當秋蘆作花雪壓篷背詞境清絕靈風颯然素雲黃鶴恍惚遇之既構歷代兩浙詞人祠堂於庵之左隙肅修祠典復輯諸詞人小傳以寄伊人秋水之思通州白君曾然首建此議無錫王君蘊章助余搜采因得早覩厥成殺青既竟輒志其緣起椎輪初製不無疏漏之處於以發思古之幽情作粃糠之先導則猶是生平微尚之所寄也同聲之士或韙余言壬戌重五烏程周慶雲

歷代兩浙詞人小傳 卷

二

元真子象
摹費丹旭畫本
楊祥

綠蓑青笠風骨高騫早謝簪
纓敝屣麤官桃花流水盟鷗
与間鶯脰湖中西塞山前烟
波一唱梅笛長寒白雲黃鶴
領袖詞仙　壬戌秋九月
元真子象贊　夢坡題

歷代兩浙詞人小傳卷一目錄

歷代兩浙詞人小傳　卷一　目錄　一

歷代兩浙詞人小傳卷一

烏程周慶雲纂

唐

張志和

志和原名龜齡字子同金華人以明經擢第獻策肅宗得待詔翰林授左金吾衛錄事參軍貶南海尉經量移不願之官扁舟江湖自稱煙波釣徒憲宗命物色之不能致著元眞子十二卷亦以自號所作漁父詞冠絕千古歷代詩餘

皇甫松

松一作嵩字子奇睦州人工部郎中湜子其望江南詞云蘭燼落屏上暗紅蕉閑夢江南梅熟日夜船吹笛雨瀟瀟人語驛邊橋樓上寢殘月下簾旌夢見秣陵惆悵事桃花柳絮滿江城雙髻坐吹笙風神獨絕雅韻欲流

歷代詩餘　花閒集

南唐

徐鉉

鉉字鼎臣會稽人父延休唐乾符中進士後仕吳遂家廣陵鉉與弟鍇俱知名時號二徐鉉始仕楊溥爲秘書郎李昪時知制誥煜時累遷翰林學士歸宋爲直學士

院給事中散騎常侍淳化初坐累黜靜難軍司馬卒於
邠有徐常侍集三十卷歷代詩餘

歷代兩浙詞人小傳卷一終

歷代兩浙詞人小傳卷一目錄

宋一

陳亮　闕注　倪偁　葛立方　魏杞

史浩　王淮　湯思退　姚述堯　葛郯

梁安世　范端臣　甄龍友　王十朋　樓鍔

沈瀛　朱藻　方有開　許及之　樓鑰

陸淞　陸游　徐似道　章良能　李廷忠

謝直　高似孫　史彌遠　王居安　沈端節

王自中　管鑑　蘇泂　蔡幼學

歷代兩浙詞人小傳卷二

烏程周慶雲纂

宋

錢惟演

惟演字希聖吳越王俶之子少補牙門將歸宋爲右屯衛將軍召試學士院改太僕少卿累遷至樞密使罷爲鎮國軍節度觀察留後改保大軍節度知河陽入朝加同中書門下平章事坐擅議宗廟又與后通婚落平章事以崇信節度使歸鎮卒贈侍中謚曰思改謚文僖有擁麾集歷代詩餘

謝　絳

絳字希深其先陽夏人祖懿文爲鹽官令葬富陽遂爲富陽人居富陽小隱山別築室曰讀書堂構雙松亭於前倚山臨江雜植花果沼荷圩稻頗愜幽人之居以父濤任試秘書省校書郎大中祥符八年舉進士甲科累遷兵部員外郎擢知制誥判吏部流內銓太常禮院出知鄧州卒有集五十卷　歷朝詞人考畧　富春遺事

林　逋

逋字君復錢塘人少孤力學不事進取放游江淮間久之歸杭州結廬西湖之孤山二十年足不及城市梅妻

鶴子可稱千古高風眞宗賜以粟帛詔有司歲時勞問及卒仁宗賜謚和靖先生有和靖先生集詞附　歷代詩餘　金粟詞話

杜衍

衍字世昌山陰人擢進士甲科補揚州觀察推官仁宗朝爲御史中丞遷刑部侍郎同平章事集賢殿大學士兼樞密使封祁國公卒贈司徒兼侍中謚正獻退寓南都凡十年第室卑陋居之裕如其滿江紅云知富貴誰能保知功名何時了算簞瓢金石所爭多少玩其詞意可想見其冲夷曠達不驚榮利矣　歷代詩餘　歷朝詞

人考畧

葉清臣

清臣字道卿烏程人（歷代詩餘作長沙人）天聖二年舉進士對策擢第二授太常寺奉禮郎累官翰林學士權三司使皇祐初罷爲侍讀學士知河陽卒贈左諫議大夫有集一百六十卷其賀聖朝詞云不知來歲牡丹時再相逢何處與歐陽永叔浪淘沙詞云可惜明年花更好知與誰同皆有不盡之意按宋史本傳以清臣爲長洲人今據吳興掌故集更正（蘋洲秋語）

元絳

絳字厚之錢塘人天聖八年進士調江寧推官攝上元令歷永新海門令擢江西轉運判官知台州入爲度支判官以直集賢院爲廣東轉運使遷工部郎中歷兩浙河北轉運使拜鹽鐵副使擢天章閣待制知福州進龍圖閣直學士徙廣越荆南爲翰林學士知開封府拜三司徒參知政事知潁州加資政殿學士留提舉中太一宮以太子少保致仕卒贈太子少師謚章簡有映山紅慢詠牡丹詞萬氏詞律失載徐氏詞律拾遺補收之歷朝詞人考畧

劉述

述字孝叔湖州人景祐元年進士爲御史臺主簿神宗立召爲侍御史以久次授吏部郎中兼判刑部坐不以王安石爭謀殺刑名爲是又與劉琦錢顗其上疏劾安石出知江州踰年提舉崇禧觀卒紹興初贈祕閣修撰方仕之際已淡於進取撰家山好一闋以見志曰挂冠歸去舊烟蘿閒身健養天和功名富貴非由我莫貪他這歧路足風波水晶宮裏家山好物外勝游多晴溪短棹時時醉唱裏稜羅天公奈我何　嘉泰吳興志　湘山野錄　歷朝詞人考畧

張先

先字子野吳興人天聖八年進士知吳江縣爲嘉禾郡倅晏殊尹京兆辟爲通判累官都官郎中詩格清麗尤長於樂府晚歲優游鄉里常泛扁舟垂釣爲樂至今號張公釣魚灣東坡倅杭數與唱酬有安陸集詞一卷歷代詩餘云子野居杭州嘗創花月亭有子野詞一卷客謂子野曰人咸目公爲張三中以公詞有心中事眼中淚意中人也子野曰何不謂之張三影客不喻子野因舉雲破月來花弄影嬌柔嬾起簾壓倦花影柳徑無人墜輕絮無影告之然有以浮萍斷處見山影隔牆送過秋千影與雲破月來句並稱三影者而靜志居詩話云

子野吳興寒食詞中庭月色正清明無數楊花過無影其工絕在世所傳三影之上則子野以影得名多矣蕢洲秋語　嘉泰吳興志　直齋書錄解題

韋驤

驤字子駿錢塘人年十七王安石見其借箸賦大奇之皇祐五年進士累遷至屯田員外郎改朝奉郎至少府監簿元祐初薦擢利路運判移福建路召爲主客郎中後出爲夔路憲知明州乞閒提舉洞霄宮有文集二十卷賦二十卷詞一卷宋史翼稱子駿秀眉氷骨樂易靜退孝友廉平文章藻麗有宿儒循吏之風然其菩薩蠻

和舒信道水心寺會次韻一闋信道曾構坡公則予駿擇交不無可議矣蘋洲秋語

楊適

適字韓道慈溪人仁宗時賜粟帛嘉祐中授將仕郎試太學助教不赴自署慈川逸民隱居大隱山鄉人皆稱大隱先生其題丈亭館長相思卜算子二闋爲近沈著蘋洲秋語

毛滂

滂字澤民江山人元祐間爲杭州法曹元符二年知武康縣改盡心堂爲東堂簿書獄訟之暇輒觴詠自娛尋

訪山水發諸文章蘇東坡嘗以文章典麗可備著述科薦之官至祠部員外郎知秀州有東堂集十卷樂府二卷　東堂詞跋　嘉泰吳興志　歷朝詞人考畧

沈括

括字存中錢塘人以父任爲沭陽主簿登嘉祐八年進士第編校昭文書籍爲館閣校勘遷太子中允擢知制誥拜翰林學士權三司使爲蔡確所論以集賢殿學士知宣州復龍圖閣待制知審官院又出知延州以副种諤討拔銀宥功加龍圖閣學士坐失援謫均州團練副使元祐初徙秀州繼以光祿少卿分司居潤卒括博學

無所不通多所論著長興集又有夢溪筆談 歷代詩餘

舒亶

亶字信道慈谿人治平二年第進士調臨海尉歷審官院主簿遷奉禮郎擢太子中允提舉兩浙常平元豐初權監察御史裏行加集賢校理同李定劾蘇軾作詩譏訕時事軾坐貶官未幾同修起居注超拜給事中爲御史中丞坐在翰林受廚錢越法追兩秩勒停崇寧初知南康軍徙知荊南由直龍圖閣進待制卒贈直學士有集嘗作菩薩蠻詞云江梅未放枝頭結江樓已見山頭雪待得此花開知君來未來風帆雙畫鷁小雨隨行色

空得鬱金裙酒痕和淚痕王阮亭極賞此詞常曰鍾退谷評閻邱曉詩謂具此手段方能殺王龍標此等語乃出渠輩手豈不可惜　歷朝詞人考畧　詞苑叢談

朱服

服字行中烏程人熙寧中登進士甲科累官國子司業居舍人以直龍圖閣知潤州徙泉婺寧廬壽五州紹聖初召爲中書舍人歷禮部侍郎坐與蘇軾游貶海州團練副使蘄州安置改興國軍卒其至東陽郡齋作漁家傲詞以寄意　歷代詩餘　烏程舊志

丁注

注字葆光歸安人居清源門外前臨苕水築山鑿池號曰寒巖臨苕有茆亭或稱爲茅菴丁家熙寧六年進士知永州有丁永州集三卷世所傳催雪無悶及重午慶清朝皆有承平閑雅氣象 歷朝詞人考畧 直齋書錄解題 吳興掌故

俞紫芝

紫芝字秀老金華人游寓揚州少有高行喜作詩人未知也與弟澹俱從黃山谷游有做帚集題張公詡青溪圖臨江仙詞云弄水亭前千萬景登臨不忍空回水輕墨淡寫蓬萊莫教世眼容易洗塵埃收去雨昏都不見

展時還似雲開先生高趣更多才人人盡道小杜卻重來此詞世少知者山谷書秀老詞刻石金山寺者調寄阮郎歸雞林每入貢輒市模本數百以歸苕溪漁隱叢話　能改齋漫錄

潘元質

元質字未詳金華人工倚聲嘗賦倦尋芳詞云獸鐶半揜鴛甃無塵庭院瀟灑樹色沈沈春盡燕嬌鶯姹夢草池塘青漸滿海棠軒檻紅相亞聽簫聲記秦樓夜約彩鸞齊跨漸迤邐更催銀箭何處貪歡猶繫驄馬旋翦燈花兩點翠眉誰畫香滅羞回空帳裏月高猶在重簾下

恨疏狂待歸來揉碎花打縁情綺靡活色生香雖無專集而一斑已足窺全豹矣皺水軒詞筌謂爲蘇養直作注又稱一云元質作近人況氏蕙風斷爲元質手筆且引其醜奴兒慢詞相證蓋體格政相類也 蕢洲秋語

周邦彦

邦彦字美成錢塘人元豐中獻汴都賦召爲太學正徽宗朝仕至徽猷閣待制出知順昌府徙處州復以待制提舉南京鴻慶宮自號清眞居士邦彦妙解聲律橅寫物態曲盡其妙爲詞家之冠有清眞集二卷片玉詞二卷 四庫全書提要　詞綜

方千里

千里三衢人仕履未詳有和清眞詞同時楊澤民樂安人有續和清眞詞時人合周邦彥方千里詞刻之號三英集歷代詩餘

周煇

煇字昭禮邦彥子少小嘗從同舍金華潘元質和人春詞有捲簾試約東君問花信風來第幾番潘曰宮體也語太弱則流於輕浮又嘗和人蠟梅詞有生怕凍損蜂房膽瓶湯浸且與温存著規警如前朋友琢磨之益老不致忘舊有清波雜志十二卷別志三卷行世梅史三

十卷不傳清波雜志

周玉晨

玉晨字晴川邦彥從子有晴川詞其十六字令云眠月影穿窗白玉錢無人弄移過枕函邊程鉅夫曰予於近代諸家樂府惟清真集犂然當於心目晴川殊有宗風詞苑叢談　古今詞話

劉燾

燾字無言長興人未冠補太學生元祐三年第進士甲科歷安撫使管勾官至秘閣修撰有見南山集五十卷樂府雅詞拾遺曾載其花心動詞一闋　歷朝詞人考畧

葉夢得

夢得字少蘊烏程人（據湖州府志葉元輔始居烏程至夢得已四世宋史列傳作吳縣人譌）紹聖四年進士累遷翰林學士極論士大夫朋黨之弊專於重內輕外且乞身先衆人補郡以龍圖閣直學士知汝州尋落職提舉洞霄宮自是或起或廢逮高宗駐蹕揚州除戶部尚書遷尚書左丞與宰相朱勝非議論不協除資政殿學士提舉中太一宮辭不拜歸湖州紹興初起爲江東安撫大使兼知建康府移知福州兼福建安撫使平寇五十餘羣然頗與監司異議上章請老著有石林詞一卷味其詞婉麗綽有溫李風晚歲落

其華而實之能於簡淡中時出雄傑合處不減靖節東坡之妙晚居弁山下嘯詠自娛卒贈檢校少保宋史列傳　水東日記　關注石林詞序　毛晉石林詞跋

江　緯

緯字彥文三衢人元符中爲太學生徽宗登極賜進士及第除太學正政和末爲太常少卿改除宗正少卿出知處州自題讀書堂詞調寄向湖邊云退處鄉關幽棲林藪舍宇第須茅蓋翠巘清泉啟軒窗遙對遇等閑鄉里過從親朋臨顧草草便成幽會策杖攜壺向柳邊花外旋買溪魚便斫銀絲鱠誰復欲痛飲如長鯨吞海其

書舍人兼直學士院秦檜諷御史蕭振劾罷之卒謚文清有東萊集二十二卷紫薇詞一卷　歷朝詞人考畧

沈會宗

會宗字文伯吳興人賈耘老舊有水閣在苕溪之上景物清曠東坡作守時屢過之題詩畫竹於壁間會宗爲賦小詞云景物因人成勝概滿目更無塵可礙等閒簾幕小闌干衣未解心先快明月清風如有待誰信門前車馬隘別是人間閒世界坐中無物不清涼山一帶水一派流水白雲長自在　苕溪漁隱叢話

周銖

惜醺酣恐歡娛難再刿清風明月非錢買休追念金馬玉堂心膽碎且闘尊前有阿誰身在見花草粹編其作於括蒼罷守之後乎追念玉馬金堂則淵冰之惕懼深矣玉照新志　歷朝詞人考畧

呂本中

本中字居仁學者稱東萊先生金華人元祐宰相公著之曾孫以遺表恩授承務郎元符中主濟陰簿泰州士曹掾辟大名府帥司幹官宣和六年除樞密院編修官靖康改元遷職方員外郎紹興六年特賜進士出身擢起居舍人引疾乞祠主管太平觀召爲太常少卿遷中

人著讀易詳說莊簡集　南宋四名人詞集

陳克

克字子高自號赤城居士臨海人生於元豐四年辛酉僑寓金陵應舉不第紹興七年朝命呂祉節制淮西軍馬祉辟子高爲參謀葉夢得曰呂安老非馭將之才子高詩人非國士也勸止之不從今已五十餘矣有天台集長短句坿詞格高麗晏周之流亞也樂府雅詞錄其詞至三十六闋　蕢洲秋語

潘良貴

良貴字義榮一字子賤號默成居士金華人政和五年

鉌字初平鄞縣人崇寧二年第進士官中牟簿初平詞未經前人箸錄惟四明近體樂府有蓦山溪一闋語特疏俊正不必以多爲貴也歷朝詞人考畧

李光

光字泰發上虞人崇寧五年進士知常熟縣欽宗受禪擢右司諫高宗紹興元年擢吏部侍郎歷官至參知政事忤秦檜意改提舉洞霄宮爲万俟卨呂愿中前後論劾再謫至昌化軍後以郊祀恩復朝奉大夫至江州卒謚莊簡光爲劉安世門人學有淵源出守宣州保全危城深著幹畧後以爭和議忤檜垂老投荒自號讀易老

以廷試第一人爲辟雍博士歷祕書郎主客郎中建炎初爲左司諫黃潛善汪伯彥惡之改除工部主管明道宮越數年除考功郎遷左司乞補外以直龍圖閣知嚴州到官兩月請祠主管亳州明道宮起爲中書舍人出知明州除徽猷閣待制李光得罪坐嘗與通書降二官卒贈左朝奉大夫有默成集五卷 歷朝詞人考畧

江漢

漢字朝宗西安人政和初獻魯公詞曰昇平無際慶八載相業君臣魚水鎮撫風稜調燮精神合是聖朝房魏鳳山政好還被畫轂朱輪催起按錦轡映玉帶金魚都

人爭指丹陛常注意追念裕陵元佐今無幾纔衮香濃鼎槐風細榮耀滿門朱紫四方具瞻師表盡道一夔足矣運化筆又管領年年烘春桃李時兩學盛謳播之海內魯公喜爲將上進呈命之以官爲大晟府製撰（鐵圍山叢談）

沈與求

與求字必先德清人政和五年進士除太學錄靖康改元擢博士建炎初通判明州除監察御史疏論執政過失遷兵部員外郎除殿中侍御史遷御史中丞改吏部尚書權翰林學士兼侍讀歷知潭州鎮江府荊湖南路

兩浙西路安撫使除參知政事知樞密院事卒贈左銀靑光祿夫夫諡忠敏有龜溪集十二卷長短句附歷朝詞人考畧

吳益

益字未詳歸安人政和五年登進士有玉樓春壽詞云玉樓春信梅傳早三八芳辰陽復後稱觴喜對一椿高萊庭雙桂森蘭茂慚無好語爲公壽富貴榮華公自有請歌詩雅祝遐齡永如松柏如山阜　湖州詞徵

徐伸

伸字幹臣三衢人政和初爲太常典樂出知常州有侍

婢色藝冠絕以大婦不容逐去在蘇州一都監許屢遣信欲復來而都監靳之會李孝壽牧吳門道出郡下幹臣自製轉調二郎神令妓歌至再四孝壽異而詢之幹臣蹙額告以故且曰詞中所敘多侍婢來書語也幸公擁麾於彼不審能爲之地否孝壽至蘇受謁斥都監不守封疆取供待奏都監哀懇孝壽曰且還徐典樂之妾來理會都監踰其旨侍婢乃復歸幹臣　賓洲秋語

劉一止

一止字行簡歸安人述之族孫肅之族弟七歲能屬文宣和三年進士爲越州教授參知政事李邴薦爲詳定

一司敕令所刪定官除秘書省校書郎遷監察御史歷起居郎祠部郎出知袁州改浙東路提點刑獄爲祕書少監擢中書舍人兼侍講遷給事中以繳奏不已爲用事者所忌罷提舉江州太平觀進敷文閣待制直學士嘗爲曉行詞盛傳於京師號劉曉行有苕溪集五十卷詞一卷　歷朝詞人考畧

呂濱老

濱老一作渭老字聖求嘉興人有聲宣和間其詠梅詞調寄東風第一枝云老樹渾苔橫枝未葉青春肯誤芳約背陰未返氷魂陽梢已含紅萼佳人寒怯誰驚起曉

來梳掠。是月斜窗外棲禽霜冷竹間幽鶴。雲澹澹粉痕漸薄。風細細凍香又落。叩門喜伴金尊倚闌怕聽畫角。依稀夢裏。半面淺窺珠箔甚時重寫鸞箋去訪舊遊東閣。有聖求詞。宋六十家聖求詞跋

姚寬

寬字令威。嵊縣人。博學强記。於天文推算尤精。詞章之外。頗工於篆隸及工技之事。以任補官。呂頤浩、李光帥江東。皆辟幕職。秦檜執政。以舊怨抑不用。後以賀允中徐林張孝祥等薦入監進奏院。六部門。權尚書戸部員外郎。兼權金倉工部屯田郎樞密院編修官以據天象

言金亮必滅未幾果驗令除郎召對俄卒有西溪居士樂府一卷　宋史翼　歷朝詞人考畧

趙昂

昂字未詳臨安人府學生工倚聲一日侍阜陵蹕之德壽宮高廟問應制之臣阜陵以昂對命賦拒霜詞高廟喜之擢總管　藏一話腴

陸維之

維之字子才餘杭人洞霄圖志稱其計偕入汴道遇異人贈丹一粒且戒俟緩急用之及下第歸舟循汴河風激浪怒且將覆追憶前語以丹投之風浪始息河上有

呼其姓名者則所遇異人也自是有越世之志隱於大滌山之石室人因以石室稱之高宗退處北宫嘗幸大滌憲聖偕行上問山中詩客或以維之對進其行卷上讀數首太息曰布衣入翰林可也欲歸與孝宗言之憲聖曰山林隱士必不求名强之出山乃大勞苦遂止未幾以疾卒有石室小隱集三卷。歷朝詞人考畧

姜特立

特立字邦傑麗水人靖康中以父綬殉國廕補承信郎淳熙中遷閤門舍人爲太子春坊光宗即位除知閤門事與周端臣曹邃陳郁同爲御前應制累官浙東馬步

軍副總管慶遠軍節度使有梅山稿六卷續稿一卷詞一卷。歷朝詞人考畧

陳亮

亮字同甫永康人。童幼時即爲參政周葵上客。隆興初婺州以解頭薦。上中興五論不報。居太學上舍。淳熙中更名同。復詣闕三上書俱不報。紹興四年策進士第一授簽書建康判官廳公事。未至官而卒。端平初賜謚文毅。有龍川集詞一卷。歷代詩餘

闕注

注字子東。自號香嚴居士。錢塘人。紹興五年進士。嘗爲

湖州教授歷太學博士有關博士集二十卷家世以文雅稱喜爲詩有唐人風宣和二年睦州寇方臘起事浙西震恐子東避地於無錫之梁溪明年臘就擒而子東以貧甚未能歸里僑居毘陵郡崇安寺中一日忽夢臨水有軒主人延客年可五十儀觀甚偉玄衣而美髯揖坐使兩女子以銅盃酌之酒謂子東曰自來歌曲新聲先奏天曹然後散落人間他日東南休兵有樂府曰太平樂汝先聽其聲兩女子遂起舞主人抵掌爲之節已而恍然覺猶能記其五拍後四年始返杭州而先廬已焚於兵火因寄家菩提寺復夢前髯腰長笛手書册舉

示子東紙白如玉小朱闌界間行似曲譜有聲而無詞髯笑曰將有待也往在梁溪曾按太平樂尚能記其聲否乎子東因爲之歌髯者援腰間笛復作一弄亦能記其聲蓋是重頭小令耳其後又夢至一處榜曰廣寒宮宮門夾兩池水瑩淨仰視嵬峩若洞府然偶曳鈴索忽有人引之見月姊亦垂問所傳樂律復出一紙相示曰亦新詞也姊歌之聲似樂府昆明池醒則僅記深誠杳隔無疑六字而已乃倚其聲而爲之詞名曰桂華明云

墨莊漫錄 南窗紀談 歷代詩餘

倪偁

侔字文舉號綺川居士歸安人少有學行受業於張九成與芮國瑞友善國瑞稱之爲石友南渡時居東林登紹興進士官太常寺主簿年五十二卒贈少師著有綺川詞一卷湖州詞徵

葛立方

立方字常之勝仲子祖貫丹陽勝仲再知湖州遂家焉紹興八年進士以吏部侍郎攝西掖忤秦相得罪更化召用言者又以爲附會沈該罷去遂不復起歸休於吳興汎金溪上立方博極羣書以文章鳴一世暇日輒著韻語陽秋歸愚詞一卷其詞多平實鋪敘少淸新宛轉

之思然大致不失宋人規格 湖州詞徵

魏杞

杞字南夫壽春人徙居鄞祖蔭入官紹興十二年登進士第知涇縣擢太府寺主簿進丞以考功員外郎遷宗正少卿爲金通問使還朝守起居舍人遷給事中同知樞密院事進參知政事右僕射兼樞密使會郊祀冬雷用漢制灾異策免守左諫議大夫提舉江州太平興國宮授觀文殿學士後以端明殿學士奉祠告老復資政殿大學士卒贈特進謚文節有山房集 歷朝詞人考畧

史浩

浩字直翁鄞縣人紹興十四年登進士第累官宗正少卿除起居郎兼太子右庶子孝宗立以中書舍人遷翰林學士知制誥除參知政事拜尚書右僕射出知紹興府浙東安撫使知福州除少保觀文殿大學士復爲右丞相拜少傅保寧軍節度使請老除太保致仕封魏國公進太師卒封會稽郡王謚文惠追封越王改謚忠定有鄮峰眞隱大曲詞曲各二卷 歷朝詞人考畧

王淮

淮字季海金華人紹興十五年登進士第爲臨海尉辟蜀帥幕遷校書郎除監察御史遷右正言除秘書少監

出知建寧改浙江提刑召除太常少卿歷中書舍人翰林學士知制誥淳熙二年除端明殿學士同知樞密院事參知政事擢知院事樞密使拜右丞相進左丞相上章求去以觀文殿大學士判衢州改提舉洞霄宮卒贈少師謚文定景定建康志臺觀志載其滿江紅題雨花臺詞一闋　歷朝詞人考畧

湯思退

思退字進之處州人紹興十五年以縣令試博學宏詞科除秘書省正字累官端明殿學士除知樞密院事拜尚書左僕射淳熙末太學生張觀等上書論之謫永州

安置有水月寺菩薩蠻云畫船横絶湖波練更上雕鞍淩翠巘霜橘半垂黄征衣盡日香鐘聲雲外聽金界青松映何處是華山峯巒杳靄間 歷代詩餘

姚述堯

述堯字進道華亭人以錢塘籍登紹興二十四年進士乾道四年知樂清縣事篤於内行與張横浦葉先覺施彦執爲友進道與横浦同調而其詞清麗芊緜絶無語録氣亦南宋道學家所罕見也有簫臺公餘詞一卷 西泠詞萃跋

葛郯

豪而洞中洞口寫西陲炎瘴情景宛然又有詩刻屏風山乳牀賦刻彈子巖則次張固不僅工於詞者蓄有遠堂集若干卷 蘋洲秋語

范端臣

端臣字元卿學者稱蒙齋先生蘭溪人紹興二十四年登進士第累官至中書舍人右史充殿試官元卿雖入官未嘗廢學文詞典雅篆楷草隸皆造於妙吳師道稱其詞翰絕人乾淳間著聲館閣有集三卷念奴嬌賦中秋月一詞歷代詩餘采之 尙友錄

甄龍友

龍友字雲卿永嘉人紹興二十四年登進士第官國子監簿嘗遊天竺寺集詩句爲大士贊書壁間孝宗臨幸賞之詔侍臣物色其人召見不稱旨遣還其赤壁題詞調寄霜天曉角云峨眉仙客四海文章伯來向東坡游戲人間世著不得去國誰愛惜在天何處覓但見尊前人唱前赤壁後赤壁　歷代詩餘

王十朋

十朋字龜齡樂清人紹興二十七年對策高宗親擢第一除著作郎簽判紹興府遷大宗正丞請祠歸孝宗立起知嚴州累遷御史國子司業升侍講進吏部侍郎出

知饒蘷湖三州除太子詹事以龍圖閣學士致仕卒謚忠文有梅溪集 歷代詩餘

樓 鍔

鍔字巨山一字景山鄞縣人紹興三十年登進士第由太學正歷樞密院編修官出知江陰軍以儒雅飭吏以仁愛字民修建貢院嘉惠學者人多稱慕移知武昌府奉祠歸其攤破浣溪沙雙檜堂作云夏半陽烏景最長小池不斷藕花香電影雷聲催急雨十分涼芡剝明珠隨意嚼瓜分瓊玉趁時嘗雙檜堂深新釀好且傳觴 歷朝詞人考畧 歷代詩餘

沈瀛

瀛字子壽號竹齋歸安人紹興三十年進士仕四十餘年紬於王官再入郡三佐帥幕公私憔悴平生業嗜文字若性命在身非外物也甲乙自著累百千首其不爲奇險而瑰富精切自然新美楊萬里稱子壽詩文大篇若春江之壯風濤短章若秋水之落英藻有竹齋詞一卷湖州詞徵

朱藻

藻字元章號野逸縉雲人紹興三十年登進士第授漢中簿兼尉嘗爲考官擢知浦城縣終煥章閣待制居官

有仁政邑民爲立生祠有西齋集十卷其采桑子詞風神澹逸極造自然之妙詞云障泥油壁人歸後滿院花陰樓影沈沈中有傷春一片心閑穿綠樹尋梅子斜日籠明團扇風輕一徑楊花不避人 絶妙好詞 縉雲縣志

方有開

有開字躬明淳安人隆興元年登進士第官淮西運判有溪堂集花草粹編載其點絳脣題釣臺詞佳句云漁舟一葉徑入寒煙碧按宋詩紀事小傳則稱淳安人而歷代詩餘有開號堂溪歙州人累遷司農丞轉運判官

兼廬州帥有堂溪集萬姓統譜又稱有開紹興中進士官至戶部侍郎未知孰是蘋洲秋語

許及之

及之初名綸字深甫永嘉人隆興元年登進士第寧宗朝歷官參知政事知樞密院事有涉齋北征紀行集重五日賦賀新郎一闋陽春白雪采入外集中歷朝詞人考畧

樓鑰

鑰字大防鄞縣人鍔從弟隆興元年登進士第累官太府宗正寺丞出知温州光宗立除考功郎改國子司業

擢起居郎遷給事中與韓侂胄不合以顯謨閣學士提舉江州太平興國宮尋知婺州移寧國府罷奪職侂胄誅起爲翰林學士遷吏部尚書除端明殿學士簽書樞密院事升同知進參知政事累疏求去除資政殿學士進大學士提舉萬壽觀卒贈少師謚宣獻有攻媿集詞坿攻媿集

陸淞

淞字子逸號雲溪又號雪窗山陰人官辰州守與弟游俱有時名子逸詞勝而詩不及其弟晚以疾廢卜築於秀野不復有榮念其瑞鶴仙云臉霞紅印枕睡起來冠

兒猶是不整屏間麝煤冷但眉山壓翠淚珠彈粉堂深晝永燕交飛風簾露井悵無人與說相思近日帶圍寬盡重省殘燈朱幌淡月疏窗那時風景陽臺路雲雨夢便無準待歸來先指花梢教看卻把心期細問問因循過了青春怎生意穩爲士家侍姬盼盼而作觸境生情含毫意遠允推絕唱耆舊續聞　絕妙好詞

陸　游

游字務觀淞弟以蔭補登仕郎歷樞密院編修官隆興初賜進士出身爲州別駕范成大帥蜀爲參議官嘉泰中同修國史實錄陞寶章閣待制致仕自號放翁有劍

南集詞二卷　歷代詩餘

徐似道

似道字淵子號竹隱黃巖人乾道二年進士初官戶曹歷權直學士院祕書少監終提點江西刑獄有竹隱集淵子天台名士筆端輕俊人品秀爽其夜泊廬山詞云風緊浪淘生蛟吼鼉鳴家人睡著怕人驚只有一翁捫虱坐依約三更雪又打殘燈欲暗還明有誰知我此時情獨對梅花傾一盞還又詩成　歷朝詞人考畧　癸辛雜識

章良能

良能字達之麗水籍居吳興人湖州府志據宰輔編年錄作歸安人淳熙五年登進士第除著作佐郎嘉泰元年爲起居舍人二年除御史中丞遷中大夫同知樞密院事六年拜參知政事卒謚文莊有嘉林集百卷間作小詞極有思致小重山云柳暗花明春事深小闌紅芍藥已抽簪雨餘風軟碎鳴禽遲遲日猶帶一分陰把酒莫沈吟身閑無箇事且登臨舊游何處不堪尋無尋處惟有少年心其外孫撰齊東野語追憶書之始膾炙人口焉蘋洲秋語

李廷忠

廷忠字居厚號橋山於潛人淳熙八年登進士第有橋山甲乙稿其鷓鴣天詠牡丹云洛浦風光爛熳時千金開宴醉爲期花方著雨猶含笑蝶不禁寒總是癡檀暈吐玉華滋不隨桃李競春菲東君自有回天力看把花枝帶月歸歷朝詞人考畧

謝直

直原名希孟避寧宗諱改名直字古民黃巖人淳熙十一年登進士第歷仕太社令嘉興府通判希孟在臨安狎娼其師陸氏象山責之他日復爲娼造鴛鴦樓象山又以爲言希孟曰非特建樓且爲之記象山曰樓記云

何郎口占首句云自遜抗機雲之死而天地英靈之氣不鍾於世之男子而鍾於婦人象山默然希孟一日在娼所忽起歸興遂不告而行娼追送江滸泣涕戀戀希孟毅然取領巾書卜算子詞與之云雙槳浪花平夾岸青山鎖你自歸家我自歸說著如何過我斷不思量你莫思量我將你從前與我心付與旁人可其風趣如此

蘋洲秋語

高似孫

似孫字續古號疏寮餘姚人淳熙十一年登進士第爲會稽主簿擢校書郎樓鑰除給事中嘗舉以自代其後

爲禮部郎出倅徽州守處州累官中大夫句祠提舉崇禧觀卒贈通議大夫著有疏寮小集剡錄緯略 歷朝詞人考畧

史彌遠

彌遠字同叔鄞縣人浩子淳熙六年補承事郎八十銓試第一十四年登進士第授大理司直遷太常丞改宗正丞句外知池州入爲司封郎官權刑部禮部侍郎遷禮部尚書兼國史實錄院修撰拜少師進太師拜左丞相兼樞密使特授保寧昭信軍節度使充醴泉觀使封鄞縣男進封伯進奉化郡侯魏魯二國公會稽郡王特

贈中書令追封衞王謚忠獻有臨江仙題道隆觀云試凭闌干春欲暮桃花點點胭脂故山凝望水雲迷數堆蒼玉□千頃碧琉璃我本清都閒散客蓬萊未是幽奇明朝歸去鶴齊飛三山乘縹緲海運到天池歷朝詞人考畧

王居安

居安字資道自號方巖老圃黃巖人淳熙十四年登進士第累遷右司諫兼崇政殿說書權工部侍郎帥隆興府升龍圖閣直學士卒贈少保有方巖集歷朝詞人考畧

沈端節

端節字約之吳興人寓居溧陽有才美令蕪湖知衡州提舉江東茶監淳熙間仕至朝散大夫有克齋詞一卷詞長於詠物寫景叉不墮鄭衞惡習殆梅溪竹屋之流歟湖州詞徵

王自中

自中字道甫平陽人淳熙中登進士乙科授睢寧主簿擢分水令中書舍人王藺薦其才召對稱旨改籍田令遷通判郢州道除知光化軍光宗朝以郎官召固辭命知信州再知道州終知興化軍酹江月題釣臺云扁舟

夜泛向子陵臺下偃帆收艣水闊風搖舟不定依約月華新吐細酌清泉痛澆塵臆喚起先生語當年綸釣爲誰高臥烟渚還念古往今來功名可共能幾人光武一旦星文驚四海從此故人何許到底軒裳不如簑笠久矣心相與天低雲澹浩然吾欲高舉　歷朝詞人考畧

管　鑑

鑑字明仲龍泉人以父澤官江西常平提幹始家臨川孝宗朝累官至廣東提刑權知廣州兼經畧安撫使有養拙堂詞一卷　歷朝詞人考畧

蘇　泂

洞字召叟，山陰人，頌四世孫，有泠然齋集二十卷。其爲詩務極鑱刻淬鍊，詞尤鏤肝鉥腎以出之，蓋不肯一語拾人牙慧也。蕢洲秋語

蔡幼學

幼學字行之，瑞安人。年十八試禮部第一，以對策忤時相，得下第，教授廣德軍。孝光間官至校書郎。寧宗即位，特除提舉福建常平。時朱熹居建陽，幼學每事諮訪，坐劾罷，奉祠。尋起知黃州，召入爲吏部員外郎，歷國子司業、宗正少卿，遷中書舍人兼侍講、直學士院，除刑部侍郎，改吏部，除龍圖閣待制，知泉州，徙建康，知福州、福建

路安撫使力求罷去升寶謨閣直學士提舉萬壽宮召權工部尚書兼太子詹事卒謚文懿有育德堂集歷朝詞人考畧

歷代兩浙詞人小傳卷二終

歷代兩浙詞人小傳卷三目錄

宋二

歷代兩浙詞人小傳卷三

烏程周慶雲纂

宋

徐照

照字道暉又字靈暉號山民永嘉人與徐璣翁卷趙師秀四人號永嘉四靈有芳蘭軒集三卷一名山民集其詞多情至語如妾心移得在君心方知人恨深等句雅與柳七樂章相近文獻通考　花草蒙拾

杜旟

旟字伯高號橋齋金華人淳熙開禧間兩以制科薦有

橋齋集驀山溪詞春風如客可是繁華主紅紫未全開早綠徧江南千樹一番新火多少倦遊人纖腰柳不知愁猶作風前舞小闌干外兩兩幽禽語問我不歸家有佳人天寒日暮老來心事惟只有春知江頭路帶春來不帶春去　歷朝詞人考畧

曹冠

冠字宗臣東陽人居秦檜門下教其孫塤與塤同登甲科未幾坐爲塤假手事覺奪官易前名復赴廷試仕至知彬州所著樂府名燕喜集　歷代詩餘

俞灝

灝字商卿世居杭築室九里松自號青松居士紹熙四年登進士第歷麾節皆有聲寶慶二年致仕有青松居士集又嘗與姜夔葛天民同作詩詞鈔爲一卷名載雪錄夔爲之序　浩然齋雅談　南宋古蹟考

薛師石

師石字景石永嘉人隱居不仕築室會昌湖西題曰瓜廬有瓜廬詩一卷嘗爲漁父詞云十載江湖不上船捲篷高卧月明天今夜泊杏村前只有笭箵當酒錢鄰家船上小姑兒相問如何是別離雙墮髻一彎眉愛看紅鱗比目魚平明霧靄雨初晴兒子敲鍼作釣成香餌小

繭絲輕釣得魚兒不識名繫船蘭沚艙長鱸白袷方袍忽訪吾神甚爽貌全枯莫是當年楚大夫春融水暖百花開獨棹扁舟過釣臺鷗與鷺莫相猜不是逃名不肯來夜來采石渡頭眠月下相逢李謫仙歌一曲別無言白鶴飛來雪滿船莫論輕重釣竿頭伴得船歸即便休酒味薄勝空甌事事何須著意求高澹秀逸可與青蒻綠簑之作並傳瓜廬詩

戴復古

復古字式之天台人嘗登陸游之門以詩鳴東南所稱南渡後江湖四靈之一也石屏其所居山名因以爲號

有石屏集六卷長短句一卷四庫全書總目録入石屏詞並爲提要謂其音韻天成不費斧鑿又曰宜其以詩爲詞時出新意無一語蹈襲也其傾倒可知矣蕢洲秋語

盧祖皋

祖皋字申之又字次夔自號蒲江居士永嘉人爲樓大防之甥慶元五年登進士第除軍器少監嘉定十四年權直學士院與永嘉四靈唱和莫能伯仲有蒲江集詞一卷小詞纖雅長調亦有清拔之致其過吴江三高祠前釣雪亭賀新郎詞云挽住風前柳問鴟夷當日扁舟

近曾來否月落潮生無限事零亂茶煙未久誰留得蓴鱸依舊可是功名從來誤撫荒祠誰繼風流後今古恨一搔首江涵雁影梅花瘦四無塵雪飛風起夜窗如晝萬里乾坤清絕處付與漁翁釣叟又恰是題詩時候猛拍闌干呼鷗鷺道他年我亦垂綸手飛過我共尊酒　蘆浦筆記　貴耳集　宋六十家詞蒲江詞跋

徐逸

逸字無競號抱獨子自稱汝陽被褐公天台人與朱文公爲友公提舉浙東託無競作謝恩表書云可放筆力稍低人不疑假手其推奬如此詞亦韶秀清平樂云風

韶雨秀春色平分後陡頓故人疏把酒閒凭疉闌搔首爭須攜手踏青人生幾度清明待得燕慵鶯懶楊花點點浮萍人多稱之　陽春白雪　梅磵詩話　仇遠稗史

薛泳

泳字叔似一字沂叔天台人生當寧宗之世久客江湖潁老懷歸青玉案客中守歲詞云一盤消夜江南果喫菓看書只清坐罪過梅花料理我一年心事半生牢落盡向今宵過此身本是山中箇纔出山來便差錯手種青松應是大縛茆深處抱琴歸去又是明年話晚歲於溪上卜築扁曰水行居迄就窆焉　蘋洲秋語

曹豳

豳字西士號東畝一作東猷瑞安人嘉泰二年登進士第授安吉州教授調重慶府司法參軍改知建昌擢秘書丞兼倉部郎官出爲浙西提舉常平移浙東提點刑獄召爲左司諫上疏請立太子又論劾余天錫李鳴復迕旨遷起居郎進禮部侍郎不拜久之起知福州再以侍郎召爲臺臣沮止以守寶章閣待制致仕卒謚文恭豎瓠集盛稱其慰足紅窗迥詞究係游戲之筆其西河詞和王灊齋韻一首則寄託遙深矣　花草粹編

吳禮之

禮之字子和自號順受老人錢唐人有順受老人詞五卷能以尋常語言爲極透脫文字西湖競渡賦喜遷鶯云梅霖初歇正絳色海榴爭開佳節角黍包金香蒲切玉是處玳筵羅列鬬巧盡輸年少玉腕綵絲雙結艤畫舫見龍舟兩兩波心齊發奇絕難畫處激起浪花翻作湖間雪畫鼓轟雷紅旗掣電奪罷錦標方徹望中水天日暮猶是珠簾高揭棹歸晚載荷香十里一鉤新月令人想見臨安全盛時風景　花菴中興絕妙詞選　西湖遊覽志餘

洪咨夔

咨夔字舜俞於潛人嘉定二年進士初授崔與之帥判蜀還朝應詔上書忤史彌遠鐫秩理宗親政累遷至吏部侍郎兼給事中進刑部尚書拜翰林學士知制誥加端明殿學士卒贈兩官謚忠文有平齋集詞一卷歷代詩餘

吳淵

淵字道夫號退庵德清人父柔勝祕閣修撰自寧國徙居登嘉定七年進士第累官直煥章閣知平江府以樞密副都承旨知江州遷太府少卿加集英殿修撰知鎮江太平州隆興府歷江西安撫使陞兵部尚書進端明

殿學士江東安撫使拜資政殿大學士封金陵公徙知福州福建安撫使予祠起拜參知政事卒贈少師謚莊敏少有才畧宦轍所至首以興學養士爲務著有退庵集其詞雖傳世不多而雅鍊可喜　宋史本傳　湖州詞徵

吳潛

潛字毅夫號履齋退庵弟德淸人嘉定十年以第一人登進士第授承事郎簽鎮東軍節度判官累遷知建康府江東安撫留守以直論忤時相罷淳祐十一年爲參知政事拜右丞相兼樞密使以久任匄祠進封慶國公

判寧國府還祖籍未幾以醴泉觀使召入對特進左丞相改封許國公屬立儲密奏以論劾落職責授化州團練使循州安置卒德祐二年追復原官特贈少師詞激昂悽勁兼而有之在南宋詞人中不失爲佳手爲人豪邁不肯附權要著有履齋詩餘三卷渚山堂詞話四庫總目

姚鏞

鏞字希聲號雪篷又號敬庵剡溪人嘉定十年登進士第爲吉州判官以平寇功擢贛州守以忤陳子華謫之衡陽有雪篷集謁金門云吟院靜遲日自行花影薰透

水沉雲滿鼎晩妝窺露井飛絮游絲無定誤了鶯鶯相等欲喚海棠教睡醒奈何春不肯 絕妙好詞 浩然齋雅談

尹煥

煥字惟曉山陰人嘉定十年登進士第淳祐六年任兩浙轉運使運判除右司郎官轉左司歷大監有梅津詞集未第時嘗薄游苕溪籍中適有所盼後十年自吳來雪艤舟碧瀾問訊舊游則久爲一宗子所據而猶挂名籍中於是假之郡將久而始來顏色瘁赧不足膏沐相對若不勝情梅津爲賦唐多令云蘋末轉清商溪聲供

夕涼緩傳杯催喚紅妝斜綰烏雲新浴罷裙拂地水沉香歌短舊情長重來驚鬢霜悵綠陰青子成雙說著前歡佯不采颶蓮子打鴛鴦風流倜儻可見一斑又詠茉莉霓裳中序第一冷香清到骨夢十里梅花覆雪句亦清勁絕俗　齊東野語　墨莊詞話

鄭清之

清之字德源初名燮字文叔鄞人登嘉定十年進士第授陝州教授理宗朝位命爲諸王宮大小學教授寶慶元年遷起居郎進給事中紹定元年遷翰林學士六年拜右丞相兼樞密使端平二年進左丞相旬去授觀文

殿大學士醴泉觀使封申國公進越國拜少師奉國軍節度使淯祐七年拜太傅復右丞相兼樞密使九年進左丞相十一年以齊國公致仕卒特贈尚書令追封魏郡王謚忠定有安晚集六十卷念奴嬌咏菊一詞吐屬不凡令人想見風度 歷代詞人考略

樓 釆

釆字君亮鄞人鑰之從孫登嘉定十年進士第樓氏諸子詞學以君亮爲最長玉漏遲諸闋並如初寫黃庭恰到好處絕妙好詞

王 澡

澡字身甫初名津字子知寧海人官太常博士有瓦全居士詩詞二卷有落梅小詞疏明瘦直不受東皇識留取伴春應肯干紅底怎著得夜色何處笛曉風無奈力若在壽陽宮院一點點有人惜劉公潛夫極賞之附其詞於後村集詩話中前輩喜獎掖後進如此深雪偶談

王埜

埜字子文號潛齋金華人嘉定十二年登進士第辟潭帥幕紹定初汀邵盜作辟儀幕攝邵武令復攝軍事復爲樞密院編修兼檢討繼爲副都承旨拜禮部尚書爲江西轉運副使知隆興府移鎮江府淳祐末遷沿江制

置使江東安撫使節度和州無爲軍安慶府寶祐二年拜端明殿學士簽書樞密院事封吳郡侯與宰相不合坐言者以前職主管洞霄宮卒贈七官位特進有文集長短句中六州歌頭音節最爲悲壯潛齋詠金陵二闋讀之亦自爽然焦氏筆乘

趙汝迕

汝迕字叔午一作叔魯號寒泉樂清人商王元份八世孫嘉定間登進士第僉判雷州以夜雨梧桐王子府春風楊柳相公橋二句觸怒時相謫官尋卒清平樂云初鶯細雨楊柳低愁縷煙浦花橋如夢裏猶記倚樓別語

小屏依舊圍香恨拋薄醉殘妝判卻寸心雙淚爲他花月淒涼歇拍情至語不嫌其苦　絶妙好詞箋

趙希邁

希邁字端行號西里永嘉人燕王德昭九世孫師僚第三子有西里稿高似孫爲之跋其八聲甘州竹西懷古云寒雲飛萬里一番秋一番攪離懷向隋隄躍馬前時柳色今度蒿萊錦纜殘香在否枉被白鷗猜千古揚州夢一覺庭槐歌吹竹西難問拚菊邊醉著吟寄天涯任紅樓蹤跡茅屋染蒼苔幾傷心橋東片月趁夜潮流恨入秦淮潮回處引西風恨又渡江來　續文獻通考　絶

妙好詞

趙希彭

希彭字清中號十洲四明人燕王德昭九世孫登寶慶二年進士第入仕四十年虛靜淡泊寂寞無爲晚除南雄守不赴爲小詞極有風致秋蕊香云髻穩冠宜翡翠壓鬢絲絲金蕊遠山碧淺蘸秋水香㷼榴裙襯地亭亭二八餘年紀惱春意玉雲凝重步塵細獨立花陰寶砌

隨隱漫錄　絕妙好詞

趙孟堅

孟堅字子固號彝齋太祖十一世孫其先以安定郡王

從高宗南渡爲海鹽人寶慶三年登進士第爲湖州掾入轉運使幕知諸暨縣以御史言罷歸後終提轄左帑入元隱居嘉禾之廣陳鎭時獨駕一舟舟中琴書尊勺畢具往往泊蓼汀葦岸看夕陽賦曉月爲事從弟子昂自苕中來訪子固閉門不納夫人勸之始令從後門入坐定第問弁山笠澤佳否子昂云佳子固曰弟奈山澤佳何子昂慙退便令蒼頭濯其坐具其品節有過人者有彝齋文編四卷詞一卷　樂郊私語

史寯之

寯之字子聲一字石隱鄞人浩之孫以祖澤歷太府寺

簿直寶謨閣紹定初知江陰軍李全陸梁直抵海陵江陰當要衝寯之下車踰月請兵分屯秋毫無擾民賴以安有望海潮詞一闋歷代詩餘

馬天驥

天驥字德夫號方山衢州人紹定二年登進士第補簽書嶺南判官廳公事累遷秘書監直秘閣知吉州以秘閣修撰知紹興府授沿海制置使改知池州又改廣東兼經略安撫使遷禮部侍郎拜端明殿學士同簽書樞密院事封信安郡侯予祠起知衢州再予祠再起知福州福建安撫使升大學士知平江府褫職送信州居住

後卒於家曾賦城頭月詞贈梁彌仙李昴英有和作花草粹編

章謙亨

謙亨字牧之一作牧叔湖州人紹定間爲鉛山令爲政寬平人號爲佛家置象祀之嘉熙三年除直秘閣浙東提刑兼知衢州風采爲一時所稱然藉藉滑稽嘗以步蟾宮調賦守歲小詞云團圞小酌醺醺醉厮捱著沒人肯睡呼盧直到五更頭便鋪了妝臺梳洗庭前鼓吹喧人耳驀忽地又添一歲休嫌不是少年時有多少老如我底涉筆成趣頗足解頤浩然齋雅談

陸叡

叡字景思，號雲西，會稽人。紹定五年登進士第。淳祐中旨沿江制置使司參議，入爲禮部員外郎，兼崇政殿說書。景定五年進中大夫，集英殿修撰，江南東路計度轉運副使，兼淮西總領。瑞鶴仙詞云：溼雲黏雁影，望征路愁迷，離緒難整。千金買光景，但疏鐘催曉，亂雅啼暝。花悰暗省，許多情，相逢夢境。便行雲都不歸來，也合寄將音信。孤迴盟鸞心在，跨鶴程高，後期無準。情絲待翦，翻惹得舊時恨。怕天教何處，參差雙燕，還染殘朱賸粉。對菱花與說相思，看誰瘦損。歇拍詞旨，摘爲警句。絕妙好

詞

鄔文伯

文伯以字行鄞人端平二年登進士第其翻香令云醉和春恨拍闌干寶香半灺倩誰翻丁寧告東風道小樓空斜月杏花寒夢魂無夜不心關江南千里霎時間且留得鸞光在等歸時雙照淚痕乾陽春白雪

許棐

棐字忱夫號梅屋海鹽人嘉熙中隱居不仕有獻醜集一卷梅屋詩稿三卷詩餘一卷融春小綴樵談各一卷

滿宮春云嬾摶香慵弄粉猶帶淺醒微困金鞍何處掠

新歎倚燕鶯尋問柳供愁花獻恨衮絮織紅成陣碧樓能有幾番春又是一番春盡生香活色跌宕風流小令之特健藥也 絕妙好詞箋

宋伯仁

伯仁字器之自號雪巖耕田夫湖州人僑寓杭州宅在西馬塍舉鴻詞科嘉熙中歷監淮揚鹽課有雪巖吟草西塍集一卷煙波漁隱詞梅花喜神譜各一卷 四庫存目

柴望

望字仲山號秋堂又號歸田其先衢人徙居江山嘉熙

間太學上舍生淳祐六年元旦日蝕詔求直言上丙丁龜鑑十一卷忤時相下獄旋放歸景炎二年以薦授迪功郎史館國史館編校宋亡不仕與弟隨亨元亨元彪稱柴氏四隱有秋堂集三卷道州台衣集涼州鼓吹詞各一卷　蘇幼安秋堂公墓誌

黃機

機字幾仲一云字幾叔東陽人嘗仕宦州郡游蹤則多在吳楚之間而與岳總幹以長調唱酬爲尤夥總幹者武穆之孫珂也岳氏爲忠義之門故機所作亦皆沈鬱蒼涼不復作草媚花香之語有竹齋詩餘一卷　竹齋詩

餘提要

樓槃

槃字考甫一字曲澗鄞人與枎爲兄弟行進士有曲澗詞續去似率直正是白描妙手霜天曉角咏梅云剪雪裁冰有人嫌太清又有人嫌太瘦都不是我知音誰是我知音孤山人姓林一自西湖別後辜負我到如今 絕妙好詞 秋崖小稿

徐儼夫

儼夫字公望號桃渚平陽人淳祐元年進士第一官至禮部侍郎著有桃渚詞傳世不多而淸新婉麗西江月

云曲折迷春院宇參差近水樓臺吹簫人去燕歸來空有落梅香在花底三更過雨酒闌一枕驚雷明朝飛夢隔天涯腸斷流鶯聲碎　陽春白雪

陳　策

策字次賈號南墅上虞人淳祐中為荊州閫帥幕僚以功授武階滿江紅咏柳花云倦繡人閑恨春去淺顰輕掠章臺路雪黏飛燕帶芹穿幕委地身如游子倦隨風命似佳人薄歎此花飛後更無花情懷惡心下事誰堪託憐老大傷飄泊把前回離恨暗中描摸又趁扁舟低欲去可憐世事今非昨看等閑飛過女墻來秋千索

緒哀斷工於言情歷代詩餘

樓枎

枎字叔茂，號梅麓，鄞人，鑰之孫。端平中爲沿江制置司幹官，淳祐中知泰州軍，移鄂武軍。水龍吟次周清真梨花韻云：素娥洗盡繁粧，夜深步月秋千地。輕腮暈玉，柔肌弄粉，緇塵欲避。雪魄留香，暖雲同夢，昭陽空閉。悵仙園路杳，曲闌人寂，疏雨濕、盈盈淚。未放游蜂棲底，怕春歸、不禁狂吹。象牀困倚，冷魂微醒，鶯聲喚起。愁對黃昏，恨催寒食，滿襟離思。想千紅過盡，一枝獨冷，把梅花比。詞境超逸，善於寄託。與其斷句：夜深更擁寒衾坐，明月

梅花共一窗同臻妙悟　全芳備祖　絶妙好詞

李彭老

彭老字商隱號篔房湖州人淳祐中爲沿江制置司屬官有篔房詞詞筆妙一世秀潤醞藉聲静氣和夢窗乙稿絳都春一闋即爲篔房量珠賀則其平日往還贈答之雅可想見矣　浩然齋雅談　古今詞話

王同祖

同祖字與之號花洲金華人奉議郎淳祐中官建康府通判次改添差沿江制置司機宜文字有學詩初集一卷賦阮郎歸云一簾疏雨細於塵春寒愁殺人桐花庭

院近清明新煙浮舊城尋蝶夢怯鶯聲柳絲如客情丙丁帖子畫教成妝臺求晚晴 絶妙好詞

薛夢桂

夢桂字叔載號梯飈永嘉人寶祐元年登進士第嘗知福清縣仕至平江倅所居西湖五雲山巨隔凡關曰林壑甕通命之曰方匡小隱諸名士莫不納交焉工長短句醉落魄云單衣乍著滯寒更傍東風作珠簾壓定銀鉤索雨弄初晴輕旋玉塵落花膚巧借妝梅約嬌羞纔放三分蓼尊前不用多評泊春淺春深都向杏梢覺灑落流麗詞中能品 浩然齋雅談

著字子微一字謙之鄞人寶祐四年登進士第官著作郎出知嘉興府忤賈師憲改臨安通判有本堂詞一卷

本堂詞

陳著

潘希白

希白字懷古號漁莊永嘉人寶祐中登進士第除幹辦臨安府節制司公事德祐中起爲史館檢校不赴九日大有一解云戲馬臺前采花籬下問歲華還是重九恰歸來南山翠色依舊簾櫳昨夜聽風雨都不似登臨時候一片宋玉情懷十分衛郎清瘦紅萸佩空對酒砧杵

動微寒暗欺羅袖秋已無多早是敗荷衰柳強整帽簷欹側曾經向天涯搔首幾回憶故國蓴鱸霜前雁後高澹逼近稼軒　歷代詩餘　銅鼓書堂詞話

吳大有

大有字有大一字勉道號雲壑嵊人寶祐間太學上舍生上書言賈似道奸狀不報遂退處林泉與仇遠白珽等詩酒相娛元初辟爲國子檢閱不赴有松下偶鈔雪後清音歸來幽莊等集送李琴泉云江上旗亭送君還是逢君處酒闌呼渡雲壓沙鷗暮漠漠蕭蕭香凍梨花雨添愁緒斷腸柔艣相逐寒潮去調寄點絳脣詞旨疏

俊能以韻勝絶妙好詞　墨莊詞話　宋詩紀事

陳景沂

景沂字肥遯天台人著有全芳備祖五十八卷理宗時嘗進於朝壺中天咏梅云江郵湘驛問暮年何事暮冬行役馬首摇摇經歷處多少山南溪北冷蕊烟扉孤芳雲掩瞥見如相識相逢相勞如癡如訴如憶最是近曉霜濃初弦月挂傳粉金鸞側冷淡生涯憂樂忘不管冰簷雪壁魁榜虚誇調羹浪語郵裏求真的暗香來歷自家還要知得意蓋別有所託也歷代詩餘

史衛卿

衞卿字景靈鄞人寯之從子少登進士第其柳梢青云蔦絲華身小桃花扇安石榴裙子野聞歌周郎顧曲曾惱夫君悠悠羇旅愁人似零落青天斷雲何處銷魂初三夜月第四橋春歷代詩餘及絕妙好詞均署羅椅名歇拍三句世頗傳誦四明近體樂府

方君遇

君遇以字行浙右人家於吳興詩體渾成詞亦能爲情至語風流子云春被雨禁持傷心事彷彿去年時記芳徑暮歸褪妝微醉暗幃先寢鬧笑佯癡回首別離容易過楊柳又依依紅燭怨歌鬢花零落青綾羣夢屏影參

差桃源今何在劉郎去應念瘦損香肌誤約夜闌從前怪我多疑但帕收殘泪對人徐語指彈新恨推戸潛窺還是懨懨病也無計憐伊　陽春白雪　詞綜補遺

夏元鼎

元鼎字宗禹自號雲峯散人又號西城眞人永嘉人屢試不第辟幕職有功兵間棄官入道有蓬萊鼓吹一卷凡詞三十首皆涉玄渺唯滿江紅一闋則清超拔俗不愧詞人　蓬萊鼓吹

朱昺孫

昺孫字令則一字萬山鄞人其爲詞鍊氣鍊聲並皆佳

妙冥珠簾云春雲做冷春知未春愁在碎雨敲花聲裏海燕已尋蹤到畫溪沙際院落秋千楊柳外待天氣十分晴霽春市又青帘巷陌紅芳歌吹須信處處東風又何妨對此籠香覓醉曲盡索餘情奈夜航催離夢滿冰衾身似寄算幾度吳鄉煙水無寐試明朝說與西園桃李絕妙好詞

吳文英

文英字君特自號夢窗晚號覺翁鄞人景定時嘗客榮王邸受知於丞相吳潛有夢窗詞集甲乙丙丁稿四卷補遺一卷其與沈伯時論作詞之法音律欲其協不協

則成長短之詩下字欲其雅不雅則近纏令之體用字不可太露露則直突而無深長之味發意不可太高高則狂怪而失柔婉之意可謂極詞家之秘奧故其所作密麗工整深得清眞之妙尹惟曉嘗云求詞於吾宋前有清眞後有夢窗乃天下之公言也其激賞如此　樂府指迷　絕妙好詞箋

黃中

中字仲庸號澹翁平陽人夢窗集中有別澹翁憶舊遊詞可知其縞紵往還交閭不薄其瑞鶴仙詞用陸子逸韻亦復縷金錯采雅近夢窗　陽春白雪　夢窗詞

錢　選

選字舜舉，號玉潭，又號巽峯，自號霅川翁，烏程人。景定三年登進士第。入元不仕，人品高逸，流連詩畫，與趙子昂等有吳興八駿之稱。詞亦工秀，惜流傳者僅行香子詠折枝芙蓉一闋，且殘缺十五字，殆吉光片羽矣。西吳里語　湖州詞徵

韋居安

居安字未著，吳興人。景定間登進士第。景炎元年司糾三衢。有梅磵詩話三卷。錢牧叔別墅在張釣魚灣，即唐人元眞子張志和釣遊處，水亭三間，扁曰魚灣風月地

居安爲之賦摸魚兒一闋極能狀幽閒之景花草粹編

高觀國

觀國字賓王號竹屋山陰人有竹屋癡語一卷史達祖爲之序能特立清新之意刪削靡曼之詞楊湜撰古今詞話謂觀國精於詠物竹屋癡語中最佳者有御街行詠轎詠簾賀新郎詠梅解連環詠柳祝英臺近詠荷少年遊詠草皆工而入逸疏而多風信然四庫提要　古今詞話

翁夢寅

夢寅字賓暘號五峰錢塘人其先本福建崇安祖中丞

彥國當僞楚張邦昌僭帝時嘗提兵勤王爲李丞相綱之亞父謙之進士至夢寅乃首登臨安鄉書遂占籍焉賈師憲開府維揚甚禮遇之比歸置酒以餞夢寅即席賦摸魚兒云捲西風方肥塞草帶鉤何事東去月明萬里關河夢吳楚幾番風雨江上路一二十載頭顱凋落今如許涼生弄塵歎江左夷吾隆中諸葛談笑巳塵土寒汀外還見來時鷗鷺重來應是春晷輕裘峴首陪登眺馬上落花飛絮拌醉舞誰解道斷腸賀老江南句沙津少駐舉目送飛鴻幅巾老子樓上正凝佇師憲大喜舉席間飲器凡數十萬悉以贈之浩然齋雅談

王沂孫

沂孫字聖與亦作聖予號碧山又號中仙又號玉笥山人會稽人官慶元路學正有碧山樂府二卷一名花外集碧山胸次恬淡故黍離麥秀之感只以唱歎出之集中詠物諸篇皆有君國之憂著力不多地分高絕張叔夏亦稱其琢語峭拔有白石意度可見其詞品矣　絕妙好詞箋　詞辨　詞學集成

楊纘

纘字繼翁一作嗣翁號守齋自號紫霞翁嚴陵人本鄱陽洪氏恭聖太后姪楊石之子麟孫早夭遂祝爲嗣後

居錢塘官至司農卿浙東帥度宗朝以女選進淑妃贈少師守齋精於琴作紫霞洞琴譜故深知音律所度曲多自製譜有作詞五要一擇腔二擇律三塡詞按譜四隨律押韻五立新意洵爲知言　絕妙好詞箋　詞源

何夢桂

夢桂字巖叟初名應祈字申甫淳安人咸淳乙丑省試第一廷試一甲三名授台州軍判官累官至大理寺卿引疾去至元中屢徵不起築室小西源自號潛齋有潛齋詞一卷　歷代詩餘

莫崙

嵩字子山號兩山吳興人咸淳四年登進士第官位未詳入元以遺逸薦不仕絕妙好詞錄其水龍吟諸詞凡四闋　絕妙好詞

李萊老

萊老字周隱號秋崖彭房弟咸淳六年以朝請郎任嚴州與兄彭房競爽時稱龜溪二隱有合刻爲二隱詞鈔者萊老自著名秋崖詞纏綿往復稱心而言而於韻律亦甚精核詞家名手也　浩然齋雅談　詞苑

葉閶

閶字史君號秋臺又號直庵金華人咸淳間知南康府

詞筆鬆秀有摸魚詞見陽春白雪　陽春白雪

施　岳

岳字仲山號梅川吳人精於律呂寓居武林其卒也楊守齋爲樹梅作亭薛梯飈爲誌其墓李篔房書周草窗題蓋葬於西湖虎頭巖下沈義父樂府指迷稱梅川詞因音律有源流故其聲無舛誤讀唐詩多故其語雅淡　樂府指迷　絕妙好詞箋

陳允平

允平字君衡一字衡仲號西麓自稱莆鄞澹室後人鄞縣人德祐時授沿海制置司參議官元大德間憲使臧

夢解陸屋屢薦不起有日湖漁唱二卷西麓繼周集一卷張叔夏云詞欲雅而正志之所之一爲物役則失其雅正之音西麓所作平正有佳者　絕妙好詞箋

王易簡

易簡字理得號可竹山陰人尚書佐之元孫宋末進士除瑞安簿不赴隱居城南有山中觀史吟其摸魚兒賦蒓云功名夢消得西風一度高人今在何許鱸香菰冷斜陽裏多少天涯意緒并步兵高致亦一齊撇卻運意更高固是熟事生用法亦是從東坡不爲鱸魚也自賢句討得箇消息　絕妙好詞箋　龍壁山房詩話

牟　巘

巘字獻甫一字獻之子才子其先井研人徙居吳興嘗登進士第宋末官至大理少卿入元不仕隱居三十六年卒有陵陽先生集二十四卷詞一卷　陵陽集　宋史翼

周　容

容字子寬四明人詞不它見僅浩然齋雅談錄一闋云謝了梅花恨不禁小橋羞獨倚暮雲平夕陽微向柳梢明東風冷眉岫翠寒生無限遠山青重重遮不斷舊離情傷春還上去年心怎禁得時節又燒鐙調寄小重山

浩然齋雅談

張頠

頠嘉興人嘗與徐高士游洞霄宮賦水調歌頭一闋有他日倘然歸老乞取一庵雲卧隨分了生涯之句蓋亦恬淡之士也徐高士即徐沖淵洞霄詩集

陳恕可

恕可字行之越州人所居曰宛委山房輯有樂府補題一卷補題作者十有三人皆宋之遺民以寄其故國之思者行之即其一也絕妙好詞箋

林表民

表民字逢吉號玉溪臨海人其先世魯人自六世祖廣之卒於天台稅官任遂居臨海蓋占籍數世矣表民父師箴編天台集未竟表民續之陳耆卿修赤城志亦屬表民撰述又自爲續志三志世多稱之復以記序銘贊之文志不盡載者爲赤城集別有玉溪吟草附詞絶佳

玉漏遲和趙立之云並湖游冶路垂堤萬柳翹塵籠霧草色將春離思暗傷南浦舊日愔愔坊陌佝想得畫樓窗戶成遠阻鳳箋空寄燕梁何許淒涼瘦損文園記翠筦聯吟玉壺通語事逐征鴻幾度悲歡休數鶯醉亂花深裏悄難替愁人分訴空院宇東風晚來吹雨停勻綿

麗無愧作家宋詩紀事補遺

劉瀾

瀾字養源號江村天台人先爲道士後還俗工詩詞清拔處具體白石其游天台鴈蕩東湖賦買陂塘一闋則絕筆也浩然齋雅談　瀛奎律髓

胡汲古

汲古字待者嚴陵人著有樂府平陽林景熙霽山爲之弁言稱其清而腴麗而則逸而歛婉而莊悲涼於殘山剩水豪放於淸風明月蓋亦南渡之遺民也霽山先生集

陳剛

剛字中孚天台人官編修在燕遇端陽節適當母誕作太常引二章陸太沖以謙謂其事關倫紀有陟屺瞻望不遑將母之思云賭棋山莊詞話

周密

密字公謹盛年藏書萬卷居饒館樹遊足僚友其所居弁陽在吳興山水清峭遇好風佳時載酒肴浮扁舟窮旦夕賦詠於其間就使失祿不仕浮沈明時但如蘇子美沈睿達輩亦有足樂者蘋洲漁笛譜二卷乃其所作詩餘湖州詞徵

汪元量

元量字大有號水雲錢塘人以善琴供奉內庭爲琴師隨德祐君赴北留燕久之黃冠南歸往來匡廬沈鬱蒼涼與玉田並駕有水雲詞一卷歷代詩餘

曹良史

良史字子才號梅南錢塘人有梅南摘稿分詩詞三摘詞名鏤冰雕刻流麗聲調與少游美成爲近江城子云夜香燒了夜寒生掩銀屏理銀箏一曲春風都似斷腸聲杜宇欲啼楊柳外愁似海恩如雲背燈暗卸乳鵝裘酒初醒夢初醒蘭炷香篝誰爲熨羅衾二十四簾人悄

悄花影碎月痕深絶妙好詞　桐江集

唐珏

珏字玉潛號菊山越州人宋亡後與林景熙同爲採藥之行潛瘞諸陵骸骨樹以冬青謝翺作冬青引紀之世人高其義烈而樂府補題詠蓴詠蓮詠蟬諸社作亦復抗手中仙性情流露不求工而自工周介存謂玉潛非詞人殆以行誼過人不欲儕諸引商刻羽之列耳歷代詞話　輟耕錄

楊舜舉

舜舉字觀我金華人栗里翁本然之子入元隱居不仕

父子一門自爲師友栗里善説經觀我精考史均出王深寧尚書之門觀我於塡詞尤妙其錢塘有感浣溪沙云殘照西風一片愁疏楊畫出六橋秋游人不上十三樓有泪金仙還泣漢無心玉馬已朝周平湖寂寂水空流玉馬朝周蓋譏趙氏宗室入仕元朝者江村詩詞賸語

張幼謙

幼謙字未詳浙東人宋末登科仕至倅郡與鄰女羅惜惜以詞相贈答卒成偕老古今女史載其事甚悉詞亦語眞而質未嘗求工字句之間然自是宋人風格古今

女史　陳又新

又新别作文卿自號太白山人姚江人才思敏贍嘗與玉斗山人王奕出游湖上各倚綺羅香慢和周公謹十景樂府又新立成十解玉斗歛手歎服以爲不逮也張叔夏亦有臺城路詞寄之見山中白雲詞　西湖秋柳詩注

歷代兩浙詞人小傳卷三終

歷代兩浙詞人小傳卷四目錄

元

風雅故並工書法 繡谷亭熏習錄　洞霄圖志　養蒙先生詞

仇遠

遠字仁近一字仁父號渲祐遺民錢塘人初家餘杭溪上之仇山高文簡爲作山村圖故又號山村後居虎林白龜池咸淳間與白湛淵同以詩稱入元乃同膺薦爲儒官不達歸老西湖更號西湖村民江山跌宕詩酒送年張翥張雨莫維賢皆出其門著有興觀山村等集詞集名無絃琴譜清微要渺與玉田草窗爲近 馮登府無絃琴譜跋　絕妙好詞箋　式古堂書畫彙考

趙孟頫

孟頫字子昂宋太祖子秦王德芳之後四世祖伯圭賜第湖州遂爲湖州人宋末用父蔭調眞州司戶參軍至元中以程鉅夫薦授兵部郎中累遷至拜翰林學士承旨榮祿大夫卒追封魏國公謚文敏有松雪齋集十卷樂府附以承平王孫而嬰世變離黍之悲有不能忘情者故深得騷人意度其詞如消沈萬古意無窮盡在長空澹澹鳥飛中格理入微別開妙境玉塵集　堯山堂外記　蛾術詞選

陳孚

孚字剛中號勿齋臨海人至元中以布衣上大一統賦署上蔡書院山長調翰林國史院編修官歷官至台州路總管府治中有觀光交州玉堂諸稿詞見歷代詩餘歷代詩餘

姚式

式字子敬歸安人以高彥敬薦除紹興府學教授吳興西十餘里有敷山式隱居其中以老天資高爽人品俊逸趙子昂最敬畏之贈詩云吾愛子姚子風流如晉人白眼視四海淸言無一塵其題黃鶴山樵洞天淸曉圖西江月詞換頭云醉後豈知天地月寒莫辨瓊瑤一聲

鶴叫萬山高晝出洞天清曉殊飄然有淩雲意 研北雜志 敷山記 湖州詞徵

許謙

謙字益之自號白雲山人其先京兆人由平江徙婺之金華遂爲金華人受業金履祥之門隱居東陽八華山屢邀徵辟高節固辭卒賜謚文懿有白雲集四卷揚州趙鶴輯其集中有關理學者與呂東萊何北山王魯齋金仁山之文同刊名金華正學編然其蜨戀花詞有初試花冠金鳳小鬟亂釵橫長怯旁人笑云云理學名儒亦復工爲綺語知梅花一賦不礙廣平鐵石也 得樹樓

雜鈔　詞綜補遺

沈景高

景高佚其字烏程人有詠美人指甲和劉龍洲沁園春詞見歷代詩餘俞焯云景高舊家子弟流落不遇於世余見此詞纖麗可愛因定交焉歷代詩餘

范晞文

晞文字景文號藥莊錢塘人太學生理宗時與葉李上書詆賈似道竄瓊州入元以程鉅夫薦擢江浙儒學提舉轉長興丞有藥莊廢稿其意難忘詞一解甚工絕妙好詞箋

白賁

賁字无咎錢塘人大德間人其鸚鵡曲云儂家鸚鵡洲邊住是箇不識字漁父浪花中一葉扁舟睡熟江南煙雨覺來滿眼靑山抖擻綠簑歸去算從前錯怨天公甚也有安排我處音節諧婉所作百字折桂令詞亦饒有畫意李存俟庵集稱賁善畫馬嘗題其畫云數筆寫來千里意只今惟有白忻州宜其詞中有畫也 至正直記

詞綜補遺

張可久

可久字伯遠號小山慶元人有小山樂府二卷風流文

采雅負時望武宗嘗於中秋夜與諸嬪妃泛月禁苑太液池中開宴張樂令宮女披羅曳縠前爲八展舞歌可久一半兒詞云花邊嬌月靜妝樓葉底滄波冷翠溝池上好風閒御舟可憐秋一半兒芙蓉一半兒柳極歡而罷太和正音譜評小山詞如瑤天笙鶴既清且新華而不豔有不食煙火氣味又謂如披太華之天風招蓬萊之海月　小山詞類編毛晟跋　日下舊聞元掖庭記

袁士元

士元一名寧老字彥章鄞縣人年垂四十以茂才薦授縣學教諭再薦爲平江路學教授擢翰林國史院檢閱

官不赴築城西別墅種菊數百本自號菊村學者著書林外集七卷危太樸爲之序詞載四明近體樂府 元詩選 四明近體樂府

吳景奎

景奎字文可蘭溪人嘗應劉貞辟爲從事旋部使者薦署興化縣儒學錄以母老辭不就有藥房樵唱三卷又樂府一卷歸安朱氏彊村叢書依傳鈔本鍥行詞僅十一闋頗多清穩合格之作 藥房樂府 四庫總目

周權

權字衡之括蒼人有此山先生樂府一卷歸安朱氏彊

村叢書依元刊本覆鍥行世詞格清空疏俊尚有南宋諸賢風致 此山先生樂府

鄭　禧

禧字天趣永嘉人仁宗時人登進士第官黃巖州同知嘗與同郡吳氏女以詞唱和見其所著春夢錄中 春夢錄

柯九思

九思字敬仲號丹丘天台人文宗時爲奎章閣鑒書博士工書詞亦秀逸柳梢青詠梅云懊恨春初飄零月下輕離輕隔重臨梨雲乍舒椒眼羞人曾識已堪索笑巡

檐早准備憐憐惜惜莫是溪橋攙先開卻試馳金勒詞綜　歷代詩餘

朱晞顔

晞顔字景淵長興人有瓢泉吟稿五卷詞附致多佳構其念奴嬌換頭云隱約一水中分金鰲戴甲力與蛟龍拒擬訪臨皋清夜鶴誰解坡仙神遇斷壁懸秋驚濤迴月總是無聲句勝遊如掃大江依舊東去亦豪雄亦疏快詞綜

曾寅孫

寅孫佚其字山陰人有減字木蘭花詞題湿日觀葡萄

卷云吳綃蜀繭筆底墨雲飛一片點點秋腴收得驪龍頷下珠與來一掃惜處有時慳似寶露葉煙條幾度西風吹不凋 珊瑚網名畫題跋

沈 禧

禧字廷錫吳興人工詞有竹牕詞一卷 歷代詩餘

吳 鎮

鎮字仲圭善畫山水工詞翰自號梅花庵主又號梅花道人梅沙彌嘉興人有花庵稿其源父詞品格高妙不滅張志和又嘉禾八景酒泉子八首亦有清疏之致 珊瑚網名畫題跋 湖州詞錄 六研齋三筆 名畫記

劉元

元佚其字會稽人其遊洞霄故宮和陳秋岡韻木蘭花慢詞云問神仙何處尋溪路水聲寒此福地靈巖西南天柱洞府名山翠蛟對誰起舞更巖飛龍鳳駭人看見說丹成仙去當年跨鶴乘鸞浮生貪勝似棋殘一著省時難便采藥眠雲吟風對月醉酒長安一任流行坎止又何須汨汨利名間試與林泉相約幾時容我投閒高逸之趣使人意遠洞霄詩集

趙雍

雍字仲穆號山齋吳興人孟頫子以蔭守昌國海寧二

州界遷至翰林待制有趙待制遺稿一卷詩詞雜錄附其詞娟麗可誦不特書法得松雪家風也 趙待制遺稿跋　書畫大觀錄

王國器

國器字德璉號筠庵吳興人趙孟頫壻蒙之父學識淹雅為時所推尤長於今樂府曾製踏莎行香匳八詠寄楊廉夫廉夫大為稱賞命侍兒歌之并付梓焉邵亨貞蛾術詞選摸魚兒題德璉山居圖亦有短褐長鑱清琴濁酒占斷晉風致之句其逸情遠韻可想見也 鐵網珊瑚　詞綜　詞綜補遺　湖州詞徵

李孝光

孝光字季和初名同祖樂清人隱居雁蕩山五峯下四方之士遠來受學聲望日著至正七年詔徵隱逸以秘書監著作郎召於宣文閣進孝經圖說旋進文林郎秘書監丞卒於官有五峯集六卷詞一卷筆力排奡才思古奧時流莫能及也　元史本傳　陳永德撰行狀

郯韶

韶字九成吳興人至正中嘗辟試漕府掾自號雲臺散吏又號苕溪漁者有雲臺集清平樂和韻云湘雲微度六曲朱闌暮簾外香飄梅子樹知有王孫索句誰將瑣

琯吹霞柳花飛過東家說與門前去馬斷腸休爲琵琶歌拍善於用意 詞綜

何景福

景福字介夫淳安人別號鐵牛翁至正末遭亂不仕有介夫文集四卷附詞淸疏俊逸自饒遠韻虞美人別曾道源云三年奔走荒山道喜說苕溪好苕溪秋水漫悠悠口口載將離恨上杭州干戈未已身如寄安樂知何處靑溪溪上釣魚磯縱使無魚還有蟹螯肥 詞綜

邵亨貞

亨貞字復孺號淸溪淳安人官華亭教諭因家焉有蛾

衕詞選四卷凭闌人題曹雲西贈伎畫云誰寫江南一段秋妝點錢塘蘇小樓樓中多少愁楚山無盡頭後庭花云銅壺更漏殘紅妝春夢闌江上花無語天涯人未還倚樓閑月明千里隔江何處山浣溪紗云西子湖頭三月天半篙新漲柳如烟十年不上斷橋船百媚燕姬紅錦瑟五花宛馬紫絲鞭年年春色暗相牽列朝詩集

何可視

可視字思明嘉興人值元末世亂不仕自號爛柯樵者其蜨戀花詞送春云金井啼鴉深院曉颺盡東風柳絮吹難了燕子多情相識早杏梁依舊雙雙到一縷沉煙

簾幕悄滿眼飛花祗攪人懷抱十二玉樓春樹杪天涯不斷青青草情景兼到　詞綜

沈貞

貞字貞吉號南齋自號茶山老人長興人元末隱居橫玉山入明敦蠱上履二之節始終不出有茶山集五十卷其題畫鵲橋仙詞一竿風月一簑煙雨家傍釣臺西住賣魚生怕近城門況肯到紅塵深處高逸之致流露言外弟恆字恆吉即石田先生之父亦善詞翰　珊瑚網名畫題跋　靜志居詩話

張翟

翟字翔南建德人徙居嘉興至正二十五年舉於鄉薦主甬東書院山長不就明初徵入禮局亦以疾辭有梓亭集蓋翟所居有巨梓徐一夔爲作記楊廉夫爲之題詠故即以名其集其題王彥强破窗風雨圖踏莎行詞歇拍云相思鴂外絲簧寒一簾蕉響秋如水鍊語極工

鐵網珊瑚畫品　靜志居詩話

金　絅

絅字子尚嘉興人元季中鄉舉洪武初知蘇州府事上疏請減賦額得罪賜死雅負詩名家有詠軒周致堯爲賦詩其題王彥强破窗風雨圖卷踏莎行詞亦具見工

力萬姓統譜　靜志居詩話　鐵網珊瑚畫品

歷代兩浙詞人小傳卷四終

歷代兩浙詞人小傳卷五目錄

明

張大烈 沈懋德 胡介 周斑 徐士俊

王翃 韓純玉 范汭 沈彙 唐達

歷代兩浙詞人小傳卷五

烏程周慶雲纂

明

劉基

基字伯溫青田人元進士入明以佐命功官至御史中丞封誠意伯正德中追謚文成有誠意劉文成公集二十卷附詞古今詞話稱其謁金門云風嫋嫋吹綠一庭青草轉應曲云秋雨秋雨窗外白楊自語青門引云相憐自有明月照人肺腑清如冰漁家傲云亂鴉啼破樓頭鼓花犯云餘香怨繡被踏莎行云愁如溪水暫時平

雨聲一夜依然滿渡江雲云定巢新燕子睡起雕梁對立整烏衣山鬼謠云離魂常在郊樹月深星暗蒼梧遠化作杜鵑歸去皆妙麗入神句王元美亦稱其詞穠纖有致蓋明代一作手也　古今詞話　明詞綜

瞿祐

祐字宗吉錢塘人洪武中以薦歷宜陽訓導陞周府長史永樂間謫保安洪熙元年放還有樂府遺音五卷餘清詞一卷風情麗逸多偎紅倚翠之語爲時傳誦及戍保安當興安失守邊境蕭條永樂己亥降佛曲於塞外選子弟唱之時値元宵作望江南五首詞旨淒絕聞者

皆爲泣下又篤於友誼錢塘陳嵩子肅者喜游俠爲奇俊語宗吉甚賞之嘗春日游湖有句云茜紅女兒歌白紵墨黑燕子來烏衣後游閩中盤桓伎館賦詩云青銅三百一斗酒荔枝十八誰家娘逾年而卒宗吉作念奴嬌詞悼之哀感甚至詩亦組織工麗論者比之温飛卿云　西湖游覽志餘　詩談　明詞綜　存齋集

淩雲翰

雲翰字彥翀錢塘人元末舉浙江鄉試除平江路學正不赴退居吳興梅林村號避俗翁洪武初以薦授成都教授有柘軒集詞四卷才高學博爲鄉黨所推瞿宗吉

與之最善嘗作梅詞霜天曉角一百首柳詞柳梢青一百首號梅柳爭春宗吉依韻遍和大邀歎賞官四川後以乏貢舉謫南荒以卒歸骨西湖宗吉送之葬有絕句云一去西川隔夜臺忽看白璧瘞蒼苔酒朋詩友凋零盡只有存齋冒雨來存齋宗吉自號也　歸田詩話　明詞綜

王蒙

蒙字叔明湖州人敏於文不尚矩度工畫山水兼善人物元末官理問遇亂隱居黃鶴山自稱黃鶴山樵洪武初知泰安州事蒙常謁胡惟庸於私第與會稽郭傳僧

知聰觀畫惟庸伏法坐事被逮瘐死獄中有憶秦娥一闋云花如雪東風夜掃蘇隄月蘇隄月香消南國幾回圓缺錢塘江上潮聲歇江邊楊柳誰攀折誰攀折西陵渡口古今離別　明史列傳　湖州詞徵

嚴震直

震直字子敏烏程人洪武時以部糧無後期特授通政司參議再遷爲工部侍郎進尚書坐事降御史數雪冤獄尋復爲工部尚書巡視山西至澤州病卒嘗讀其柳梢青云峻岫排雲層巒歛雪瀲玉聲聞勢瀉銀河光飄匹練白瀅花紋崖頭百尺浤浤水晶簾高挂晴曛一泓

澄澈清沁冰壺又許誰分　明史列傳　湖州詞徵

陳曼年

曼年字庚老號康衢歸安人少習舉業而以酒廢獨愛唐大歷以還諸名家詩家日以落罍傾甑破頹然壁立猶抱膝而吟不顧也曾見浣溪沙詞云半扇門兒手自推夜深風急峭寒催打窗落葉萬千回人影相依鐙影坐雁聲又帶雨聲來倩誰將箇好懷開　吳興藝文補　茅坤序畧　湖州詞徵

商輅

輅字宏載淳安人正統十年進士自鄉會試至殿試皆

第一歷官吏部尚書謹身殿大學士謚文毅有素庵集六卷附詞負鼎鉉重望而小詞明淨簡鍊亦復沾沾自喜其旅情春暮秋月退食諸篇不墮時趨自有殊致又一叢花詠初春云今年春淺臈侵年氷雪破春妍東風有信無人見露微意柳際花邊寒夜縱長孤衾易煖鐘鼓漸清圓朝來初日半銜山樓閣淡疏烟游人便作尋芳計小桃杏應已爭先衰病少情疏慵自放惟愛日高眠尤覺妥帖輕圓也古今詞話　明詞綜

張寗

寗字靜之海鹽人景泰五年進士官禮科給事中有方

洲集四十卷詞附滿江紅題碧梧翠竹送李陽春云一曲清商人別後故園幾度想翠竹碧梧風采舊遊何處三徑西風秋共老滿庭疏雨春多過看蒼苔白石易黃昏愁無數嶧山畔淇泉路空回首佳期誤歎舞鸞鳴鳳歸來遲暮冷淡還如西磵草淒迷翻作江東樹且留他素管候冰絲重相和饒有清勁之氣明詞綜

姚綬

綬字公綬嘉善人天順八年進士官監察御史成化初知永寗府解官作室曰丹丘自稱丹丘先生有穀庵集歷代詩餘明詞綜均錄其詞玉樓春云東風寒峭人何

處百里幽閑猶未遇看春不覺又清明檻外梨花開幾樹相思心逐東流去老天肯把韶光駐陌頭楊柳正青青莫教容易飛花絮歇拍有絃外餘音　歷代詩餘　明詞綜

陳霆

霆字聲伯德清人宏治十五年進士官刑科給事中抗直敢言以忤逆瑾廷杖謫判六安州瑾誅復起歷遷山西提學僉事致政歸隱居渚山四十年有水南稿十九卷又著渚山詞話評隲有獨到處其詞如踏莎行晚景云流水孤村荒城古道槎牙老木烏鳶噪夕陽倒影射

疏林江邊一帶芙蓉老風瞑寒烟天低衰草登樓望極羣峰小欲將歸信問行人青山盡處行人少清平樂游西湖用王介甫韻云香車隘佳笑揭紅蓮語淺蹴芳塵羅襪汙堤上未乾花雨畫船載得琵琶醉中情思無涯不管湖烟湖水東風取次飛花疏蒨有致　明詞綜　德清侯志參仙潭後志

顧應祥

應祥字惟賢號箬溪其先長洲人父昶悅長興山水家焉應祥登宏治十八年進士歷遷刑部尚書調南京刑部致仕於學不名一家尤精於九章句股法少從姚江

增城二先生遊然不甚依附晚年尋逸老之社評者謂其詩似白傅書似趙吳興年八十三卒其題葛玉禪院壁有虞美人影一詞云庭院深深淡晚烟雨花飛落珠鈿門下紅塵十丈原不染金仙新涼纔入早秋天輕風細雨溪干參透三生舊夢相對一鐙前 弇州山人稿

湖州詞徵

唐樞

樞字惟中歸安人嘉靖五年進士授刑部主事上疏言李福達之獄斥爲民樞少學於湛若水深造實踐隆慶初復官以年老加秩致仕有不知者致一善謳侑觴樞

拒之置屏外一曲而去聞者以爲絶唱試江南弄一章酬主人愼氏云香撥飛雲出綺屏六么春輭轉關輕房暉遠對不堪情江月明人不見數峯青明史列傳　湖州詞徵

閔如霖

如霖字師望烏程人嘉靖十一年進士授編修繼掌國子監嚴身率物不事苛細主教庶吉士與多士商論國家大故使知輔養所急朝廷有大議論大著作出先生手筆者悉當上意諸學士莫與並升南京禮部尚書卒贈太子少保其詠松塡鷓鴣天云老幹槎枒蒿岱間鐵

衣生𧿹紫鱗乾影搖千尺龍蛇動聲撼半空風雨寒蒼沆瀣挺塵寰君恩曾拜大夫官分明欲作擎天柱直氣森森不屈盤 湖州府志 姚宏謨午塘先生集序 湖州詞徵

駱文盛

文盛字質夫號兩溪武康人嘉靖十四年進士改庶吉士授編修時嚴嵩秉政引身獨善意泊如也丁內艱服闋不起結屋石城山麓讀書其中非義一介不取後貧病垂死有以千金求居間者倘力揮之歿無以爲葬著有兩溪集 湖州詞徵

蔡宗堯

宗堯自號東郭子天台人嘉靖十六年舉人官松溪縣教諭有龜陵詞一卷點絳脣云寒雨溪橋卷簾半醉春風好早鶯來了疏影梅花老吟破狂愁燕落江天渺山城小馬蹄多少露濕王孫草　明詞綜

高濂

濂字深甫杭州人工塡詞沈詞隱稱其詞獨出清裁不附會於庸俗西江月題情云有恨不隨流水閒愁慣逐飛花夢魂無日不天涯醒處孤燈殘夜恩在難忘銷骨情含空自酸牙重重疊疊剩還他都在淋漓羅帕夜韻

幽秀　明詞綜　草堂詩餘

徐渭

渭字文清更字文長山陰人博學多才清狂傲俗嘉靖中少保胡宗憲督兵浙江以諸生延入幕府掌書記有闕編櫻桃館諸集浣溪沙鑑湖云淺碧平鋪萬頃羅越臺南去水天多幽人愛占白鷗莎十里荷花迷水鏡一行遊女惜顏酡看誰釵子落清波寫景入微　歷代詩餘　草堂詩餘　明詞綜

董份

份字用均號潯陽烏程人嘉靖二十年進士由庶常累

升禮部尚書郊社廟祀率遣官代奏言天神無兩格之理請罷一切祕禱遂奪職家居歸里與唐樞蔣瑤爲逸老堂之會創義田義塾鄉人皆仰給焉送人入山調寄河滿子云敲缺唾壺坐上倚來長劍天邊千古英雄何在也一生遇合徒然惟有山崖海島聊堪鑿井耕田好傍碧巖成屋還栽綠樹爲援鳥語始知春到也花開自識流年不管人閒碌碌遥知世外翩翩　湖州詞徵

姚一元

一元字惟貞長興人幼孤貧益淬厲於學嘉靖二十三年進士授行人選山東道御史詔察視京營時陸炳張

甚與大司馬爭班軍事力折之隆慶四年由太僕卿轉順天府尹以忤時宰致仕與同郡諸老結社湖山間自號畫溪居士萬玉禪院題壁有虞美人影一闋云招提飄拂戒香煙如來寶相金鈿自是塵寰金地妙境亦如仙頻伽□鳥哢晴天多羅樹與雲千最愛一僧入定趺坐佛鐙前　湖州詞徵

沈　稠

稠字時秀號觀頤嘉靖三十八年進士知壽光縣有神君之號歷應天府丞右僉都御史巡撫福建僅三月乞歸稠性孝友祿入悉推分親戚歸美餘於庫博聞玄覽

於陰陽句股獨探其精有念奴嬌一闋贈高橋泉云鶴髮童顏看一團和氣自超塵壒不作牢籠隨世網別是一般風格數究先天術傳肘後那羨壺中訣笑問江山消盡幾多英傑試看金谷豪華五陵馳驟過眼成超忽何似先生廛市後管領一簾風月濁酒三杯蒲團一具此意眞奇絕箇中佳處尚怪沈生饒舌 湖錄 湖州詞徵

趙金

金字淮獻號心山烏程人博學强記工詩文書畫行高潔非其義介然不可奪亦不爲矯亢之行入其門者有

如深鑿南坦笠溪二尙書結峴山會造廬請入社不應武廟末年詔徵天下書畫士金獨不出其謁金門云湖天渺一片水雲沙鳥俯景茫茫空懊惱孤吟秋色老自愛瑱玕芝草茅屋碧山環繞高卧長松心盡了年來機事少可以知其志矣　湖州府志　南潯鎮志　靜志居詩話　湖州詞徵

陳敬直

敬直安吉人隆慶中貢生記其南柯子云竹徑沿溪入柴門嵌柳開小橋流水白雲堆不是幽人誰向此中來掃石攤詩卷攀花記酒杯小僮休報夕陽催自有一川

明月送人回　湖州詞徵

支大綸

大綸字心易嘉善人萬歷二年進士官奉新縣知縣有華苹詞一卷小令風調娟秀山花子云楓葉霜催暮色殘相思人在碧雲間何處瓊簫吹月下倚闌干夢斷雨聲雞塞遠愁移花影鳳樓寒莫恨王孫消息斷萬重山

明詞綜

卓發之

發之字左車仁和人好倚聲菩薩蠻賦落花云小玉樓前風雨急春光一霎都狼藉桃葉與桃根誰家最斷魂

尊前回首望昨夜花成淚總是雨收時月明空滿枝王漁洋云左車詞倘駿逸頗有宋人風味 明詞綜

馬洪

洪字浩瀾號鶴窗仁和人有花影集三卷善詠詩尤工長短句雖皓首韋布而含吐珠玉錦繡胸腸褎然若貴介王孫也詞名花影蓋取月下燈前無中生有以爲假則眞謂爲實猶虛之意與陸清溪同出劉菊莊之門清溪得詩律鶴窗得詞調異體齊名可謂盛矣而鶴窗之詞尤有出藍之妙 明詩紀事 詞品 草堂詩餘

劉英

英字邦彥錢塘人著述甚富有賓山集蕉雪稿竹東小編湖山詠錄諸稿隱居不仕遨遊湖山名振遠近吳興邱天祐贈詩云慚愧無瓊報木桃論文惟覺醉醄醄昔年公幹名先重今日相如賦最高酒畔吳歌紅線毯袖中章草紫霜毫風流更在諸公上日日題詩付薛濤與馬鶴窗共事倚聲詞筆妍麗揚瞿存齋之餘波邦彥較馬似更勝也　明詩紀事　西湖游覽志餘

董斯張

斯張字遐周烏程人監生大宗伯份之孫與周永年茅維爲詞友周有懷響齋詞茅有十賚堂詞斯張有靜嘯

齋詞鵲橋仙云輕暖輕寒不晴不雨辜負韶光九十落花飛絮兩無情仗千尺游絲作合塗抹東西飄零南北從此扁舟一葉夢回始覺未歸休恨一點窺人明月陳黃門大樽稱其詞風流調笑情事如見柳塘詞話　歷代詩餘　明詞綜

王　屋

屋字孝峙嘉善人有草賢堂詞十卷風神澹遠臨江仙題顧四城北新居云獨訪柴門深竹裏板橋流水斜通漁舟泊處暮雲重數家橫浦上一徑入烟中叢木暗妨樵路遠鷺鷥飛破霞紅輕雷隱隱小池東藕花鮮著雨

菱蔓弱牽風　明詞綜

茅維

維字孝若歸安人有明盛行帖括以餘事爲詩詞者十不一工孝若獨浸淫於古所著十賚堂詞一以宋人爲圭臬而才情又横放傑出故一時豔稱之明詞綜錄其浣溪紗爲顧默孫納姬賦云四月陂塘水半扉姬人梳裹入羅幃佛樓先禮六銖衣花午枕拋紅印起月斜爐遶篆烟微百花深處玉郎歸　柳塘詞話　明詞綜

卓人月

人月字珂月仁和人自負逸才著詞統一書蒐采鑒别

大有廓清之力又著瘖歌詞十二卷有意出新獨闢生面極詞家之變態但於宋人蘊藉處不無快意欲盡之病如瑞鷓鴣湖上上元云城中大樹落金錢城外湖波起碧烟夜夜夜深歌子夜年年年節度丁年玻璃一段湖稱聖琥珀千鍾酒號賢自分懶追兒女隊玉梅花下拾花鈿窺豹一斑可知全體花草蒙拾　明詞綜

吳本泰

本泰字藥師海甯人崇禎七年進士官吏部郎中工倚聲聲韻遒上滿江紅和王昭儀云白雁南飛搖落盡漢宮秋色笳吹起霓裳聲斷絳河仙闕翡翠巢空金殿裏

鴛鴦瓦碎瑤臺側憶春風拂檻露華濃都銷歇塵黯淡燈明滅蛩語似支離說怨琵琶空抱杜鵑啼血戍柝驚回雞帳夢玉容羞照龍沙月莫悲傷環子繫羅衣君恩缺詞集一卷名綺語障明詞綜

錢繼章

繼章字爾斐嘉善人崇禎九年舉人有菊農詞一卷編以歲月感慨係之其詞整而有法浣溪紗云春盡園林褪鬧紅陰陰靜綠意從容鬟眉俱碧住山翁花捲半階通履舄柳開一面出簾櫳管人閒事是東風浪淘沙云雲意壓山尖故故相黏繞籬敗葉夜重添不見黃花開

一點孤負陶潛悶坐了無歡舊恨新拈西風一霎捲茅簷欲買秋光無計可笑拾榆錢明詞綜　歷代詩餘

徐之瑞

之瑞字蘭生仁和人崇禎九年舉人有橫秋詞豪放似辛稼軒登瓜步江樓賦水龍吟云怒濤千疊橫江是誰截斷神鼇足卻思當日風雲叱咤氣吞巴蜀江左夷吾風流頓盡神州誰復但茫茫覩此河山如故悲何限吞聲哭正擬清游堪續剩荒臺亂鴉殘木傷心莫話南朝舊事春波猶綠鼎鼎華年滔滔逝水浮生何促指三山縹緲淩雲東去醉吹霜竹丁氏詞綜補

韓曾駒

曾駒字人穀烏程人少聰慧工古文詞詩學放翁石湖書學鍾王性多澂昂四方名士遊苕上流連欵接罄家資不顧也適遭喪亂匿迹庚村以老有悟雲齋集　湖州府志　明詞綜

孟稱舜

稱舜字子塞烏程人有詞數闋錄其卜算子云回首望西陵隔別人南浦縹緲孤雲自往來寂寞歸時路　蓼渚小鴻飛夢斷風吹雨江外峰青似劒鋩難割愁腸去　明詞綜

吳鼎芳

鼎芳字凝甫湖州人記其擣練子云挨雨夕耐風晨薄命桃花短倖春留取兩行臨去淚楚雲湘水越羅巾 湖州詞徵

錢應金

應金字而介又字星白嘉興人有古處堂詞一卷工於言情憶秦娥云珠簾揭東君欲別鶯聲咽鶯聲咽亂堆柳絮平鋪荷葉玉人午夢殘粧怯落花愁殺雙飛蝶雙飛蝶可憐風雨送春時節踏莎行云銅雀春深紙鳶晝暖繡床無力拋鍼倦朝來不是嬾看花羞顏怕與花相

見粉饋啼痕羅消裙襇紅泉脉脉流松磵湘琴一曲美人愁雲連猿路秋連雁　明詞綜　歷代詩餘

朱一是

一是字近修海甯人崇禎十五年舉人有梅里詞一卷其二郎神登燕子磯秋眺一詞最饒逸響詞云岷峨萬里見渺渺水流東去指遠近關山參差宮闕起滅長空烟霧南望滄溟天邊影辨不出微茫盡處歎三楚英雄六朝王霸消沈無數從古長江天塹飛艎難渡白玉樹歌殘金蓮舞罷倏忽飛烏走兎燕子堂前鳳凰臺畔冷落丹楓白露但坐看狎鷗隨浪漁父扁舟朝暮　明詞綜

吳　熙

熙字止仲嘉善人有非水居詞三卷臨江仙村居云醉裏衡門聊自適短垣松竹蕭森日斜羅幕掩清陰心孤聞遠磬愁重理瑤琴幾點落英寒著地行來寂寞空林有人閒坐愛微吟平橋新漲水一徑野雲深詞境秀野寫村居風物如畫明詞綜

沈　謙

謙字去矜仁和人有東江詞二卷爲西泠十子之一塡詞稱最大意以薄倖一篇情眞語摯幽折以勝人然如野橋南去不逢人濛濛一片楊花雪之句即小山夢魂

慣得無拘束又踏楊花過謝橋意也誰謂其僅僅言情者乎居於臨平山下僻處杭之東偏聲名藉藉吳越齊楚之士過鼓村車轍恒滿其詩如秦川佚女巧弄機杼心手既調花鳥欲活聆其啞軋之聲皆中矩度又如金簧初炙脃而不裂所作樂府尤安雅中節子聖昭字宏宣善書畫毛稚黄有生子當如沈宏宣語有蘭臯集附詞　西泠十子詩選　靜志居詩話　明詩紀事　柳塘詞話　王氏詞綜

張大烈

大烈字言沖錢塘人有詩餘類函阮郎歸立夏二云綠陰

鋪野換新光薰風初晝長小荷貼水點橫塘蝶衣曬粉忙茶鼎熟酒卮揚醉來詩與狂燕雛似惜落花香雙銜歸畫梁密麗婉約風韻自勝明詞綜

沈懋德

懋德字雲嵩嘉善人有潮月齋詞雅工小令菩薩蠻江游云江聲洶洶魚龍老雲情烟色從空繞千里一扁舟看完無限秋蘋花隨浪急白鷺迎風立天外倚高樓有人添暮愁明詞綜

胡介

介初名士登字彥遠錢塘人諸生有河渚詞多哀楚之

聲滿江紅云走馬歸來西陵下斜陽滿樹回首處酒壚猶在河山非故久客不知家遠近重來卻怪人驚顧聽啼鵑也道不如歸歸何處草元閣蘭臺署揚州夢秦淮渡走人間未徧蒼涼日暮惆悵遼東丁令鶴當年華表誰爲主但相逢莫負故人心三生路明詞綜

周　珽

珽字上衡嘉善人有疑夢詞定風波客園看桂云蟋蟀聲寒黯淡風謝家池館九秋中叢桂四山香滿院一片粧成金屋畫闌東對酒不知身是客堪惜夕陽容易散晴空卻待夜深明月好須早扁舟隔岸采夫容雅鍊遒

整明詞綜

徐士俊

士俊字野君錢塘人工吟詠嘗論詩如康莊九逵車驅馬驟易爲假步詞如深岩曲徑叢篠幽花源幾折而始流橋獨木而方渡非具騷情賦骨者未易染指其言殊得甘苦故其詞亦綿渺幽咽好事近云鶯亂海棠絲拋卻春心不管楊柳那知人意惹鶯兒啼怨臉紅眉翠不堪銷擁著半床懶二十四番花信數春宵愈短柳塘詞話明詞綜

王翃

翃字介人嘉興人布衣自號秋槐老人有二槐堂詩家故業染一手挾書一手數錢與布販菜傭相應答好製詞曲作紈扇記忌者誣以詆毀里紳訟之官家計日落然詩日益有名志取多師不遺僞體於合處見離離處見合啟禎之間大雅不作毅然以起衰自任平湖陸職方嗣端嘗訪君於長水值君洗硯河頭挾之登舟家人不知也遍遊苕霅乃返既而入越謁陳臥子方置酒送客君詩有前路夕陽外行人春草中句臥子擊節曰此今之高三十五也爲序其詞介人詞有俊逸之韻深刻之思集必備諸調調復備諸體二槐堂稿遂以干計嘗

攜詩稿過鄱陽湖以文得罪湖神遇羣盜搜其篋衍惟詩稿四五帙怒投於湖及歸復得詩餘百闋緘之藤笥到家發視諸物不改而詞稿碎如刀劃迎風片飛無完紙矣故今之所傳詞稿盜擲神碎之餘也遭亂所居不戒於火惟餘小屋二間一供婦爨一吟詠其中有故人官府寮者造之不見尋卒於京口 檇李詩繫　靜志居詩話　明詩紀事　陳臥子王介人序略

韓純玉

純玉字子蘧歸安人有蘧廬詞一卷清空疏朗小令尤臻勝境虞美人云一簾花影春風夜月到薔薇架綺疏

一半晚猶開只爲畫梁雙燕未歸來挑燈約莫黃昏過猶自薰香坐星河耿耿傍闌干留取小窗相對晚妝殘浣溪紗云手捲蝦鬚上玉鉤疏疏急雨下梧楸韶光生怕付東流紅葉窗中無俗事白雲鄉裏有溫柔好留雙鬢莫教秋　明詞綜

范　汭

汭字東生烏程人生嶽嶽不爲人下沈酣唐人詩苦吟精思寢食盡廢輯全唐詩千餘卷胝手瘃足迄無甯夕詩才嫻雅如靈犀結佩可以避塵有望江怨云蘭房曉絡緯纖緜聲未了一霎愁多少桐陰斜壓欄干小人悄

悄羅幕手慵開惟恐驚棲鳥詩集小傳　靜志居詩話

湖州詞徵

沈彙

彙德清人錄其九日登果山賦點絳脣云爲愛飛鴻羽毛帶得秋光潤人遐天近獨自憑危楯菊綻黃金難上蕭疏鬢烟嵐近引新詩俊醉帽攲斜暈湖州詞徵

唐達

達字灝儒號永言德清人崇禎十六年貢生研精理學及星歷音律象數諸書性孝友貧不能葬親乃創爲葬社人皆效之所著詩文近百餘卷學者私謚淵靜先生

記其南鄉子塔院望渚山有感云松院寂無存隔水清風一故園石骨嵯峨雲壑窈桃源空有漁舸繫短蘺彷彿擬琴樽鴉點斜陽市背村春色自來人自遠王孫芳畹萋萋舊綠痕湖州詞徵

歷代兩浙詞人小傳卷五終

歷代兩浙詞人小傳卷六目錄

清一

毛遠公 彭孫遹 陳之羣 陸棻 毛奇齡

景星杓 朱彝尊 周篔 王嗣槐 羅坤

李良年 柯崇樸 鄭元慶 潘世暹 李符

汪森 汪文柏 吳之登 吳輿祚 吳秉仁

魯超 吳棠楨 魏允札 陸進 陸次雲

沈豐垣 諸匡鼎 沈皞日 吳儀一 陳謀道

王六吉 徐榎 俞士彪 沈叔培 沈岸登

沈進 沈季友 袁揆燐 盛楓 盛禾

盛本柟 張鏕 龔翔麟 沈爾燝 俞兆曾

沈崑 湯斂 錢肇修 韓獻 魏坤

歷代兩浙詞人小傳
卷八目錄
二

歷代兩浙詞人小傳卷六

烏程周慶雲纂

清一

曹溶

溶字潔躬嘉興人明崇禎十年進士清官至戸部侍郎刻意倚聲每謂人以詞爲小道不知塡詞必崇爾雅斥淫哇極其能事可以宣昭六義鼓吹元音又念有明一代三百年中詞學失傳因搜輯遺集以備揚扢清初浙西塡詞者家白石而戸玉田春容大雅風氣之變實由溶爲之提倡朱彝尊少時嘗從溶南遊嶺表西北至雲

中酒闌燈灺往往以小令慢詞更迭唱和有井水處輒以銀箏檀板歌之著有靜惕堂詞一卷　靜惕堂集

魏學渠

學渠字子存嘉善人順治五年舉人官刑部主事有青城詞三卷柳梢青賦旅思云水落平沙飛來塞雁聲到窗紗蛩語斜陽鴉翻墜葉秋在蘆花村烟一抹殘霞指帘影溪邊酒家白露催寒青衫淚濕況聽琵琶風韻在白雲碧山之間　王氏詞綜

王庭

庭字言遠嘉興人順治六年進士官至山西布政使有

秋聞詞一卷夜泊漢口調寄暗香云半城落日噪亂鴉驚起垂天雲黑小艇泊來不住江南住江北黃鶴樓荒何在只十里烟波凝碧聽不到醉酒仙人樓上夜吹笛行客眠未得欲寄與暗懷難附飛翼停歌月出鸚鵡洲橫動寒色歷歷晴川草樹輕浪捲一江風急待曉發雞唱也滿帆霜白勁氣盤旋清空如拭殆得力於白石道人歌曲者　王氏詞綜

曹爾堪

爾堪字子顧嘉善人順治九年進士官侍讀學士有南溪詞二卷點絳唇云沙暖蒲香鳳池漲綠晴波皺搓黃

蠻柳三月春方透小徑閒吟碧蘚生鴛甃消晴晝雨絲拖逗羸得梨花瘦采桑子云晚風吹破琉蘇暖花滿香匳蝶滿湘簾拾起殘紅玉笋尖未梳蟬髩如雲壓膏沐微沾宮粉輕拈十樣新眉懶去添清平樂云眉痕頻皺不似東風舊欺盡孤眠寒更透生得腰肢原瘦梨花靜掩長門尋常過幾黃昏魂向當初銷盡如何又說銷魂清初詞家愛寫閨襜者或流狎昵蹈揚湖海者動涉叫囂二者交病南溪詞獨工於寓意發爲雅音品格當在周秦姜史之間西堂集　王氏詞綜

丁澎

澎字飛濤仁和人順治十二年進士官禮部郎中有扶荔詞三卷詞變一卷工於言情神韻娟逸醉花陰春晚和清照云簾影沉沉移午晝迷迭銷金獸彈淚上花梢一霎風吟片片臙脂透困人天氣黃梅候粉汗沾羅袖鸞鏡掩重開試揣紅綿却是何時瘦柳初新本意云雪殘小苑東風住放嫩黃初吐蝶香未染鶯梭猶澀夢隱池塘輕霧最惜纖腰如楚恐難禁灞橋人去翠閣凝眸低語看春衫半分金縷因風幺裊柔條無力挽不盡隴烟湘雨及早和他同倚怕消魂夕陽飛絮歇拍最饒遠韻又瑣窗寒詠東風有入柳非烟弄花無影之句讀之

覺悽楚回環情味無盡 十六家詞

周宸藻

宸藻字端臣嘉善人順治十二年進士官陜西道監察御史有柿葉齋集王氏詞綜錄其浪淘沙詞云鶯燕太悤忙旖旎風光玉梭和淚織流黄蹙得遠山眉又淺怕整殘妝今夕在何鄉羅綺餘香空教寶瑟弄初涼眼底青春今去也花落銀床寫情入細有離合吞吐之妙此止庵周氏所謂意能深入筆能顯出造詣極深 王氏詞綜

毛際可

際可字會侯遂安人順治十五年進士授彰德府推官改官知縣有浣雪詞鈔二卷際可治古文有聲餘事作詞亦復審音協律不愧大晟樂府之遺其賦閨情小令尤極纏綿婉約之致謁金門夏閨云雛燕囀雨過綠槐如染小徑行來蓮印淺新添苔數點簾上鰕鬚半捲甌內鳳團初碾瞥見回廊羞自掩衫輕微露腕清平樂春愁云落花時節和淚飄紅雪畢竟淚流無斷絕不似飛花先歇春愁百計難醫天涯隔斷相思除是花長不謝與伊同撚花枝　王氏詞綜

李漁

漁薗谿人少遊四方自白門移家杭州居湖上碧波翠嵐環映几席自喜其家與山水爲隣題柱云繁冗驅人舊業盡抛塵市裏湖山招我全家移入畫圖中因自號湖上笠翁負才子名婦人孺子無不知有李笠翁者詞曲尤擅盛名麗句淸詞一時傳誦或有病其過近俳淺者然佳處自不可沒如絶句云膽瓶春色映檽紗一座淸香數瓈茶散脚道人無坐性閉關十日爲梅花詞如浪淘沙春暮云柳絮忽飛揚散卻春光等閒綠遍舊池塘無數浮萍遮水面何處流觴蜂蝶一生忙尙戀餘香踏靑散後倦梳妝又是懨懨人病也天氣初長一家言

王氏詞綜　金華詞錄

洪昇

昇字昉思錢唐人監生工度曲嘗取白香山長恨歌譜長生殿傳奇極力爲太眞洗脫詞藻豐華音律諧合以此名動公卿間趙秋谷於國恤日演之因此罷官所謂可憐一曲長生殿斷送功名到白頭也昇亦以此放浪江湖間後醉後墮江死所作詞有昉思詞二卷四嬋娟室塡詞一卷更漏子渡瓜洲云暗潮生斜日墜瓜步晚雲初霽離別苦客途難江風吹暮寒　疎窗靜孤幃冷旅夢還家纔醒年少日客中過好春能幾何憔悴不平謚

於言外　王氏詞綜

支隆求

隆求字武侯嘉善人順治十七年舉人官沂水縣知縣有泊庵集附詞一卷菩薩蠻云空濛雨後晴巒曉懸岩上下行人少香冷撲生衣落花隨處飛青峰看點點樹影參差掩古剎隱中林暮鐘林外深　王氏詞綜

陸世楷

世楷字英一平湖人順治間貢生官南雄府知府有種玉亭詞一卷踞勝臺詞一卷風格與南宋人爲近清平樂村居云三間茅屋屋後蕭蕭竹更喜柴門臨水曲隔

岸柳絲垂綠午餘一枕匡牀醒來牕外斜陽犢子驅過短堰鵝兒浴起方塘綺羅香賦春草云河畔波平山頭燒淨石髮沙痕齊吐一色萋萋遮斷天涯歸路清夢杳謝客西堂別魂黯江郎南浦望遥空碧映蒲帆離人時在綠楊渡倩誰傳語故國留取蘼蕪徑裏莫嫌遲暮客舍蒙茸只有青袍如故正芳時女伴同尋問舊日王孫何處縱裙腰繫得東風怕聞鶗鴂語王氏詞綜

閔亥生

亥生字未孩烏程人弱冠舉崇禎壬午孝廉康熙戊辰就選得陝西西鄉縣時滇黔亂後流亡未復亥生加意

撫循吏民愛戴工詩古文詞晚號東皋著有餐霞草詩餘　湖州府志　湖州詞徵

董漢策

漢策字帷儒號芝筠份元孫烏程人貢生博聞宏覽意氣豪邁范忠貞公承謨撫浙時條上救荒固圉諸策范公特薦於朝以科道用因事落職好道著書老而不倦著有藍珍詞一卷董詞一卷董詞二集一卷雪香譜一卷　湖州府志　湖州詞徵

呂師濂

師濂字黍字山陰人明太傅文安公曾孫游於滇爲上

容善書而不依古法爲古文滔莽雄渾王漁洋與之善嘗稱其塡詞峭雅而旨豔蘇幕遮新秋用周美成韻云燕將歸鱸尙小初拂金風桐葉辭柯少撲上羅衣涼帶峭忽換蟬聲秋覺空山早玉繩低香霧鬟笑指銀河預引天孫到雨過沉沉蓮漏杳湘簟桃笙一夢天忘曉所作名守齋詞 古夫于亭筆記　王氏詞綜

查容

容字韜荒號漸江海甯人少時應童子試於有司例有搜檢容怒曰朝廷以之取士而有司以不肖待人人之不肖固至此耶遂不應試以布衣終生有異稟讀書經

目不忘以文名於世有浣花詞其金縷曲追答李十九沅南見寄次朱十原韻有少日壚頭醉正飛揚不知嵇阮何論高李及玉柱珠絃彈絕調更何人好事傳流水之句龍性難馴意氣猶可想見也 陳廷敬序略 王氏詞綜

丁裔沆

裔沆字函巨嘉善人監生魏塘世胄弱歲能文黃九烟稱其鎔漢魏之精入初唐之冶姜西溟至欲鈔其集代王孝伯下酒物爲四方名士推重如此康熙初徐學士乾學舉應鴻博以親老辭性慷慨好施以是家日落集

燬於火存者十之一耳有香草堂詞滿庭芳秋江夜怨云烟接平岡帆沈遠浦斜陽紅樹蕭蕭啼鴉影裏秋迴雁聲高惆悵江南詞客青衫淚又灑河橋蕪城遠寒燈斗酒蛩語伴離騷迢遥思往事雲迷漢壘月照秦濠歎五陵裘馬空滿蓬蒿多少古今幽怨羊腸路九折停鑣琴心悄移情海上落葉待歸潮　倚晴樓集　詞綜續編

張星燿

星燿原名台柱字砥中錢唐人官内閣中書有洗鉛詞風骨騫舉雅近青兕賀新郎感懷爲袁籜菴先生賦云歲月留難住歎回頭功名萬里盡成塵土我已銀絲生

雙鬟何況秋孃眉嫵待還問舊時歌舞無限傷心言不得解金貂且醉青樓暮歌乍闋淚如雨西風歷歷傳更鼓倩江頭曉來鴻雁漫催行路十五年間天涯客纔是歸來一度早又向北燕南楚馬上濛濛寒雨下指萬山樹黑無人處獨自箇掉鞭去江湖羈屑垂老投荒可以怨矣　篋中詞　王氏詞綜　靈芬館詞話　寶華集

陸埜

埜字我謀平湖人有曠莽詞一卷彭孫遹最激賞之云曠莽詞妍雅綿麗頗與北宋名家風格相似其和漱玉詞若有所寄託者艮由濩落不偶不能無鬱伊之感相

見歡云碧桃落盡前溪杜鵑啼不喚離人歸也喚春歸非干病不關醉是思伊幾度夢中相見又還非又謁花陰換頭云玉簫錦瑟情難訴總爲多情誤生怕是三春愁共春來不共春歸去幽咽哀斷自饒逸韻十六家詞

毛先舒

先舒字稚黃錢唐人有鸞情詞一卷滿江紅詠暮春柳云一片殘陽映幾處河橋晴色問當日征衫別淚爲誰沾濕暮雨半梳魂欲斷綠陰如幄愁無極減風流不似鬭腰肢初相識章臺路春狼藉灞水岸烟斜織盼香塵依舊鈿車金勒飛絮影隨風上下離人望斷江南北怕

重來剩有亂蟬嘶千條碧觸緒縈迴何減殘月曉風之唱 王氏詞綜

王晫

晫初名棐字丹麓號木庵仁和人諸生有峽流詞一卷牆東草堂詞一卷春光好春遊即事云催夢醒鳥聲柔喚人游烟外垂楊絲影浮雨初收似趁東風吹去穿花漸近高樓翠幙忽搴人面露惹春愁施愚山嘗云詞貴清空不倚質寔丹麓詞在清空質寔之間 今世說 藝苑名言 王氏詞綜

高士奇

士奇字澹人錢唐人後家平湖以諸生供奉內廷官至禮部侍郎謚文恪有蔬香詞一卷竹窗詞一卷蘇幕遮春閨云陌柳長池波皺年去年來只有春依舊怕理羅衫寒欲逗雨雨風風做出清明候縿蘼蕪函荳蔻一種閒情慣惹人消瘦忽憶花陰初見後半晌無言只把鴛鴦繡又雙調望江南換頭云消瘦了減却舊風流閒摘珠蘭供晚浴爲開茉莉更梳頭同坐看牽牛情景加畫眞善作十憶詞者　王氏詞綜　古今詞話　名家詞鈔

呂洪烈

洪烈字清卿山陰人有葯庵詞一卷秋日限韻賦蘇幕

遮詞云袷衣單紈扇小瀟灑花陰祗覺流螢少獨上層樓幽徑峭迴望長空雁字來何早水痕收山帶晨迢遞鄉關夢去何時到涼月微明銀漢杳驀地寒生愁對疏星曉頗得清空婉約之旨　王氏詞綜

金烺

烺號雪岫山陰人所著綺霞詞以小令見長黃氏續詞綜錄其渡揚子江笛家一詞則鎔鑄史事大聲鞺鞳集中之別調也詞云沙草拖青汀蘆凝白秋江波靜扁舟擊楫中流半兼天水勢動地濤聲荆吳九派人家兩岸西接南徐東連北固一片征帆亂佛貍祠武帝宅不禁

感傷目斷望遠秣陵形勝金山落日瓜步洲前鐵甕悲風石頭城畔回思昔日雄姿英發都作浪飛蓬轉六代鶯花繁華佳麗多少浮雲幻空極目對蒼茫早聽雁行聲喚　詞綜續編　倚霞詞

吳秉鈞

秉鈞字炎青山陰人有課鸚詞善寫閨情海棠春云昨宵枕上堆紅淚聽雨打葉兒都碎漏靜悄寒生夢破燈花墜曉來正憶相思味被鸚鵡笑人孤睡强起畫雙眉瘦到春山細　詞綜續編

何鼎

鼎字晴山山陰人康熙五年舉人官長葛縣知縣有香草詞一卷雙雙燕留別胡韋若王夢九金子聞張長威云瘦蘆釀雪更林綴春紅冷秋如許征衫纔著雙槳頻頻催去山也可憐別緒便遮斷故鄉雲樹橫斜帆影移過盡是舊曾行處還住尋帘沽酹對名勝江山故人如遇枕濤眠月一任雁聲淒楚夢裏鶯歌燕舞憶曾共疎狂朋侶萍飄悵日歸來翦燭小窗同賦瀟逸疏儁雅近日湖漁唱 王氏詞綜

沈蕘年

蕘年字幽祈嘉興人有支機集詞多小令宗法花間南

鄉子用歐陽炯體云雙鬟雲鬆背人斜立小屏東閒看紅襟雙燕子花底飛上雕梁慵不起丁氏詞綜補

孫在豐、

在豐字屺瞻歸安人康熙九年進士官內閣學士有尊道堂詞春日客感賦長相思慢作暖還寒初晴又雨怎般天氣傷情朱門柳暗紫陌花飛杜鵑啼徧山城物候堪驚怪年華荏苒心事飄零客館自深扃倚樓頭羌笛難聽歎孤舟病馬山村水驛年來負卻深盟王孫空落魄指鄉關難計歸程碧草都生斜日外長亭短亭傍金尊暢飲愁他醉了還醒國朝湖州詞錄

徐倬

倬字方虎德清人康熙十二年進士官翰林院侍讀後家居加吏部侍郎有水香詞一卷柳梢青云老矣疎頑紅塵赤日何事拘牽眼望南雲身依北闕夢繞西山而今只學枯禪閉老屋蕭蕭暮寒兩屐徒存五車休問一味偷閒頗臻自然之妙　王氏詞綜　湖州詞錄

閔榮

榮字湘衡號漁村德清人諸生其浪淘沙記夢云鶯語隔簾櫳一笑相逢羞人曾記粉顋紅行過長廊人小立月影朦朧離恨正無窮細語難終高唐驚散五更鐘闌

聲未消鴛枕暖去也恩恩海鹽黃燮清錄入續詞綜所作詞名缶笑集詩餘詞綜續編

王岵

岵字孝瞻山陰人有煮字窩詞小令殊饒風韻浣溪沙云庭院深深曲徑幽青銅靜掩兩眉修梨花如雪撲簾鉤燕拾新泥歸舊壘蝶尋殘蕊過重樓沉檀細炷裊閒愁丁氏詞綜補

孟士楷

士楷字彥林會稽人有夕葵園詞吳興有休文石士楷賦沁園春詞紀之云一片淒迷三尺玲瓏荒郊夕陽悵

風流已盡六朝門第支離猶在八詠家鄉石豈能言我來憑弔沽取烏程醉幾場徘徊久認行間題識尚記蕭梁曾經絲雨繁霜便瘦盡苔膚似沈郎嘆風淸月白亂縈溪水藤纏蘚蝕只伴啼螿事已星沈君仍鵠峙蔓草荒煙黯自傷休回首怕洲蘋岸蓼添倍蒼涼賦物饒有寄託不同率意謀篇者丁氏詞綜補

李應機

應機字密齋平湖人諸生喜塡詞八聲甘州燈夕云又東風吹到故園來摧殘一池冰恰新正半月微烘晴日猶自悽淸何處酒旗戲鼓高架結燈屏歡笑同攜手羅

褸輕盈不怨羈愁病侶只鬢絲無賴減盡青青鬢橫斜瘦影辛苦締深盟羨當年勝遊佳節悵當年花柳少逢迎到今日茶鐺葯臼漫費調停率寫胸臆清空如拭所著名圃隱詞丁氏詞綜補

邵錫榮

錫榮字景桓號二峯錢塘人有探西詞一葉落云夜寂寞單綃薄玉簫聲斷空縈索彩雲招不來皓月窺樓閣窺樓閣驀地思量著逋峭似古樂府詞綜續編

汪鶴孫

鶴孫字梅坡錢塘人康熙十二年進士授庶吉士有蔗

閣詩餘一卷浣溪紗午睡云嫩綠毿毿日半低困人天氣掩深閨近來腰瘦帶應知繡幄風開疑蝶亂玉樓夢遠怕鶯啼此時心事倩誰題見王氏詞綜王氏詞綜

邵　瓚

瓚字柯庭餘姚人康熙十四年舉人官昌邑知縣有情田詞一枝春賦杏花云謝了官梅柳青時春色滿林偷聚閒園晚步吟袖暗沾香霧朝來夢醒又聽徹小樓春雨最宜看傍水開時試問海雲曾住晴窗幾番凝佇早飛來一瓣點伊眉嫵折枝向曉知道賣從何處那回記否惹燕子雙雙嬌妒似鏡裏對面紅妝倚闌無語妍雅

得言外味丁氏詞綜補

談九乾

九乾字震方號未庵德清人康熙丙辰進士授沙河知縣有惠政陞禮部主事改吏部陞員外郎中掌銓政被劾歸專事著述有未庵詩餘 湖州府志

談九敘

九敘字功唯號是山九乾弟由廪生歷兵部員外出守歸德時河決爲患躬任修築不三月竣工調安陸轉刑部郎中以假歸著述甚富喜塡詞所著名是山詞草 湖州府志 湖州詞錄

胡會恩

會恩字孟綸一字茗山德清人康熙十五年進士官至刑部侍郎有清芬堂集附詩餘一卷南歌子云缺月窺虛牖高風翦敗桐夜涼香炧碧紗空爭奈年時人病雁聲中　綠綺新愁結紅蕤舊約同歡期如夢太怱怱又是一簾秋雨颭芙蓉　湖州詞錄　王氏詞綜

沈三曾

三曾字允斌烏程人康熙十五年進士官詹事府贊善有賜書堂集附詞蝶戀花云風雨一天晴未得芳草菲菲早過清明節多事東風吹不歇梨花處處飄如雪隱

夢方濃誰喚急卻是呢喃低向幽人說無計留春春欲別來年再問春消息　湖州詞錄　王氏詞綜

沈涵

涵字度汪一字心齋歸安人康熙十五年進士官至內閣學士有賜硯齋集附詞虞美人云新涼曉透孤衾冷誰弄紗窗影聲聲卻似子規啼報道不如歸去不如歸呢喃雙燕思離別別盡江南客此宵閒夢是誰驚最恨西風落葉兩無情　湖州詞錄　王氏詞綜

毛遠公

遠公字季蓮蕭山人康熙十六年舉人榜姓王有瓊枝

詞一卷南歌子云玉露漙秋草金鐙拂夜花牆外早棲鴉不知天上月照誰家著墨不多神韻獨絕王氏詞綜

彭孫遹

孫遹字駿孫號羨門海鹽人康熙十八年以主事召試博學鴻詞第一授編修官吏部侍郎所著延露詞驚才絕艷長調數十闋固堪獨步江左至其小詞啼香怨粉怯月淒花不減南唐風格摘錄數闋可當全豹憶王孫寒食云梨雲婀娜柳雲斜閑倚高樓數亂鴉惆悵王孫天一涯不歸家風雨年年葬落花生查子旅夜云薄醉不成鄉轉覺春寒重鴛枕有誰同夜夜和愁共夢好恰

如眞事往翻如夢起立悄無言殘月生西弄浣溪紗客中小寒食作云客裏佳辰祗自憐白榆初改漢宮烟罷隄柳色正三眠芳樹乍聞花氣息小樓幾見月團圓教人無奈暮春天清平樂云少年情緒分付東流去水上浮漚花上露一霎蜉蝣旦暮故人休問彈冠心隨雲水同寒覓得新來活計筆牀茶竈蒲團柳梢青云何事沉吟小窗斜日立遍春陰翠袖天寒青衫人老一樣傷心十年舊事重尋回首處山高水深兩點眉峰半分腰帶憔悴而今 *延露詞　十六家詞　花草蒙拾*

陳之羣

之羣字興公武康人康熙十七年舉人有後溪詞秋夜客思賦雙雙燕云又黃昏了聽敗葉敲窗飢蟲鬧砌蕭條客館早把重門深閉纔聽譙樓鼓起已先自安排憔悴枕前多少鄉愁遙隔吳江楚水徙倚寒侵半臂但斜背孤燈自熏羅被曉風殘月戀著愁人行李笑我滿懷歸思全不爲蒓羹鱸膾斷腸此際情悰縱有孤鴻難寄

國朝湖州詞錄

陸　棻

棻字義山平湖人康熙十八年以內閣典籍召試博學鴻詞授編修官至內閣學士有雅坪詞譜三卷體致修

潔體物諸作尤極工細留客住賦鷓鴣云夕陽暮占山頭冷風如翦鉤輈格磔又向南雲飛去啼聲枉是淒楚渺渺江上孤帆留不住木棉花老最銷魂此際亂峯無數隔殘雨野水黃昏漫天蘆絮旅夜難聞更帶幾聲杜宇多少桂陽行客吟罷沾衣淚添湘竹苦任教斑點似生香熟結擁爐愁炷自注李太白詩客自桂陽至能吟山鷓鴣香之佳者有鷓鴣斑　王氏詞綜　鶴徵錄

毛奇齡

奇齡初名甡字大可蕭山人康熙十八年以監生召試博學鴻詞授檢討有毛翰林集塡詞六卷其旨精深其

體温麗戸綢粘蟲枕聲停釧吹簫苦脣朱之落夢歡愁臂紅之銷腰慵結帶時作縈迴鏡喜看花暗相轉側此眞靡曼之瑋辭夫豈纖庸之佚調憶王孫云東風吹柳覆金堤夾岸紅樓望去迷日映游絲捲幔低畫橋西一樹嬌花鳥自啼點絳脣送春云惱殺啼鵑逢人還道春歸去留人不住誰要留春住花絮茫茫萬點愁人緒歸何處春歸無路莫是人歸路南柯子淮西客舍寄陳敬止云驛館吹蘆葉都亭舞柘枝相逢風雪滿淮西記得去時殘燭照征衣曲水東流淺盤山北望迷長安書遠寄來稀又是一年秋色到天涯奇齡又著有西河詞話

西河集

景星杓

星杓字亭北號菊公仁和人生而磊落不拘小節父邦彝豐於財常出貲爲人排大難者三人呼爲景三俠星杓雅有父風常集畫艦數十招詩人酒徒遨遊嘉興鴛鴦湖故通音律方洪飲援笛作數弄有奴曰青猿最趫捷酒酣耳熱起射林薄間命青猿疾取箭爲樂家業如洗已而折節讀書葺屋名㧝堂有花木之勝精心種菊因自號曰菊公尋厭其喧遂勿種散菊種數百於東城數年後人猶呼爲景氏菊賣文爲活恣遊湖上諸山每

作詩詞成浩歌自得所著詞有菊公詞八卷拗堂詞一卷松風詞一卷他著作尚夥亦一畸人也兩浙輶軒錄

朱彝尊

彝尊字錫鬯號竹垞秀水人康熙十八年以布衣召試博學鴻詞授檢討充日講起居注官詞爲清初大家隸事最博遂成浙派初與宜興陳其年齊名人合刻其詞爲朱陳村詞朱或失之瑣碎陳或流於浮囂然清初塡詞者率爲兩家所牢籠李分虎稱竹垞詞雖多艷語然皆一歸雅正不若屯田樂章徒以香澤爲工者沈融谷稱竹垞博搜唐宋金元人集輯成詞綜一書一洗草堂

之陋其詞句琢字鍊歸於醇雅雖起白石梅溪諸家爲之無以過也杜紫綸稱竹垞詞神明乎姜史刻削隽永諸家評泊雖多要不如其自題詞集解珮令云十年磨劍五陵結客把平生涕淚都飄盡老去填詞一半是空中傳恨幾曾圍燕釵蟬鬢不師秦七不師黃九倚新聲玉田差近落拓江湖且分付歌筵紅粉料封侯白頭無分自道甘苦較爲親切所著有江湖載酒集二卷靜志居琴趣一卷茶烟閣體物集一卷蕃錦集一卷合刻之曰曝書亭詞　曝書亭集

周　篔

篔字青士號篔谷初名筠字公貞嘉興布衣少嗜學學成去學賈且賈且讀身雖在市闤中未嘗一日去書也與朱竹垞李秋錦等最友善竹垞輯詞綜多資篔力酷好結友凡有才名而未謀面者冀一見爲快或輕帆一葉或徒步重繭興至往訪雖家人亦不知也嘗於歲除日鼓棹明日元旦往訪皋亭山僧道蘊其後寄詩云作詩賣米周青士白業還能精進無忽憶歲朝風雪裏扁舟訪我到西湖人多傳爲佳話最工詞律編搜唐宋元諸詞家各調中有字句長短平仄變換者分別體裁輯成詞緯一書惜未行世視昔編　名家詩鈔

王嗣槐

嗣槐字仲昭錢塘人康熙十八年由舉人薦舉博學鴻詞授內閣中書著有嘯石齋詞少工駢體晩乃專爲大家之文二體並傳世罕其匹舉鴻詞召試體仁閣以詩韻誤失一字不中格僅授舍人知者惜之薇省詞鈔

羅坤

坤字宏載會稽人諸生康熙十八年薦舉博學鴻詞有羅村詞一卷王氏詞綜錄其𧢝英臺近夏景云雨迷離烟鬖鬆又是熟梅節露井榴花點點墮紅雪絲窗誰管閒愁無人催繡且收拾鴛鴦針帖黛眉結昨宵夢怯銀

屏淚瀉帕痕濕燕語商量凭得畫闌熱幾時柔櫓蘭橈相邀女伴同去採蓮花蓮葉王氏詞綜

李良年

良年字符曾秀水人監生康熙十八年薦舉博學鴻詞有秋錦山房詞每謂填詞必盡掃蹊徑南宋詞人夢窗之密玉田之疎必兼之乃工其柳梢青懷友人在白下云春事閒探日斜風細葉葉輕帆燕子來時梅花落盡人在江南晚來何處停驂攜手地王孫舊諳白下殘鐘青溪遠笛今夜難堪疏影詠秋柳云旗亭隴首正新霜乍點斜日風驟一片秋聲幾樹蕭疎驚心十里津堠行

人欲折還教住爲記得別離時候灑渭城朝雨如烟曾向畫橋分手何處無情玉笛忍教一夜裏飛墮江山繫馬無人認取寒枝惟有晚雅依舊相思最是鴛鴦渡應漸冷碧紗窗牖縱待得來歲春還只恐那人消瘦清腴疎朗庶幾能與南宋諸公分席者　秋錦山房詞

柯崇樸

崇樸字寓匏嘉善人康熙十八年薦舉博學鴻詞授內閣中書爲曹學士子顧館甥故幼卽習詞有山抹微雲女婿之目又助朱竹垞編次宋元人之詞同周青士博采詞人體製探其源流爲樂章考索一書所居小幔亭

藏書甚富用力復專當時名公翕然稱之著有振雅堂詞　朱彝尊振雅堂詞序　鶴徵錄　聽秋聲館詞話

鄭元慶

元慶字芝畦歸安人貢生有只自怡詞踏莎美人云減繡停針繞亭穿徑流鶯聲底香肩並簪花潛出揀芳枝摘得合歡桃藥笑相持風信吹殘日華移影階前鬬草誰先勝勝來正在賞心時偏是一雙胡蝶攪人思　國朝湖州詞錄

潘世遷

世遷字仲曦烏程人康熙二十年武舉人有裕齋詞席

上聞箏浣溪沙云樓外垂楊拂畫檐樓頭風細雨初酣秦箏聲急晚愁纖醉裏忽聞彈塞北醒來不道是江南兩行歸雁月當簾　國朝湖州詞錄

李　符

符字分虎一字耕客嘉興人布衣有耒邊詞二卷生平好遊南朔萬里詞帙繁富其疏影詠帆影云雙橈且住趁風旌五兩挂席吹去側浸波紋一片橫斜不礙招來鷗鷺忽遮紅日江樓暗只認是涼雲飛渡待翠蛾簾底憑看已過數重烟浦搖漾東西不定乍眠碧草上旋入高樹荻渚楓灣宛轉隨人消盡斜陽今古有時淡月依

稀見總添得客懷淒楚夢醒來雨急潮渾倚榜又無尋處惝怳迷離意有所指絕似六朝賦手 靜志居詩話

王氏詞綜

汪森

森字晉賢桐鄉人由監生官戶部郎中家藏宋元人詞集最多取而研究之故其所作能標舉新異一洗花間草堂之面目朱竹垞與之同輯詞綜詞集三卷名小方壺存藳 靜志居詩話 王氏詞綜

汪文柏

文柏字季青桐鄉人監生官北城兵馬指揮有柯亭樂

府一卷嘗探梅西溪譜一枝春詞換頭云恍疑置身瑤圃正雲間月淡美人來處妝晴媚曉如語共傳心素留春未住恐成片白雲飛去還只恨譜入橫吹一江冷雨芳馨清綺不減梅邊笛譜也王氏詞綜

吳之登

之登字雲客餘姚人有粤游詞一卷其二郎神賦新緑云恨花惡劣未春老歛紅藏白漸葉密樓遮枝交窗暗換卻陰陰一色悔殺今年尋芳晚但賸卻小園深碧看只待蟬來還防蝶趁落英難覓追憶瓊雲粉雨不禁狼籍任醉帽吟衫染將空翠腸斷桃源路隔草影裙腰黛

痕眉角辜負佳人消息眞錯怨簾外東風幾陣掃香無迹幽想長思徑致獨絶王氏詞綜

吳興祚

興祚字伯成山陰人貢生官至兩廣總督有留村集聶晉人曰先生經濟文章首繫天下蒼生之望而尊前馬上間爲詞調流傳於騷人墨士之口能令齒頰俱香留村集

吳秉仁

秉仁字子元山陰人有攝閒詞一卷晩泊章江賦一叢花云幾番冷暖做陰晴帆影隔江城落梅萬樹東風裏

才寒食又過清明山杏香殘溪桃紅褪岸柳拂長亭搖將春老杜鵑聲夢斷旅魂驚沙迴烟際孤村遠銷凝處漁唱堪聽數點歸鴉半灣流水斜照下荒汀風神秀逸頗似淮海　王氏詞綜

魯　超

超字文遠會稽人監生官至廣東布政使有謙庵詞一卷詞綜收其賣花聲一闋蓋新秋雨霽見隔水閨秀理妝作也詞云疎雨束輕涼微漏殘陽竹屏茉莉吐清香人在綠蕉窗底下初試羅裳咿軋弄漁榔搖漾雲光隔溪蓉柳學新妝伴向清波搖扇影驚了鴛鴦　王氏詞綜

吳棠楨

棠楨字伯憩山陰人諸生有吹香詞一卷相思引金陵感舊云珠殿金宮帝子家春風腸斷石城鴉蔣山明月曾照後庭花人去臨春歌舞歇流螢飛入內人斜舊遊何處潮捲一江沙滿庭芳云紅樹藏雅白蘋嗁雁西風吹就輕寒小橋流水鎮日凭闌干當日香隄載酒倡樓女迎下雕甍冰簾內琴聲三疊燈影落花殘前歡何處是多情雙鬢白到潘安便重重書札難慰加飡井上梧桐又墮深閨夢定問刀環消魂也斷烟新月夜夜苧蘿山譚復堂評謂有哀玉之音篋中詞

魏允札

允札字州來嘉善人諸生有東齋詞畧四卷始學稼軒縱橫排奡不可捉搦旣而焚香靜寄灑然有得鏟除豪氣一歸清雅其贈轂山兄移居疏影詞有無多剩粟連瓶挈笑已盡山翁家具及老屋三間月澹霜濃冷落非君誰主生來也爲耽詩瘦況另闢浣花溪路等弄殘重疊烟波歲晚與鷗同住又送客再游臨江法曲獻仙音云野寺幽尋且休將名字書壁怕山靈應笑道是去年殘客其懷抱可想矣　王氏詞綜

陸進

進字藎思仁和人貢生官温州府學訓導有付雪詞一卷減字木蘭花詠垂柳云臨風欲去卻又依依春絆住眉嫵鬟垂玉鏡臺前憶夢時萍蹤水面牽惹柔腸纔一線故故鶯啼花影斜陽在水西　王氏詞綜

陸次雲

次雲字雲士錢塘人官江陰縣知縣有玉山詞一卷四庫全書提要云次雲北墅緒言有屬友人改正詩餘姓氏書蓋因西泠詞選借名刻其詞三首故力辨之高士奇稱其自處甚高今觀所作乃往往多似元曲不能如書中所稱周秦蘇辛體也　四庫提要　王氏詞綜

沈豐垣

豐垣字遹聲錢塘人有蘭思詞四卷倚聲柔麗探源淮海方回所謂層臺緩步高謝風塵有竟體芳蘭之妙如獨憐春草不成花看盡晚雲都做水怪底窺人鶯不語綠楊枝上微微雨妙語天然直臻神境摘錄數首可概其餘江城子秋夜云西風蕭颯做殘秋動簾鉤冷颼颼兩點眉兒藏得許多愁縱使儂如清夜月能幾度到妝樓浪淘沙令云春色恁悤忙蝶亂花狂長隄獨立對斜陽一片無情芳草地偏費思量何處認歸航水與山長碧雲小閣隱垂楊吹過東風簾不捲飛絮茫茫賀新郎

云不放春光去仗樓前千株暗柳片時遮住無奈東風吹偏緊誰惜茫茫飛絮都只管亂抛行路春太難留人易老怪銷魂橋畔銷魂樹空惹得淚如雨一春不合因愁誤縱而今賞花醉酒也傷遲暮枝上流鶯花間蝶記起花間歌舞奈密約終成閒阻倚枕分明春又在一絲絲夢裏黃金縷燈再翦夜三鼓　篋中詞

諸匡鼎

匡鼎字虎男錢塘人有茗柯詞一卷鷓鴣天云人住紅橋第幾家春風終日掩窗紗無緣共宿鴛鴦鳥有分同開姊妹花眉黛斂鬢雲斜玉弓恰喜繡裙遮勝常道罷

還羞見曲曲銀屏照臉霞殆善寫閨情者王氏詞綜

沈皡日

皡日字融谷平湖人有柘西精舍詞一卷龔蘅圃嘗云融谷詞況之古人殆類王中仙張叔夏雖其博綜樂府兼括衆長固不盡出於二家然體格各有所近不位置融谷於二家之間不可也王氏詞綜

吳儀一

儀一字瑹符一字舒鳧錢唐人監生有吳山草堂詞十八卷髫年游太學即名滿都下王漁洋晚年有寄懷西泠三子詩曰稗村樂府紫山詩更有吳山絕妙詞此是

西泠三子者老矣無日不相思其爲前輩推重如此漁洋菁華錄

陳謀道

謀道字心微嘉善人諸生有百尺樓稿附詞工小令得南宋風致王漁洋選入倚聲集嘗譜臨江仙詠春景云春到江南芳草綠垂楊搖曳池塘畫樓遲日照新妝半簾花霧濕十里燕泥香倚遍闌干人未至數枝紅杏斜陽錦帆何日下瀟湘情隨流水遠夢逐曉雲長漁洋謂數枝紅杏斜陽句勝於宋子京人稱爲紅杏秀才 嘉善縣志 石瀨山房詩話

王六吉

六吉字地山分水人拔貢生穎慧嗜古凡三乘九籥天文地理方書命訣靡不精研爲文諸體皆工康熙時兩次與修縣志親老不仕著有秋潭影詞稿分水縣志

徐梗

梗字庚清嘉興人有西溪詞一卷浣溪紗云十二珠樓列繡屏綠楊紅杏暖風輕春愁一縷細調箏暮篆繞簾香寢燕晴花灼樹暖留鶯無言獨自展桃笙見詞綜王氏詞綜

俞士彪

士彪一名珮字季璪錢塘人官崇仁縣縣丞有玉貎詞鈔二卷詞綜錄其浣溪紗云眉翠都殘畫未成臉紅微褪夢初醒惱他妝鏡忒分明心裏祇因常有恨人前還似不知情背拈釵子畫銀屏　王氏詞綜

沈叔培

叔培字御泠錢塘人有東苑詞山花子云碧柳千條露未乾金衣百囀晚風寒還道後園花未落強心寬孤枕只餘魂縷縷小衫誰見淚斑斑舊日錦書偏惹恨莫重看　王氏詞綜

沈岸登

岸登字覃九一字南渟平湖人有黑蝶齋詞一卷朱竹垞謂詞莫善於姜夔梅溪玉田碧山諸家皆具夔之一體自後得其門者寡矣覃九詞可謂學姜氏而得其神明者采桑子云桃花馬首桃花放小雨初收草綠山郵春色年年獨自愁東風一帶河橋柳柳外朱樓不上簾鉤定有愁人樓上頭浣溪紗云自在珠簾不上鉤篆烟微潤逼香篝薄羅衫子疊春愁乳燕寒深渾不語落花風定也難收謝娘且莫倚西樓比興温厚其珍珠簾詠簾一詞則又漸開常州一派詞云綠筠蒻取煙江畔依然是帝子嚬痕紅染細節理千絲愛玉鉤長綰象箴犀

釘初上了勝一片湘雲纖輭深院更白珠連綴翠羽橫卷最怕陌上鈿車祓春風搖曳暗藏人面惆悵碧紋迴有冷波吹練鎮日珊瑚慵不起便串斷蜻蜓誰管銀蒜休誤了歸來畫粱雙燕　篋中詞　王氏詞綜

沈進

進字山子嘉興人諸生有藍村詩餘柳梢青云十二重樓是誰珠箔雙掩銀鉤桃葉春潮楊花暮雨一段閒愁飛來沙際輕鷗芳草外春風舊遊團扇歌殘羅衣試罷人上蘭舟風調殊勝　王氏詞綜

沈季友

李友字客子平湖人貢生有迴紅詞一卷夢芙蓉詠寒月云九秋悲素魄更關情何況冷光如滴紅香消盡殘夜少眠客宛寒鸞影隻桂宮誰問消息凍玉斜枝傍鈎闌四角點點碎陰濕尋徧鳳城南北一樣分明不醉那能得酒徒倦矣清恨滿瑤瑟倚風空小立翠裘憔悴無色算到江樓有相思人遠同此一丸白清勁得白石遺音篋中詞

袁撥爕

撥爕字漁山嘉興人有華烟詞一卷最工小令眼兒媚云鶯嬌燕軟破輕紗紅日半窗斜金猊篆冷玉鈎簾靜

春夢誰家香雲繚亂慵粧束幽恨在天涯相思最是一聲杜宇數點楊花王氏詞綜

盛楓

楓字丹山秀水人康熙二十年舉人官安吉縣教諭有梨雨選聲二卷木蘭花慢感舊云夕陽無限好思往事轉淒然向悄悄紅樓南池碧月空對人圓玉簫舊聲何處拂竟床長簟夜如年小閣殘燈耿耿秋河銀影娟娟燕歸秋社又霜前籬菊破朝烟更刬地西風輕寒到枕誰爲裝綿文園近來消瘦歎琴心辜負七條絃縱向平蕪雪涕淚珠不到重泉可稱情景兼到王氏詞綜

盛禾

禾字玉山秀水人貢生官天台縣訓導有稼村填詞一卷摸魚兒賦落葉最工詞云甚蕭蕭無邊秋意不分露夜晴晝千山萬樹多憔悴何況池塘衰柳飄墮後正籬落寒香怕對黄昏酒江翻石走正帶雨敲窗伴蛩鳴砌涼夢幾時就憑高處卻憶登臨賦手蒼茫不奈回首封姨青女雖無賴倘有松筠似舊悽惻久問波面樓頭寄得相思否愁邊剩有只敗綠漫天殘紅捲地林外夕陽瘦

王氏詞綜

盛本柟

本耕字讓山秀水人有詞二卷名滴露堂小品少年遊云滿園花落旋成塵烟雨正愁人榆莢錢輕柳絲金淺買不住殘春蘭舟同上鴛鴦浦春水碧於雲紅燭呼盧旗亭換酒莫更負芳辰 王氏詞綜

張　鑣

鑣原名雲錦字錦龍仁和人有薇露詞鈔二卷點絳脣別情云柳外驄嘶零星別語情難盡亂山烟暝夕照低紅影仗酒消愁偏到三更醒闌孤凭月明似鏡分外今宵冷載王氏詞綜 王氏詞綜

龔翔麟

翔麟字天石號蘅圃仁和人康熙二十年副榜官工部主事擢監察御史有紅藕莊詞三卷朱竹垞客通潞時蘅圃與之朝夕故爲倚聲最早無纖毫俗尙入其筆端南浦用玉田韻賦春水云人柳乍三眠聽流澌廢苑春光纔曉臘雪未全消寒沙外半舊苔痕誰掃東風幾日鴨頭新漲冰錢小是處翠波通短櫂冷浸六朝芳草朱闌幾曲斜臨影弓弓十里香蹤不了漂出落花多虹橋口曾有浣衣人到遙峰縹緲霽蟬飛下游人悄道是新煙□未禁燈舫秦淮還少似南宋人本色語別有與朱竹垞李亘年李符沈皞日沈岸登同刻詞集名浙西六

家詞大抵以石帚爲宗而旁及梅溪玉田蛻巖諸家之體杭州府志 兩浙輶軒錄 王氏詞綜

沈爾燝

爾燝字鳳于烏程人康熙二十一年進士官公安縣知縣有月團詞一卷生查子詠殘桂云昨夜月籠霞今日花成陣消息捲簾看漸漸宮黃褪吟就軟金詞蹴損香塵印一種惜花心底事縈方寸 王氏詞綜

俞兆曾

兆曾字大文海鹽人康熙二十四年進士官元城縣知縣有鷗外吟箋四卷體物最工聒龍謠賦新篁云月底

橫吹一林曾倚籬外疎英飄墮不道園林又叢生如許自排弄萬點香綿更潤洗滿庭酥雨便應教掩映窗間休刻畫新詩句紅樓外粉牆高植幾枝脫殼龍孫無數淺深疎密囑園丁頻護倚羅袖慢道天寒換苔紙好塡新譜只梅花生小同心愛江南住王氏詞綜

沈　崑

崑字玉山號禾疄平湖人康熙二十四年進士初爲徐溝令擧卓異內擢戶部員外典試黔中以擅責驛官被劾歸生平善畫枯木竹石尤工倚聲所著禾疄詞與沈岸登黑蝶齋詞齊名人稱二沈僧廬夜雨瑣窗寒云雨

細吹絲風輕響葉夜寒如此圍香小閣消受鳳衾鴛被怎而今禪榻夢回鬢絲微颺茶烟裏奈一繩雁影斜飛點點又成心字彈指殘秋意算瘦柳藏雅也飄空翠多情老去況客鬢華勝地問五湖怎日移家水雲挂席應早計待歸來底事歸遲酒醒重門閉觸緒幽咽工於寫情石瀨山房詩話

湯敘

敘字納時一字默庵海鹽人康熙丁卯舉人官江西吉水縣知縣在京師與從弟西涯中表初白兩先生共學詩於漁洋山人又工倚聲嘗手訂金臺集三卷白下集

二卷狎鷗集二卷浮巖詞一卷兩浙輶軒錄

錢肇修

肇修字石臣錢塘人入籍奉天康熙三十年進士官至監察御史有檗園詩餘一卷其滿庭芳詞酥雨澆花煖雲蔭草小庭春晝遲遲靑桐么鳳高下逐花飛綺閣重簾乍卷鶯聲巧催喚紅兒有人伴玉臺梳洗學畫遠山眉徘徊重對鏡試拈珠翠耐可相宜料熏爐初徙香染羅衣蝴蝶飛來雲鬢釵梁上顫動紅絲閒凝望凭闌未久斜日墜樓西詞境惝恍遲遲春晝未久日斜鶯聲蝶影轉眴皆非殆自寫身世之感篋中詞

韓　獻

獻字希一烏程人康熙三十五年副貢有楚遊詞寄懷吳赤一朝中措云長安三月解征衫花落夢魂憨記得黃鸝聲裏同打斗酒雙柑知君誰其市中擊筑座上雄談滿地悲笳塞北連天芳草江南　國朝湖州詞錄

魏　坤

坤字禹平嘉善人康熙三十八年舉人弱冠工古今文遊京師就試橋門撰石鼓賦國子師交相擊賞所塡樂章被歌管悉合於律朱竹垞稱其詞力追南渡作者南鄉子潞河送別云鬢影西風吹上蒲帆六幅中烟外沙

村雲外樹今夜雨水驛燈昏聽雁語摸魚子清明云禁烟時賣餳天氣惜春人在花圃曉窗纔放些晴意又恐惹東風妬愁觸緒盼寂寂空梁舊燕新來去桃門何處記挑菜歸時踏青散後零落斷魂句凭闌倦眼底鄉園幾樹夕陽一片凝竚春山只隔蘼蕪影渺渺江流如許渾不語望不見春堤絲柳香車路小樓獨住儘數遍昏鴉薄寒料峭卧聽杏花雨遣懷如訴詞集四卷名水村琴趣兩浙輶軒錄

查嗣瑮

嗣瑮字德尹海寧人康熙三十九年進士官侍講有查

浦詞一卷豪情勝概分鑣湖海金縷曲寄李分虎金陵云敗柳西風老記年時折殘恁處舊遊草草十二橋邊回首處十四樓前月小說別後酒狂絕倒紅袖烏絲雙鳳管儘挑燈自唱新詞好傳寫去寄同調斜陽籬落蟲初報又新涼床空簟滑一番秋到夢去秦淮烟水闊也擬他時一棹怕塵土相逢難料準理蠶鄉漁浦約算棋燈藥火資還少還相約杜門早 王氏詞綜

范允鏋

允鏋字用賓錢塘人康熙三十九年進士官監察御史有嘯堂詩餘一卷蘇幕遮春思云粉牆陰蝴蝶路楊柳

樓心故作天斜舞綠淺紅深春幾許一半將歸一半還留住杏花灣桃葉渡芳草連天没箇遮闌處悵望王孫從此去□□舊時燕子歸來語見王氏詞綜王氏詞綜

董炳文

炳文字耿光號霞山烏程人衡子少孤母教極嚴學問早成性慷爽好周人急繞屋種梅花嘯詠其下書擅八分畫工花鳥俱臻妙品有百花詞一卷湖州詞徵

楊守知

守知字次也海寧人康熙三十九年進士官平涼府知府喜塡詞題壁和越溪女子宛雲減字木蘭花云素芳

誰識不似渡頭根與葉飄泊偏憐飛了楊花又一年聽殘夜雨十斛離愁方寸貯只隔花闌一片凝雲萬疊山

詞集一卷名意園詞 王氏詞綜

韓雲

雲字自爲烏程人康熙四十七年恩貢生有怡園詞水調歌頭詠盆松云一任雪霜虐勁骨自天成誰從盆盎裁就翠蓋小亭亭待看干霄千尺怎奈寄人籬下那敢作濤聲且學蟄龍蟄羞煞大夫名又何必移春幔護花鈴不應勺水拳石鬱鬱老蒼鯨好待風雷驟起移種瑤臺高處濃覆半山青記取一言贈莫負歲寒盟 國朝湖

州詞徵

茅　麟

麟字天石歸安人有溯江詞沁園春云卻悔頻年汲汲棲棲南西北東想層巖秀治仙溪一曲孤村疏曠茅屋三弓少不如人飢來驅我孤負亭前菊與松家何在在伯通廡下杜宇聲中追思花影千重忽夢入巫山十二峯奈纔離分水不聞香豔再來合浦已失春容笑隱芙蓉書緘荳蔻贏得如今賦惱公歸來好任溪雲變幻山雨空濛國朝湖州詞錄

沈名滄

名滄原名元滄字麟洲號東隅晚號晚聞翁仁和人本姓徐出嗣舅氏沈遂承沈姓康熙乙酉丁酉兩副京兆榜以武英殿書局叙勞官廣東文昌縣以事戍寧夏卒於戍所著有滋蘭堂詩集雲旅詞 蘋洲秋語

鄭江

江字璣尺號筠谷錢唐人康熙戊戌進士榜姓錢官翰林院侍讀以足疾乞歸著述等身所著春秋集義二十卷詩經集詁四卷禮記集注二卷筠谷詩鈔續鈔外有書帶草堂詞 蘋洲秋語

王錫

錫字百朋仁和人諸生康熙四十四年　聖駕南巡與毛奇齡毛遠宗等迎鑾於嘉興白蓮寺獻西湖行宮賦取列第一著有嘯竹堂詩餘一卷朱竹垞謂其詞品在惜香片玉之間不事雕錯字句而自極其工所居在東城花斗巷與朱朗齋舊居隔圃相對杭郡詩輯　嘯竹堂集　朱彝尊跋

歷代兩浙詞人小傳卷七目錄

清二

歷代兩浙詞人小傳卷六終

許昂霄　張宗橚　董師植　張玉輪　姚世鈞
邢汝仁　季元春　陳沆　陸培　金焜
張奕樞　沈修齡　查學　吳焯　符曾
金肇鑾　毛士儀

歷代兩浙詞人小傳卷七

烏程周慶雲纂

清二

姜垚

垚字汝皋餘姚人貢生官國子監學正喜倚聲詞名柯亭集多小令點絳脣不寐云譙鼓頻催夢迴依舊橫孤枕月移花影風墜飄金井衾薄誰添夜夜鄉心冷空思省曉來酒醒閒殺鴛鴦錦　王氏詞綜

周禹吉

禹吉字敷文錢塘人有靑蘿詞一卷搗練子云靑雀舫

錦雲帆小泊河橋酒半酣人在煙波雲水外杏花風雨溼青衫風韻頗勝王氏詞綜

顧仲清

仲清字咸三嘉興人監生有詞一卷名喝月其豪邁可想秦樓月云愁難說樓頭目送江頭楫江頭楫水天盡處夢魂飛越暮雲唱斷菱歌闋空閨愁對天涯月天涯月從郎一去幾囘圓鈌王氏詞綜

金標

標字成治錢唐人監生著偶鳴集詞一卷詞綜錄其踏莎行秋江云露草垂黃霜楓散綺波流浩淼煙光紫魚

龍隱現戲濤心乘風快意騰千里一碧平鋪萬峰倒峙輕鴻漠漠飛還止江天淡蕩畫難成漁舟遥唱秋陰裏王氏詞綜

柯炳

炳字韡昭嘉善人有月波詞浣溪紗云雨冷風寒深閉門小闌花逕欲黃昏銅壺初滴漏聲沈翠幌不堪燈伴影綺樓只有燕依人一襟幽思向誰論殊饒靜趣王氏詞綜

潘雲赤

雲赤字夏珠錢塘人工詞浙派中之作手也蘇幕遮云

五更初三月暮窗內人愁窗外風吹雨惆悵落花誰作主杜宇無聲已到消魂處夢難憑情怎訴脈脈幽歡祇恁輕孤負金鴨香消人獨語烟樹江村屏上相思路著有桐魚詞 王氏詞綜

徐昌薇

昌薇字紫疑錢塘人有春暉詞一卷蝶戀花云長日茫茫飛柳絮池館淒涼獨自閒凝竚枝上杜鵑啼不住夕陽影裏微微雨簾外春山山外樹一望青青迷卻天涯路多少閒愁無可訴卻看雙燕啣花舞 王氏詞綜

高宗元

宗元字伯陽錢塘人有愚亭詞二卷菩薩蠻暮春云綠楊枝上吹晴雪啼鵑聲裏青春歇明月小簾櫳佳期似夢中妝成無限意畫出眉痕細獨自莫憑闌飛花做晚寒歇拍故自婉約王氏詞綜

徐懷仁

懷仁字元仲嘉興人有柘南詞草一卷王氏詞綜錄其法曲獻仙音云燕語鶯啼杏花時節不盡絲絲煙雨惱破春情窺殘春意心懷了無憑據況睡起繡帷外垂楊幾千縷奈何許問妝臺玉釵無主正欲斷吟魂子規啼住芳草外斜陽遮亂雲殘靄無數小疊紅牋是多少情

共春去待受些暄冷瀉入恨詞愁句王氏詞綜

黃千八

千八字證孫餘姚人官泰安縣縣丞有竹浦稼翁詞一卷嘗譜麥秀兩岐爲田家四月詞云茆舍濃陰覆高矮園新竹蜜分房蠶上簇已過迦文浴摘來倭豆盈筐剝休誇粱肉阜上閒驅犢藉草當裀褥麥全黃秧正綠播種期忙促婦鳩喚雨田田蓄一犂剛足自注蠶豆一名倭豆寫田家風物如畫王氏詞綜

許田

田字莘野錢塘人康熙四十二年進士官高縣知縣有

屏山春夢詞二卷水痕詞一卷屏山詞話一卷清空妍妙雅近東山東堂小山淮海諸賢蝶戀花云底事催花風太妬鶯也銷魂啼向花濃處春在柳梢能幾許青青露眼含朝雨逕重遊絲低著樹縮住春愁不放愁歸去燕子乍穿簾幙舞小屏山上迎人語揚州慢邗溝懷古云隋苑春殘蜀岡花落枉教人怨鶯啼泛紅橋十里又碧草萋迷料何遜題詩去後暗香都盡橫玉休吹最銷魂清夜雷塘幾個螢飛寂寞如此似當年佳麗應稀羨倡條冶葉青樓翠幕書記忘歸一片野雲吹散渾如夢付與斜暉只沿隄楊柳長條依舊絲絲嘗於柳邊水際

見擣衣女郎賦解語花記之結句云濛花梢一朶行雲化水痕難覓劉廷璣云詞家三昧全以不著迹象爲佳莘野此語妙處在離卽之間 王氏詞綜

查愼行

愼行字夏重號初白海甯人康熙四十二年進士官編修詩名甚著詞亦閎深美約念奴嬌贈別碧紋録事云尋春較晚人都笑小杜舊時光景曲港橋通門啟處翠柳紅薇交映喚起梳頭慵懶猶帶中酒催花病有心絳蠟夜闌留照雙影卻是我未成名匆匆輕別了翻嫌薄倖此意沈吟行復住不爲石尤風緊明日囘頭離煙恨

水多少愁人境問重來約叮嚀莫似瓶井臨江仙平望驛云兩岸菰蒲聞笑語人家只隔輕煙銀魚曉市上來鮮一湖鶯脰水雙艣燕梢船屈指郵亭剛第一眼中長路三千南風吹夢到江天故鄉桑苧外無此好山川又七夕江口舟中作木蘭花慢換頭云灘聲東瀉火西流佳節客難酬憶貰酒湖亭曝衣村巷吹笛江樓孤萍近來蹤跡擬乘査碧落問牽牛獨夜飛飛烏鵲五溪渺渺鳧鷗探喉而出妙擅自然初白堂集　王氏詞綜

戴　錡

錡字坤釜嘉興人監生從朱竹垞學詞務去陳言謝朝

華而啟夕秀能兼南北宋之長有魚計莊詞一卷百字令題竹垞竹垞圖云日趁甎影被秋風吹動抽簪歸老紫陌銅街遊已倦爭似梅花溪好嫩竹千竿方池半畝綠遍王孫草淸陰如舊軟紅塵去多少分付徑剪蓬蒿牆芟薜荔放與銀蟾照況有圖書三萬軸蠹字乾魚齊掃雙調彈箏幾回顧曲酒榼宜頻倒小梯橫閣六峰點點林杪　曝書亭集　王氏詞綜

鄭　培

培字文溪秀水人有苧西詞一卷解連環送別云翠箋題徧悵離亭酒盡夕陽遮面忍復見馬首蕭蕭但衰柳

亂鴉短衣長劍月冷銀河正凍合桑乾一片記年時歷歷霜燈雨菊幾經山店誰憐軟塵慣染有圍羞沈約嬾添中散怨此去高閣江空映南浦晴雲半帆初展寫得相思肯負了早春迴雁漫婆娑兒女花前小窗曉宴澀韻極臻自然具見工力　王氏詞綜

葉之溶

之溶字笠亭平湖人諸生有小石林詩餘玉漏遲賦秋葉云碧梧纔點徑淒淒摵摵先傳涼信染徧霜華秋意幾番消領辭卻林中宿鳥又依戀溪灣巖磴誰獨掃空山古徑夕陽僧影每隨屐齒尋來向隱士門庭一簾秋

錦巧奪紅妝二月有花能並彩筆題成數字舊恨新愁都省還耐冷枝頭舞風猶賸詠物饒有寄託具見襟抱王氏詞綜

吳思

思字雙山山陰人有玉豔詞一卷駘蕩風華雅工賦物東風第一枝和吳雪舫詠新柳云隄上嬌風樓前弱雨二月嫩黃初滿鎖窗千縷柔絲粉牆萬條長綫纖纖春色又描出帶飄衣緩認依依拂水微煙鶯外淡霞輕縮玉笛裏小喉吹轉金殿側細腰妬軟還如曉沐鬟垂更看晚妝螺淺陌頭忽見又惹動閨中淚眼採柔條喜結

同心愁煞折枝人遠王氏詞綜

樓儼

儼字敬思號西浦義烏人少穎異積學工詞貧無以居轉徙雲間究心四聲二十八調之沿革以求其指歸辨析宋以下詞家原委派别折衷於秀水朱彝尊以詞學鳴於時康熙四十六年南巡獻織具圖詩詞欽擢第一四十八年奉詔修詞譜學士孫愷似薦儼與青陽吳學士襄宜興儲編修大文江都楊檢討漘華亭王編修時鴻武進楊編修汝楫無錫杜吉士詔吳江吳明府景杲同任分纂之役書竣議敘官靈川令歷官至廣東按察

使調江西改京卿引年歸終老於春申浦畔其學於詞最深所著有宋詞四聲二十八調考略白雲詞韻考略詞韻入聲考略書吳江沈氏九宮譜後諸篇皆可爲詞學津梁詞集四卷名蓑笠軒又有浣花詞金華詩錄

浣花詞自序　王氏詞綜

陸綸

綸字歷才平湖人康熙五十六年舉人官永州府知府喜塡詞著莞爾詞一卷自題西子妝一闋微尙所寄可想見也詞云鴻渚鳴霜蛩鋪咽冷一片秋懷羇苦半生無夢著揚州度花風鬢絲空數流光迅羽縱檢卻神方

難駐寄閒情向月斜燈暗蒼茫曾賦吳宮誤莫笑東鄰也學妝眉嫵碎荷零露不成圓甚情多似珠量取紅牋擘句更珍並珊瑚十樹指湖坳漁笛蘋洲待譜　王氏詞綜　薇省詞鈔

徐逢吉

逢吉字紫山自號青蓑老漁錢塘人諸生有柳洲清響搖鞭集微笑集各一卷少時即擅吟詠遠遊四方足跡半天下晚年歸隱西湖學士港屋前有古井井上銀杏樹大數抱相傳爲南宋時物每當霜風初厲落葉堆堦遂名所居曰黃雪山房齋中插架皆書終日丹黃暇即

譜詩餘自遣清微婉妙厲樊榭稱其絕似宋人霓裳中序第一旅舍送春云纔看過寒食滿眼溪山又堆碧聽取乳鶯聲澀把故國風光年年拋擲朱顏可惜攬瓊芳香怎留得傷心似明妃遠嫁紅袖淚偷滴飄泊吳南燕北水雲寬總沒消息何人憐我岑寂小院秋千高樓吹笛離魂悄難覓東風緊孤帆落日蒼茫裏五湖烟浪著此送春客譚復堂稱其鬬亂不亂　兩浙輶軒錄　篋中詞　王氏詞綜

方啟英

啟英字遇春一字特千號獅山義烏人少孤隨羣兒入

山樵采虎至眾皆駭奔敔英屹立不動瞪視虎睛光相射虎郎帖尾去四十始爲詩發聲高亮脫去塵俗自金華僑籍歷城桑調元爲作歷城三詩人序略三詩人者謂敔英與朱令昭次公劉伍寬蒲若也敔英又工詞著有絳雪詞兩浙輶軒錄　歷城三詩人序略

厲鶚

鶚字太鴻錢塘人康熙五十九年舉人乾隆元年薦舉博學鴻詞少孤貧僦居杭城東園敝屋數椽讀書不輟以浙江總督上蔡程公薦入都試題誤寫論在詩前遂罷歸一意劬學揚州馬氏藏書最富延至其家遺文秘

牒無所不窺尤熟精兩宋典實詩文之外鋭意於詞嘗病倚聲家冶蕩者失之靡豪健者失之肆因約情斂體深秀緜邈與至思集輒自比之孫氏一弦柳家雙鑠徐紫珊謂其詞生香異色無半點烟火氣如入空山如聞流泉眞眞沐浴於白石梅溪而出之者陳玉几謂其詞清眞雅正超然神解如金石之有聲而玉之聲清越如草木之有花而蘭之味芬芳譚復堂謂塡詞至太鴻眞可分中仙夢窗之席世人爭賞其餖飣窳弱之作所謂微之識碔砆也其爲名人所推重如此大抵浙派詞倡於竹垞盛於樊榭樊榭思力可到清眞乃爲姜張所限而

率意處又往往不能如白石之澀玉田之潤則其蔽也然樊榭詞集秋林琴雅四卷無語不工無字不鍊清微孤峭自樹一幟固爲詞場定評矣杭州府志　詞科掌錄　蓮坡詩話　國朝詩别裁　尊聞錄　篋中詞

王氏詞綜

徐林鴻

林鴻字寶名海寧人錢塘籍諸生有兩間草堂集附詞陳其年塡詞圖中有侍兒吹簫鴻戲題沁園春云信有蛾眉閉置深閨憑誰見憐縱腰肢柳弱未容攀折衣裳雲想枉惹纏綿曾見何曾竊窺可許迢遞蓬山路幾千

平生面只錦衾帳底寶髻臺前無端賺製新篇費蜀錦吴綾十萬牋任彩霞吹徹鸞簫鶴管銀河隔斷碧海青天春色依然玉人何處妙手空將好事傳伊相謔除身如明鏡分得嬋娟紫雲乞取軼事流傳得此更足爲陳髯添一佳話　丁氏詞綜補

王　琪

琪字玉芳嘉興人諸生有拭桐詞江行即事賦鬬百花云一葉扁舟前去經過亂峯無數漁村返照斜陽烏道高懸疏雨危坐中流堆起雪浪如山多少蛟龍騰舞胸次空千古雁陣驚寒亂落平沙晚渡投向蓼岸依依暫

修毛羽試問箏師蕭蕭江上何聲風觸兩邊紅樹空際盤旋別有清勁之致丁氏詞綜補

王衮錫

衮錫字補臣山陰人諸生有鵝還館詞百字令云問伊知否小闌前幾度花朝月夕數盡歸鴉垂窄袖斜倚雲屏無力塵滿豪犀香銷寶鴨人靜瓶笙息別時私語那堪愁裏相憶獨上近水高樓玉鈎銀蒜捲起蜻蜓翼孤鶩落霞飛不盡一片青山歷歷蕙帶新寬杏衫作冷蓮臉輕珠滴綠窗風細誰家今夜吹笛柳膩蘇豪兩兼其勝丁氏詞綜補

李式玉

式玉字東琪錢塘人諸生工詞登三茅觀賦拜星月慢云拍岸銀濤參天翠巘眼底江山信美一帶丹城望仙宮雲際石闌畔留得湖山第一深刻知是何年題字背擁金湖聽歌聲遙遞法幢高小院松陰閑朝元罷新月簷端起我欲問煮丹砂把雲房料理數生平誰是煙霞契醮壇外裊裊鑪香細待乘興更上前峯問希夷醒未換頭以下高唱入雲著有曼聲詞　丁氏詞綜補

許尚質

尚質字又文會稽人諸生有釃川集附詞生查子云月

送斷橋邊不住香車去隔岸小紅樓莫是人來處樓上合歡花樓下相思樹花樹兩無情也解黏飛絮丁氏詞綜補

錢瑛

瑛字愚谷嘉善人諸生有息深齋詞丁氏詞綜補錄其相見歡云無言獨倚危闌怯輕寒檢點東風衣袂淚痕殘春悄悄花裊裊路漫漫目斷楚雲天遠恨重巒尺幅中有千里之勢丁氏詞綜補

柳葵

葵字靖公錢塘人酷嗜倚聲蝶戀花云愁共春來春不

語愁住眉端春竟飄然去可惜棠梨花滿樹任他片片隨風舞百尺游絲難綰住杜宇無情更有無情雨悵望平蕪深幾許和煙鋪就春歸路婉約得宋人法乳集名餘清詞　丁氏詞綜補

繆泳

泳字天自嘉興人有南溪詞朱竹垞之詞友也竹垞繪竹垞圖泳題百字令云梅花村市愛南鄰佳處初經卜築舊徑蓬蒿纔翦罷添得短垣修竹近渚菰蒲傍門槐柳交映清溪曲曝書亭子更饒荷芰芬馥況有檻外諸山望中烟靄指點遙峯六把酒高吟無一事但貯牙籤

萬軸畫手爭傳輞川名勝展玩開心目今朝重到居然身在巖谷丁氏詞綜補

柯煐

煐字惕聞嘉善人有青翻詞賦物最工其滿庭芳詠雲云碧縷如煙素痕疑雪閒閒點綴長天翠瀰浮動十里淡晴川卻怪蘋風吹去些時斷恰又相連渾難定朝來踪跡贏得趁王儕當年巫峽裏驚回殘夢多少啼猿算人間羅縠難與爭妍莫是天孫織就攜來好濯向銀灣還看取翠樓妝罷婀娜鬥新鬟嬋嫣作態不嫌意盡丁氏詞綜補

柯剛燦

剛燦字斗威嘉興人有蓉笙詞西湖夜泛賦月華清云山翠沾衣水萍凝棹畫船多少前去淡淡斜陽引我遊情如許見若遠若近晴嵐□將紅未紅楓樹隨映處有跳波游鯉浴沙幽鷺一霎鐘聲催暮任橫玉樓頭漫傷情緒粉壁江亭迤邐儘堪題句攜俊侶喝月回雲盡餘興停杯起舞無據算風流往事斷霞零露丁氏詞綜補

王倩

倩字曼仙山陰人詞工小令著有空翠詞如夢令云鳳管鵝笙成串金粉銀泥一片緩緩踏春陽鶯嘴喚回人

面曾見曾見又被杏花遮斷丁氏詞綜補

張雲錦

雲錦字景龍仁和人有嘯竹軒詞賦淚調二郎神云盈盈淚知暗裏爲誰頻墜正日暮天寒紅袖薄那禁得揾來如洗不合燈前開鳳簡淹溼了幾行密字漫驚認斑生翠竹應是宵來曾倚何事斷脂流粉增人憔悴便湅就珍珠千萬顆料穿得也應難寄夜夜羅巾沾浥處怎辨取舊湮新漬恨夢斷天涯角枕吞聲曉鴻驚起體物工麗似讀唐堂香屑集丁氏詞綜補

徐汾

汾字武兮仁和人有碎琴詞一永遇樂云雨雨風風柳綿飛盡春又歸去錦榭香臺尋芳自遣沒箇留人處夕陽樓閣秋千庭院道是玉人曾住想當年歡容笑靨坐聽永夜簫鼓星移物換悲來樂往天也將人厮妒有限韶光朝雲暮靄隔斷巫山路鏡中霜滿腰閒帶減枉費一生詞賦空怨煞杜鵑聲裏落紅無數噴薄而出可裂霜竹　丁氏詞綜補

吳沐

沐字應辰蕭山人有北松吟稿附詞阮郎歸賦桃花云晴雲送暖入花枝穠桃初放時翠裀點點落胭脂黃鸝

隔樹啼紅雨亂綠煙低仙源望欲迷幾番消息任東西春風著意吹輕圓流轉妙擅自然丁氏詞綜補

柴　才

才字次山錢塘人諸生有百一草堂詞集句瀕歌子云自翦青紗織雨衣許渾小男供飯婦槎絲李郢蘋葉軟楊凝落花飛李白醉醒多在釣魚磯方干擬之竹垞蕃錦一編差足相彷丁氏詞綜補

汪　筠

筠字珊立秀水人諸生官長沙知府有玉蕖詞清平樂初夏云薰風簾額潑下槐陰碧自愛十三行舊跡臨到

斜陽無力乳鴉啼遍高枝落花何處相思容易一番春了折花人去天涯力韻自饒逸趣丁氏詞綜補

丁文衡

文衡字公銓又字乃清號茜園仁和人博雅工吟詠撰著最多極爲毛西河朱竹垞鑒賞卒年七十一無子所著彩霞堂文集十卷四六五卷一家言二卷日記三十卷外有湖上詞一卷杭郡詩續輯

柯煜

煜字南陔嘉善人雍正元年進士官宣都縣知縣有月中簫譜二卷綺羅香換頭云凄涼渾似羈旅只有銀床

梧葉伴人辛苦青簡年年故遣花蟲空蠹祓蛩聲喚起香魂且倦倚屏山深處恁無聊獨背燈花爐烟時共語吳日千評其詞有唐人之豔冶而充拓其門垣有南宋之縝密而翦裁其繁賾王氏詞綜

楊　恒

恒字以方嘉善人雍正元年舉人有賞靜軒詞點絳脣云紅紫爭妍畫簾開處香成陣暖風吹鬢羅綺春肌困十二樓前望斷天涯信無人問燕泥銜盡花落黃昏近殊得靜賞之趣王氏詞綜

許昂霄

昂霄字誦蔚海寧人貢生有陽坡山人詞一卷不假雕琢自然合拍浪淘沙云細雨滴芭蕉暑氣全消簟紋如水夢迢迢明月半牀香半鼎忍負良宵殘燭一條條成鼓初敲不堪瘦盡沈郎腰窗外露蛩聲斷續似訴無聊

王氏詞綜

張宗橚

宗橚字永川海鹽人有藕村詞一卷琴調相思引云晝閣新晴春意濃流鶯啼到綠陰中日長風靜花影隔簾紅倚檻有情調翡翠熏香無力繡芙蓉閒尋好夢獨自掩房櫳臨江仙云林際榆錢漸密堤邊柳線初分昏雅

歸晚奈離羣斷雲含雨零亂入孤村掃徑紅留花影臨溪綠帶苔痕朦朧新月又黃昏小窗無伴殘燭對清尊娟秀似唐五代人語宗橚又著有詞林紀事一書採擷甚富詞林紀事　王氏詞綜

董師植

師植字聖衣號汾園烏程人漢策第九子廩貢生工詩文素行端慤爲外舅曹侍郎倦圃所器重英辭古藻卓然自名一家又工塡詞著有汾園集詞一卷董氏詩萃

湖州詞錄

張玉輪

玉輪字星讓海鹽人有練峰詞鈔一卷邁陂塘題呈石帆南湖載酒圖云問南湖誰移釣艇翩然清興如許浮家擬仿天隨子茶竈筆牀都具拚小住愛巾漉春醪醉眼迷香霧翠篷容與認楊柳絲多鴛鴦夢冷箇裏覔愁句吟懷好寫遍蓼汀蘆沚欵眠聊伴鷗鷺棹迴穩趁纖纖月指點石帆青處容喚渡看故態狂奴側帽尊前舞他時記取約第五橋邊吾槎重泛把盞肯來否玉輪家有涉園吾槎夜雨為涉園十六景之一故歇拍及之詞林紀事　王氏詞綜

姚世鈞

世鈞字炳衡歸安人布衣工詞祝英臺近云月波樓金粟洞合有素娥共緩緩長廊翠滴小階重妝成旋放毫犀雲鬟半嚲掩映出一叢金鳳好春送惜惜獨向蘭房閒把玉笙弄密意柔情好在眼波動只消捧硯傳箋彀儂折福又何況鴛衾同夢詞集名玉湖漁唱 王氏詞綜

邢汝仁

汝仁字子安歸安人好塡詞有拙庵詞一卷朱竹垞詞綜錄其尋春行香子云携得香醪來上林皋坐花陰遞酌金蕉年年春到最是無聊奈庾郎愁潘郎鬢沈郎腰踏青前日綺羅叢裏縱淸歌月夕風朝韶光易去一晌

魂消憶含娘堤蕭娘院泰娘橋湖州詞錄　詞綜

季元春

元春字鳴虞太平人好塡詞集名雲餘小草中多小令醉太平詠柳云今年去年樓邊水邊弄成漠漠春烟管傷心酒邊愁牽夢牽風天雨天瘦腰扶起三眠又江潭可憐王氏詞綜

陳沆

沆字湛斯海寧人監生刻意塡詞薰心染臆於姜張吳史之閒故所作穠而不迷豔而能清疏影詠秋栁用竹垞韻換頭云白傳風情老矣小蠻慘欲別鶯脰湖口短

凄涼玉笛誰家香絮一篝迷舊寒蟬抱處聲低咽怕則是慣依吟牖歎永豐西角荒園秋似玉樓人瘦結句蓋借用陳西麓詞也又與余修園詞話偶及石帚玉田二家因譜綺羅香詞云廣座徵歌閒房顧曲也要神仙流品耳食詞人一卷草堂名稔誰辨取石帚生香那蘸得玉田殘瀋問新來令慢圖成調絃擫笛可曾審休皆今樂非古多少鴻儒哲相倚聲還恁笑我支離拍徧幾回珊枕倘樂府逆落羣珠更天機乞將餘錦肯負了醉寫烏絲酒痕紅袖沁生平宗尚傾寫無餘詞集一卷名小波詞鈔　王氏詞綜

陸培

培字翼風號南香平湖人雍正二年進士官東流縣知縣塡詞爲浙派健將厲樊榭嘗云南香詞淸麗閑婉使人意消所作白蕉詞一卷又續稿一卷乃燕山後遊及客梁園之作年長多愁聲情變而愈上矣張今涪云白蕉詞宮鳴徵和纖妙嬛奇直兼宋元諸家所長其百字令東滬城張春山一闋倜儻自喜殆自況也詞云布袍嫌否喜風流重見秦川公子點鬢蒼華情自好只染朱絲欄紙小令南唐長歌北宋眼底空時輩銀箏檀板有人花下能記猶憶鷗鷺家鄉吟筇携到商略千秋事忽

漫分襟勞夢想遲寄紅箋魚尾擫笛牆腰尋春陌上也擬新聲倚何當挐艇采蓴相望秋水仇山村題贈王田生句秦川公子謫仙人布袍落魄餘一身故起句用之集中體物諸作並皆工妙和樂府補題蟬蓴二詞尤有思致　樊榭山房集　王氏詞綜

金焜

焜字以寧錢塘人雍正十三年舉人官禮部司務工詞厲樊榭愛西溪風景作西溪卜居圖自譜摸魚兒詞紀之焜和之云甑城中那堪托足移家遙入烟渚高人料已丹燒就臥足冷雲疏樹門外渡看野叟撈蝦射鴨紛

來去枯瓢挂處有紙閣藤屏養花澆竹雞黍客來具清溪畔消領烟霞勝趣鄰翁同課晴雨山林鐘鼎原無二恐負舊盟鷗鷺聽鳥語向草徑舒眉叉手閒尋句秋期肯許約舊雨燈窗聯詩賭酒醉起舉杯舞又卜算子慢湖心亭上云菱絲絆櫓蒲葉颭沙望裏曉湖烟散艤艇孤亭正值日晴波軟動筠篙畫鷁撐來緩綠柳岸脂香粉簇遊船早又停滿曲檻閒消遣遞幾陣風花漸吹入懶蟪醉鶯酣已賽十分春暖竚蘅蕪盡眼青痕徧俯水面山蛾獨秀樓臺塵遠頗似蘋洲笛譜有濃𨚗詞一卷

王氏詞綜

張奕樞

奕樞字今涪平湖人諸生詞集一卷名紅螺詞厲樊榭云檇李爲詞人之藪自竹垞導其源而沈李諸家一時稱盛二十年來久無繼聲者今涪起而振之其詞綺麗芊緜淡沲平遠端可分鑣秋錦接武南渟鳳棲梧云淅淅秋聲天欲暝自起推篷放出烟中艇瀉瀨避人來去並蓼花紅浸池塘影新鴈一繩波萬頃柏紫楓丹昨夜霜華冷盤舍漁鄉潮信準夕陽人在橋西等樊榭山房集　紅螺詞

沈修齡

修齡字遐庵平湖人諸生有蜜香紙閣詞一卷陸培題倦尋芳詞一闋於其後有論格韻平分石帚一洗纖穠秦七黃九刻苦誰憐羸得鬢絲添又旅館吟消銀翦水風筵巾脫黃花酒云云其庚子冬日自長水歸西村有感自賦邁陂塘詞有浮生事只算蓬飄萍聚薄游休恨耽誤蘆簾紙閣清於水歸也依然羈旅烟暝處看柿葉翻風愁對屏山句此懷誰語但長簞相尋短檠自剔聽到殺更鼓之句當係悼亡客遊時所作短檠長簞與旅館風筵之語可相印證也　白蕉詞　王氏詞綜

查學

學字七倫號硯北海寗人監生有半緣詞一卷厲樊榭稱東海查君詞以澹雅爲宗可謂善學南渡者女冠子春恨云栗留啼也喚起多少情緒漫空飛絮萬山堆綠落紅成陣鶯來蝶去樓遮芳草路舊恨重題般勤誰語青梅似豆魂消水邊朱戶念竹欄花塢閒搜句笑今番三春好景如萍聚匆匆難據問十千斗酒醉人何處只楊柳池塘香車寶馬人游日暮勾闌徙倚無憑門掩舊時春雨　半緣詞　王氏詞綜

吳焯

焯字尺鳬號繡谷錢塘人中年以後始事倚聲寓托既

深攬擷亦富紆徐幽邃懺悅綿麗使人有清眞再生之想其掐譜尋聲兢兢於去上二字之分尤不失刌度與厲樊榭唱和樊榭亟稱之芳草詠春草云遶湖西裙腰細路尋芳暗擁雕輪折綵新繡地冷香猶暖儘妬色迷人露光朝淡洗一分陰留一分春更雨約風梳舊痕又上新痕消魂三三徑裏有愁如此殘夢何因禁烟寒食候踏青人去盡目斷飛塵庾郎題恨賦最傷懷獨立江津莫更憶吹笙柳道弄笛梅村詞集一卷名玲瓏簾詞

玲瓏簾詞　王氏詞綜

符曾

曾字幼魯號葯林錢塘人監生由保舉官至戶部郎中著有春鳧詞稿一卷雪梅香云喜今日新歡重整管絃齊料春風有意便教枝上雙啼老綠從堪輕雪難淡黃應怕曉烟迷餘寒盛最是香閨重撥金猊風光問何處簾幙深垂事事相宜休說花開平明勒馬長堤西子晨妝方楚楚王孫芳草任萋萋但看雕梁畫棟燕子啣泥王氏詞綜采錄之春鳧小稿

金肇鑾

肇鑾字羽階錢塘人貢生為厲樊榭詞弟子有存齋遺稿一卷附詞雖所作不多幽秀澹逸頗似秋林琴雅之

遺杭董浦甚激賞之望江南游苕溪道場山一首云道場寺寺在道場巓花外午餘逢破衲佛前香燼剩殘烟屋角過流泉道場寺夾道竹林遮好向山家挑晚筍漫隨僧舍試新茶微雨返輕槎　道古堂集　王氏詞綜

毛士儀

士儀遂安人際可子有游小金山青玉案詞云高梔急槳青溪渡看百尺澄泓聚片石飛來飛不去凌空駕鰲苔封樹擁突兀中流柱僧房低亞通幽處夜半鐘聲雜蛟語清境暫游添客緒重來須記高眠三伏四面敲窗雨　嚴州府志

歷代兩浙詞人小傳卷七終

歷代兩浙詞人小傳　卷十四　詞

歷代兩浙詞人小傳卷八目錄

清三

歷代兩浙詞人小傳 卷六目錄 二

歷代兩浙詞人小傳卷八

烏程周慶雲纂

清三

陳章

章字授衣錢塘人監生乾隆元年薦舉博學鴻詞有竹香詞一卷深入宋人之室春日遊平山堂調倚如此江山云淮東此是吟詩地闌干下臨平楚一抹山光雙懸掄影中隱清江如縷春餘幾許正綠翦煙蕪絳飄風樹恰好嬉遊鶺鴒何事又呼雨龍蛇當日走壁有風流歐九應占千古韵與堂高人如洒俊燕子飛來能語名泉

斛取待槐火新時試烹花乳去覓扁舟月痕天際吐齊天樂五月下浣送樊榭歸湖上云江南幾日黄梅雨歸帆郤乘新漲水驛濃陰煙村返照欹臥一篷疎響雙峯夢想羨濯罷塵纓便呼吟舫翠滴杯涼雪鷗三兩泛相向湖邊無限勝賞最波心盪月吹過漁唱扇引荷香橋分山影身在誰家屏障鬢絲漸颺算一頃蒓謀甚時偕往老屋都荒逕苔緣砌上　竹香詞　王氏詞綜

趙昱

昱字功千號谷林仁和人貢生乾隆元年舉博學鴻詞有愛日堂集詞一卷黄氏續詞綜錄其甲辰春暮倚樓

見海棠葉底殘花用黃雪舟韻水龍吟云飄零又過清明晝簾淺揭湘紋翠雲妝卸卻纖膏餘在還句靡陸國色留情紅心訴恨綠陰滿地數芳叢寂歷一痕殘豔歎春事今休矣無那重攜鳳蠟照妍姿臨風掩袂垂垂小佳婷婷獨殿無多別淚依約丰姿玉肌香減醉顏紅退悄憑闌不語嬌慵誰伴隔盈盈水黃氏詞綜續編

陶元藻

元藻字龍谿號篁村晚號鳧亭會稽諸生少負儁才嘗遊京師題詩良鄉旅壁袁簡齋太史見而賞之爲撰篁村題壁記客揚州時盧抱經轉運大會名士於紅橋卽

席賦絕句十章一時傳誦倦遊歸里於西湖築泊鷗莊以撰述自娛晚年鰥居購一小鬟梁山舟侍講調以詩云病來久不見陶潛隔著重城似隔天昨夜中庭看星象小星正在少微邊見說溶江泛櫂枝已成陰後未涼時一根榔栗無人管分付樵青好護持不比朝雲侍老坡也如天女伴維摩對門有个林和靖冷抱梅花奈爾何好將斑管畫眉雙莫染星星鬢上霜比似詩人張子野鶯花還有廿年狂其風趣如此篁村所著全浙詩話六十卷鳧亭詩話二卷越彥遺編考五卷越畫見聞三卷外有香影詞四卷秀逸清新超軼埃𡐦家傳　隨園

詩話　泊鷗山房集

陳榮杰

榮杰字無波一字慕陵會稽人祁陽籍諸生乾隆元年薦舉博學鴻詞有香夢詞二卷能掃除靡曼之音特標清新之意與華亭黃之雋唐堂最善黃嘗云無波詞風流自賞不輕出以示世獨以余爲知音其一種清虛婉約之致全以情勝長相思憶柯南陔云杏花紅蓼花紅花落花開小苑空相思一萬重怨春風怨秋風春去秋來離恨中樓頭聞斷鴻浣溪沙云捲起疎簾懶上鈎鸚哥無賴喚梳頭天涯人遠倚層樓燕尾剪春寒雨細鶯

歌溜日曉風柔賣花聲裏夢揚州 王氏詞綜

張雲錦

雲錦字龍威號鐵珊又號藝舫平湖人監生有紅蘭閣詞一卷常與厲樊榭唱和樊榭山房集有書柘湖張龍威長短句後二絕句云蹤跡江湖燕尾船一回相見一流連新詞合付兜娘唱可惜紅牙久寂然樂笑翁今不可回補題五闋屬清才薛家鏡子塵昏後悽絕何人喚夜來自注云龍威有和予續樂府補題五闋其天香賦薛鏡云粉潔休磨塵輕不染識取夜來名字深有感於予懷也時樊榭方有姬人月上之悼故其詩云然 兩浙

輶軒錄　樊榭山房集

陳臯

臯字江臯號對鷗錢塘人貢生家承易學深明河洛圖書相爲經緯相爲表裏之義貧不能家食走津門主于斯堂查氏從吳通守東壁研究三禮繼遊廣陵與其兄授衣皆主玉山堂馬氏時廣陵社事繁興爭以得其兄弟爲勝對鷗又工倚聲時從樊榭印正所著詞集名對鷗閣漫語　杭郡詩續輯　王氏詞綜

陸天錫

天錫字畏蒼平湖人乾隆三年舉人有古香閣詩稿附

詞張銘信跋其詞卷云吾鄉工詞輩有名家今且萃於陸氏南香大令漁鄉秘書其最著也踵起者爲其小阮青棠其詞體具葩騷旨趨麗則綺旎豪宕處無不與古作者意旨脗合王氏詞綜錄其詞數闋譚氏篋中詞亦錄其秋樓調倚探春云雨過梁空雲飛窗冷秋心高處聊遣戍鼓飄風秦簫咽月併送涼聲一片洵美非吾土謾贏得離愁難剪不如盡卷湘簾放他歸去雙燕遙憶穿鍼興淺垂玉手倚闌天遠人遠墮葉吹簷餘花近檻猶是陌頭春怨爲問樓中錦可寄與南來鴻便獨倚寒江笛聲吹上天半清勁高華張跋云云非溢美也　王氏

詞綜　篋中詞

汪憲

憲字魚亭錢塘人乾隆十年進士官刑部員外郎有振綺堂稿詞有勁致詞綜補錄其瑤華慢云南屏一疊縮本傳來染山僧殘墨王郎兄弟擕嶺上幾點宿雲相乞非邱非壑也成就煙霞泉石傍水邊箕踞科頭者樣風期誰識山樓共倚晴初有空翠層層湖影同羃須彌芥子收拾到簷裏半弓几席君如見過便畫入圖中也得待更添兩樹枯槎三十六鷗浮拍　振綺堂集、丁氏詞綜補

章　愷

愷字虞仲嘉善人乾隆十年進士官編修有蕉雨秋房詞一卷善賦閒情浪淘沙云風約水晶簾倦枕初忺瑤階午漏落瓊籤燕子歸來催夢醒輕語雕簷閒把玉簪拈情思厭厭綠雲斜挽向冰匳一縷新愁無著處又上眉尖王氏詞綜

江炳炎

炳炎字研南錢塘人有琢春詞一卷又有冷紅詞陳玉几謂其詞豔豔如月亭亭若雲蕭然遇之清風入林程物賦形而無遺聲焉至於審音之妙鑰合尺圍靡閒絲

髮昔人所稱神解者非邪王氏詞綜錄其詞二十七首均清空婉約之作其珍珠簾一首可想見分箋拈題之樂題云上巳佳日余勿修禊久矣遂船促膝寓齋煮茗清話出鳳林書院詞本相與吟諷追憶永和之盛悠然意遠各譜一曲詞云愔愔陌巷深深宇夢醒時禁住梨花疎雨檐鳥哢新晴喚踏青人去都道重三今日好問那處沿波流羽延佇喜舊侶萍連心期相許誰料忘了提壺比炎州風致郤殊幽趣汲水試春期且略商今古一卷清詞循諷久又淡淡斜陽催暮回顧看蟾影初鉤照君歸路　瑑春詞　梅鶴詞　王氏詞綜

陸烜

烜字螮厂，平湖人，有《夢影詞》三卷，以白石之清勁，兼玉田之深婉，生香眞色，在離即之間。《醉花陰·和漱玉詞》云：「冷苑碧梧深午晝，蘭篆銷香獸。無語自悲秋，萬種相思，此味嘗應透。雁聲不到車鈴後，珠淚空沾袖。莫上最高樓，落照蒼茫，人遠青山瘦。」《畫堂春》云：「紅襟小燕入簾初，杏花春雨疏疏。日長人困一愁無，香冷金鋪。蛺蝶偷窺翠鬢，東風故裊輕裾。等閒妨了繡工夫，細數花鬚。」王氏《詞綜》

夏叙典

叙典字敷五嘉善人諸生有力軒遺稿一卷附詞多仿弁陽老人詠西湖風景黃鸝繞碧樹詠柳浪聞鶯云一片濃雲翠風欺煙惹密籠堤岸苑轉綿蠻漸鶯兒試語好春將半暖飄絮影記前度雕鞍遊倦重報是曲渚花深未許探芳心嬾脈脈閒情自遠最消凝挂愁河畔亂絲緒怪金梭未織偏弄清婉閑裏醉吟重過問那得垂青盼不堪舊樹扶疎又逢春晚蘊藉清空意境殊勝王氏詞綜

夏葛

葛字煥如嘉善人諸生有謙受齋詞一卷無繁麗眠褻

之情孱激昂踸號之習王氏詞綜載其瑞鶴仙詞云柳絲空自舞甚惹得春來又牽春去傷春定何許惱芳心端在送人南浦情絲幾縷應半入愁機恨杼記恁時蜨倦花醒繡閣翠圍香聚知否窺天鏡遠鎖月簾空吟魂無據銀箏新譜忍說到夜涼句悵冰奩未把玉釵暗折獺髓留痕乍補奈相望隔水盈盈謾闘笑語王氏詞綜

朱芳靄

芳靄字吉人號春橋桐鄉人監生爲竹垞之族孫壽墳詞句琢事鍊調合律諧具有小長蘆家法移居長水之雙谿顏其室曰小山居與諸名人唱和僻書秘笈無不

蘋村詞遂日工詞集四卷卽名小長蘆漁唱天香詠龍涎香云蜃市春囘驪宮睡醒癡龍凍蟄驚起沫擁層波唾留平島初散半天雲氣拏舟採取更仿得瓊英古製萬里星槎攜到簾櫳幾同閑試熏鑪片銀梟翠撥沉灰每勞纖指一縷花香不散慣消殘醉最憶幽人高致聽夜雨菰蘆短篷底作畫題詩濃煙滿紙自注稗史彙編龍涎出大食國近海常有雲氣罩住山間卽知有龍睡其下候雲氣散往觀之必得龍涎佩楚軒客談浩然齋有古龍涎香自東閣瓊英以下凡數品雲林遺事倪元鎭爲催科所擾逃去匿菰蘆中焚龍涎香柯敬仲詩云

夜雨推篷寫松石焚香何處獨題詩蓋紀實也隸事之博可見一斑。小長蘆漁唱　王氏詞綜　南野堂筆記

兩浙輶軒錄

汪仲鈖

仲鈖字豐玉秀水人乾隆十五年舉人有懷新詞一卷江城子云昏黃院落雨潺潺杏花殷蘚花斑生怕尖風繡戸不開關香氣爲嫌銀鴨遠教撥過小屛山春衣成後剪刀閒見嬌鬟兩眉彎病熱心情比舊越闌珊隔著燈光無一語輕自解九連環見王氏詞綜　王氏詞綜

張宗松

宗松字青在海鹽人諸生有捫腹齋詩餘融情鍊景雅與山中白雲爲近疏影賦竹影用玉田梅影云低牖漏月正檀欒弄影相對幽絕只兩三竿搖暝搖晴那怕西風敲折疎疎落落牆陰下且莫待黃昏時節慣攤書綠字欹斜雲過小窗明滅空際纖塵不掛幾番拂拭處臨水淸潔寒雀飛來欲蹋難棲轉向花枝嚦徹輕鸞鏡裏誰描得訝壁上琅玕如活又幾時添許微痕薄暈更留殘雪　黃氏詞綜續編

紀復亨

復亨字元稱號心齋烏程人河南商邱籍乾隆壬申進

士歷官至太僕寺少卿因病乞歸寄居蘇州之楓橋後返南潯少卽工詩善畫超逸有致又工詞著有杼亭詞二卷　烏程縣志　湖州詞錄

周天度

天度字心羅號讓谷仁和人乾隆十七年進士官至許州知州有十誦齋詩集四卷附詞南歌子湖上早春云山曉疑含黛湖明曲映沙碧羅天遠畫樓遮樓外數株煙柳不勝鴉繡箔蝦鬚捲紅蘭亞字斜春風日日到窗紗漸有賣餳人插擔頭花風韻頗勝　王氏詞綜

周大樞

大樞字元牧山陰人乾隆元年薦舉博學鴻詞十七年舉人官平湖縣教諭有調香詞一卷雅工小令西地錦詠西河柳云一騎青絲馬尾向風前旖旎眉兒太細腰兒太瘦照無情流水秋雨陰陰欲墜看柔條爭起微顰更好微香更好勝隋堤千里王氏詞綜

王又曾

又曾字受銘號穀原秀水人乾隆十六年召試賜內閣中書十九年進士官刑部主事有丁辛老屋詞二卷東風第一枝賦柳絮云欲起翻眠將疎轉密因風搖蕩如霰初飛送客江橋又入詠詩庭院因風乍轉倚百丈遊

絲難縮漫輕狂彈指三生夢繞白蘋溪岸休逐了者番花瓣重撲到那時人面舞來倦繡文簾點入畫眉芳硯年華催晚怕愁損傷春心眼試倩伊問訊江南好在謝家吟管隱軫迴環含悽茹怨不減東坡似花還似非花之作　丁辛老屋詞

鈕世楷

世楷字膺若號草亭嘉興人諸生幼穎悟十歲通五經年十四即善吟詠尤工小令長益刻苦自勵居斗室風雨不庇一燈如豆執卷咿哦雖厨無宿儲勿顧也所著詞集名秋樹根詞　叟亭詩話　兩浙輶軒錄

孫鳳飛

鳳飛字錫九號桐齋會稽人諸生酷好倚聲著述甚富所著有桐齋學吟蓁洲小詠各一卷其詞集名硯香詞其四卷又補鈔一卷　杭郡詩輯　兩浙輶軒錄

戴文燈

文燈字經農號匏齋歸安人乾隆丁丑進士官禮部員外郎夙有詩名官儀曹八年董邦達汪文端金檜門等每有經進篇章輒與商榷文燈感激知己不敢告勞而病已作矣疾亟手定詩八卷詞二卷名甜雪詞祇十之三四也　靜退齋集序　兩浙輶軒錄

黃庭

庭字夢珠錢塘人監生有零香詞描寫閨襜之作爲多婆羅門引賦耳釵有花團翠陰一絲氷影界橫雲最憐紅到香輪移近秦璫輕撚頻蹙遠山痕之句三姝媚賦巾束有幾幅氷綃似疊成雲浪月絃封住宛轉回環難挽定相思千縷之句見王氏詞綜 王氏詞綜

沈開勳

開勳字呂璜海寧人乾隆二十七年舉人官麗水縣教諭喜塡詞虞美人云雨絲細裊遊絲重攪破楊花夢爐香半燼黯銷魂簾幕沉沉無語又黃昏退紅攢綠年時

怨天把濃春餞繡衾倦倚不堪聽纔長芭蕉一葉做秋聲有宜雅堂詞一卷　王氏詞綜

高文照

文照字潤中一字東井武康人幼作懷古詩出語驚人久遊江左著述裒然逸才曠世惜不永年遺稿有闇清山房集三册戴菔塘爲之手寫紙厚寸許纖字密行尚未能全錄也又工詞著有蘋香詞一卷　吳興詩話　梧門詩話　湖州府志

董潮

潮字曉滄號東亭海鹽人乾隆二十八年庶常有撷花

集詩餘一卷潮本武進人少孤祖母陳撫之成人贅於海鹽遂占籍焉性至孝讀書慷慨負志節工詩文六法詞如冷螘秋花自饒淒豔謁金門云東風早吹綠一庭芳草寒擁香篝深閣悄夢和煙縹緲昨夜雨聲催曉試問亂紅多少二十四番花信了螘凝鶯已老菩薩蠻云流蘇和夢匆匆遇東風吹斷無憑據睡鴨冷沉煙起來閒杜鵑捲簾春草綠晚雨梨花浴樓閣暮生寒淒涼獨倚闌共法源寺看花東風齊著力一詞有石壇風靜旛影晝沉沉闌角嫣然一笑凝眸處黛淺紅深君知否桃花燕子都是禪心云云淒馨秀逸眞詞禪也黃氏詞綜

續編　玉塵集

何承燕

承燕字以嘉號春巢仁和人貢生官訓導有春巢詩餘諧音協律妙擅自然高陽臺題齋向館主燕子磯秋泊圖云漁火連江蘋波漾月布帆又卸磯頭贏得琴書三年幾度來遊金風吹老靈和柳望臺城一抹煙浮莫勾留便是盧家未必無愁勞勞亭畔初揮手想蘭橈一去直擬歸休漫掩篷窗閑眠好共沙鷗景陽夢斷空樓遠甚鐘聲偏到孤舟荻花洲說是初秋已似深秋虞美人春莫送王澹庵之武昌云萋萋芳草迷鸚鵡好句多懷

古故人何處最相思大別山前落日卸帆時逢迎到處知君有醉倒潘生酒南樓登眺與誰同無限鄉心應在月明中　黃氏詞綜續編

胡奕勳

奕勳字力堂平湖人乾隆三十年舉人有尊萊詞一卷

清平樂秋柳云煙疏古岫張緒而今瘦莫是春風狂舞後贏得雙蛾常皺最憐宵雨淒淒枝頭不宿黃鸝爲怕行人折盡飄來都是愁絲歇拍令人悽惋　王氏詞綜

余集

集字蓉裳號秋室仁和人乾隆三十一年進士候選知

縣徵修四庫全書授編修歷官侍讀學士少習繪事名重都下生平吟詠甚富皆隨手散佚歿後龔麗正刊其遺著數種有憶漫庵賸稿附詞摸魚子梅妃里云怪千秋粉痕蘭跡無情黃土消盡蠻煙引我尋吟興來探天涯芳信天怎忍便一例馬嵬淒寂驪宮冷殘梅弔影看冉冉天風珊珊環珮時送舊時韻樓東賦惆悵鳳匳香燼蛾眉曾寄孤憤漁陽鼙破長門夢故國那堪重省君莫問若說與英雄感遇同紅粉春風舊徑尚依約荊門羣山萬壑吟動杜陵恨望古遙集足當雅唱　黃氏詞綜續編　杭州府志

汪孟鋗

孟鋗字康古秀水人乾隆二十七年召試賜內閣中書三十一年進士官吏部主事有語冰詞襟情爽颯能以韻勝春遊雨阻命酒小酌譜曲遊春云帝里春如海問悄悄門巷春到何處酒旆茶帘引東風吹綠連天無路冉冉斜陽暮怕明日尋春春去數遊車齊轉天壇醼出一城酥雨喚侶壺觴誰主快美醞頻傾高唱交吐莫說江南正清明上冢斷腸兒女孤艇空橫渡算千里青袍應誤只辦醉雨題花閒情再賦 王氏詞綜 藤陰雜記

陳嵇

嵇字元山一字雪廬原名崙錢塘人乾隆三十三年舉人劝穎悟酷愛倚聲吳處士西林訂忘年交吳祭酒穀人以詞鳴京師心折如師焉有壺春詞一卷逸韻高情超越凡近西子妝云好夢如春好春如夢待與箇人分判一年心事賣花聲最消魂樓高天遠遊絲自懶又何苦東風拘管燕子來時問幾家簾下幾家簾捲瓊簫斷半榻芸籤忍把流光換畫闌一帶碧無情是年時聽鸝池館冶遊醉伴也休要壚頭鶯喚過淸明庭樹無人翠滿又有霞客道情詞一卷絕妙好詞補注　王氏詞綜家傳　杭郡詩輯

王方恒

方恒字元成嘉興人有亦是山人詞惜餘春送春云燕子愁紅鶯雛學語一霎催教春老心隨豔景目送香塵孤負滿隄芳草拚得今宵夜闌秉燭追遊也嫌遲了恨河橋楊柳遮留無計碧絲空裊還記得前度笙歌蘭橈停處宛遇錢塘蘇小韶華暗換別緒頻牽那管倚闌人悄漫說是揚州倦遊薄倖蕭郎靑樓夢杳怕東君歸後煙花南陌更無人到委宛紆徐淸空如拭王氏詞綜

許瑛

瑛字振武嘉興人諸生有牧堂詞洞仙歌題梧桐小障

云日長小院變清陰堪掬冷壓重簷翠如幄聽銀牀鬧雨勝似芭蕉恁點點清晝撩人幽獨折來頻記閒數過秋期滅了枝頭一痕綠便爾拂銀箋款住西風直描出秋聲碧幅間葉底繁花幾時開待小鳳團巢夜寒棲宿耿拍神味自遠丁氏詞綜補

王爕鼎

爕鼎字守之秀水人有梅溪詞小令似唐五季人語菩薩蠻云獸鑪一縷香煙細畫屏斜倚重門閉階下繡簾垂雙飛新燕窺柳絲風著力疎雨如珠滴春漲碧如天鴛鴦自在眠丁氏詞綜補

李稻塍

稻塍字耕麓，秀水人，諸生，有聽鸝山館詞。鵲橋仙云：縛茅爲屋，編籬作圃，多種名花修竹。呼童牆角斫林梢，露幾點遥山如沐。嬾吟小令，試烹新茗，客至共翻棋局。排窗面面覆蕉陰，映坐上鬚眉俱綠。寫閒居風物，如畫詞中之白描高手也。丁氏詞綜補

王㫚田

㫚田字逸庵，嘉興人，有遏雲詞。疎影賦竹影云：舞襟新翠，蔭蒼苔文石，碧梧桐井。窈窕蘿窗，幾箇橫斜，書幌旋添微冷。無端一縷斜陽透，知鏡沼藕花風定。倩王猷且

住藍輿況有秋聲堪聽移上周遭粉壁料書家畫手更助清興滿地清疎冷意三分多謝此君持贈有時戛碎玲瓏月看倒臥三三花徑記瀟湘波面難尋正值雨濃煙暝綽約生姿足爲此君寫照丁氏詞綜補

徐天柱

天柱字擎士號松厂德清人乾隆三十四年進士官編修有桐初書屋詞臨江仙用顧夐體云柳絮黏天千里暮小樓一夜簾纖春潮眞與恨俱添人間天上悲燕燕惜鶼鶼欲笑不成啼不可口中石闕如箝分明私語感眉尖他年相憶將故素比新縑託意溫厚工於比興丁

氏詞綜補

陳朗

朗字太暉號夢歐平湖人乾隆三十四年進士官撫州府知府有集漢魏六朝句六銖詞一卷七襄雲錦眞如無縫天衣長相思懷王錫公云路悠悠宋西曲歌雨悠悠梁武帝鳳臺曲各自東西南北流宋鮑照擬行路難飄然不繫舟隋陳政贈竇蔡二記室入蜀出亦愁入亦愁漢樂府古歌不覺年頹秋更秋隋釋慧英三五七句言一秋來只自愁陳陰鏗秋閨怨生查子秋夜云單眠夢裹驚陳陰鏗班婕妤怨朔氣傳金柝梁無名氏木蘭詩庭樹已先知梁王筠和孔中丞雪裹梅花風捲隨秋籜北周庾信和張侍中述懷川路恨成遙

陰鏗登百花亭懷荆楚之念別猶如昨梁何遜寄江州儲諮議月送可憐光梁簡文帝倡樓怨節萬里相思各梁吳均酬蕭新浦王洗馬　黄氏詞綜續編

嚴駿生

駿生字小秋嘉興人上元籍諸生有餐花吟館詞鈔四卷賣花聲秦淮秋泛云雙槳板橋灣輭趁潮還簫聲冷咽夕陽殘一角眉痕黄葉外瘦了秋山花裏小門關零落漁竿玉人不耐晚風寒窣地湘簾鉤不上閒殺闌干頗有散髻斜簪風流自賞之致　黄氏詞綜續編

張雲璈

雲璈字仲雅錢塘人乾隆三十五年舉人有三影閣箏

語三影閣曉坐浣溪紗云昨夜春寒減一分畫羅屏倣坐凌晨隔簾新綠正當門紫燕迴廊風似翦紅薇小院雨如塵養花天氣護花人風致絕勝王氏詞綜

蔣元龍

元龍字乾九秀水人乾隆三十六年副榜有桃花亭詞一卷憶江南云深院靜簾外雨濛濛夢到江城人悄悄酸雞啼斷五更風樓冷一燈紅自注云敬堂舊有樓冷一燈紅句訖未成詩予心賞有年因補成是闋使敬堂見之當不笑爲黃九慣竊也其風趣如此王氏詞綜

吳蘭庭

蘭庭字虛若一字胥若歸安人乾隆三十九年舉人有蘭簃草堂詞念奴嬌題三泖漁莊圖云菰蘆滿眼便恍然置我斜陽水國蝉舍漁莊人語外寫出籬根寒碧斷雁拖煙峭帆吹雨中有滄浪笛沙頭鷗鷺舊遊多少能識乍是海上珊瑚千絲網取去作金門客圓泖橫雲來夢裏更向籌邊飛檄麟閣功名馬行燈火重理東山屐神仙平地尊鱸須緩相憶　國朝湖州詞錄

沈　堡

堡字可山蕭山人浙東才士著有漁莊詩草西河竹垞爲作序彰之又工詞與吳尺鳧等唱和著灌桐詞四卷

蘋洲秋語

陶維垣

維垣字愚擁號鶴門會稽人治經義有聲復擅塡詞於蘇柳外別出機杼著有叩拙詞　蘋洲秋語

嚴鼎臣

鼎臣字徐卿歸安人有化蝏齋詞滴滴金詠奇色牡丹云洛陽富貴本無匹姚黄種誰能得人傳奇瑞說東林有陳氏花國難認倚妝紅又白天工巧換春色品題何必記歐陽看幻花仙術　國朝湖州詞錄

許肇封

肇封字州山海甯人乾隆三十九年舉人官望江縣知縣有旎香詞浣溪紗鴛湖舟中作云杏子輕衫鬢貼鈿鞵頭新鳳裏金蓮妝成背鏡怨春天楊柳千條郎馬上桃花一樹妾門前小橋流水夕陽邊　黄氏詞綜續編

馬緯雲

緯雲字依墀海鹽人乾隆三十九年舉人官番禺縣知縣有鶯聲細雨草堂詞杭城東瓦子巷係南宋時勾闌吳穀人有詞紀之緯雲亦倚鳳凰臺上憶吹簫詞和之換頭云沉吟星移物換歎半壁湖山故國難尋況嗚珂舊曲墮爲遺響惆悵東風似夢何須惜買笑千金還擕

酒趁拍婆娑莫負而今盞用夢窗玉樓春詞意也詞綜

吳錫麒

錫麒字聖徵號穀人錢塘人乾隆乙未進士官至國子監祭酒性嗜飲無下酒物以書代之少壯至老未嘗離筆硯生平不趨權貴然名著公卿間交重其學在上書房時爲皇曾孫師傅與成邸尤莫逆得一帖一畫必共題跋嘗寓澄懷園消夏成邸爲書齋榜曰小清涼界乞養歸主安定愛山雲間書院校刊全唐文澹然榮利遂不復出作詩古文詞如萬斛泉源不擇地而涌詩餘尤佳論者謂可與梅村樊榭抗衡蓋浙中作者自竹垞初

白雨先生後二十餘年大宗太鴻起而振之及杭厲殂謝嗣音者少祭酒繼出清才名德獨出冠時宦中外望之指爲景慶矣著有正味齋文集詩集詞集高麗使至出金餅購其書厰肆爲之一空　杭州府志　武林人物新志　法式善傳略　蒲褐山房詩話

汪輝祖

輝祖字煥曾號龍莊蕭山人乾隆乙未進士官湖南寧遠縣知縣祀鄉賢名宦少孤繼母王生母徐教之成立世稱汪氏兩節母既長練習吏事幕遊有年官寧遠時治獄有聲以足疾自劾免歸閉戶著書以譔述課子孫

有諗愁符詞草一卷其他著作等身寇亂後惟史姓韻編及佐治藥言學治臆說病榻夢痕錄有重刻本餘稿傳本極少 先正事略 阮元傳略 陶濬宣傳略

徐志鼎

志鼎字調元號春田平湖人乾隆四十年進士官南溪縣知縣有玉雨詞好事近云深院響梧桐剛逗半簾孤月踏遍蒼苔心碎怕春痕難滅分明佳約在今宵愁聽銅壺欹疑是玉人來也又風敲檐鐵 黃氏詞綜續編

魏之琇

之琇字玉橫錢塘人有柳州樂府一卷詞筆平正不失

爲雅音宋人中絶似陳西麓疎影賦秋柳云星垂露滴正畫樓悄悄翠蛾凝立悵望西風無限離情誰人日暮吹笛黄深綠淺長亭路記玉手柔條曾折却陌頭風景依依不似送行時節流水飛鴉數點向殘照依稀猶動寒碧早是秋光不管消魂付與疎烟涼月鶯嬌燕婉人何在更賸有晚蟬幽咽問个時青眼迴波要待玉梅消息王氏詞綜

王翰青

翰青字文虎改字鄂舟别號鶴野詞客歸安人附貢生工倚聲深得梅溪竹屋之音惜以不得志困厄而殁詩

詞遺稿叢殘無次其甥周東帆以增爲刋鶴野詞兩卷計秋琴深跋焉湖州詞錄 潯溪詞錄

宋維藩

維藩字瑞屏歸安人貢生有滇遊詞一卷探春慢云深院閒門竹西小徑春風先到窗罅水際烟寒牆腰月淡別有横枝低亞猶記年時事是侵曉曉妝纔罷吹香同倚闌干忍寒消受清暇一自萍漂梗泛問此日樹間苔蘚多寡連枝雪暗一痕紅袖還否添香燈下只有尋春夢曾到了當時亭榭料得西牕重簾靜掩深夜往復低徊深情如訴王氏詞綜

施國祁

國祁字非熊號北研烏程人諸生嗜學工詩古文尤熟於金源事實嘗病金史蕪漏積二十年成金源劄記元遺山詩文集箋金源雜興詩家貧嘗授經於外中年忽樂市隱寓於潯北爲人經理生業設吉貝肆市中有一樓顏曰吉貝居尤善塡詞著有言情簫譜南潯三先生傳　攬茝山房漫記

吳展成

展成字慶咸號螟巢又號一瓢嘉興人諸生有學絜詞晱蔗詞買陂塘書齋憶舊巢燕子云記年時呢喃燕語

拂簷曾弄雙影芹根銜得香泥軟飛上柳梢花頂還自簷傍藻井雕梁箇裏棲香穩掠波嬌俊慣紅縷斜拖繡簾雙捲歸去夕陽暝那堪是片霎西風淒緊飄然旋動歸輿重尋恐誤閑庭榭欲去烏衣愁整應自省笑一樣依人生計還無定畫闌誰凭歎蛛網交垂蝦鬚深掩夢斷海天冷過變以下借題抒感極蒼涼掩抑之致　王氏詞綜　石瀨山房詩話

黃易

易字小松錢塘人監生官運河同知博雅多能畫宗倪黃篆刻得其鄉先輩丁龍泓之傳尤精於金石之學嵗

仕山左嘗搜得永壽熹平殘刻范巨卿碑早佚君先得碑額後又訪得原石嗜金石者爭豔其遐餘事倚聲亦復清勁拔俗著有小蓬萊閣詞一卷馮魚山舊藏横波夫人畫蘭卷小松得之於都門塡摸魚兒詞一闋而歸之絕句云料得見同時嘗金解贈未肯讓朱老蓋用朱竹垞見夫人事也　小蓬萊閣詞　王氏詞綜

王復

復字敦初號秋塍秀水人監生官偃師縣知縣有晚晴軒稿八卷附詞客揚州時金棕亭招同閔玉井沙白岸汪對琴吳穀人朱春橋汪秀峯吳竝山汪劍潭何春渚

泛舟紅橋看黃葉時穀人秀峯俱將歸里秋塍譜揚州慢詞云潇水流紅園林淒碧那禁一夜霜飛剩荒涼幾樹伴菊影疏籬更裝點亭皋晚景滲金潑蠟低襯料暉憶村莊路遠蕭蕭空掩荊扉舊遊人去奈回頭慘綠都非縱闌豔無心耐寒有約飄墮誰依策策西風吹冷深杯勸酒對鶗兒羨江南歸客燈前色應雙眉情景兼至雅與題稱 晚晴軒稿 王氏詞綜

李旦華

旦華字憲吉嘉興人貢生有青蓮館詞二卷解珮令云蠻箋輕擘篆香試炷甚探幽覓句情都倦一榻支頤慣

獨自梧桐庭院鎮相隨藥爐茶串小橋雁齒小船鴨嘴負煙鄉漁竿釣綫落日秋風誰復訊杜陵吟卷點空階桂花如霰抽妍騁秘鍊色選聲詞場射雕手也青蓮館詞　王氏詞綜

張誠

誠字熙河平湖人晚號嬰上散人乾隆四十二年舉人候選知縣有嬰山小園詩文集王侍郎昶采入湖海詩文傳性倜儻好遊名山九州歷其七五岳登其三所至賢士大夫如袁隨園畢弇山洪稚存孫淵如輩皆傾襟倒屣相見恨晚別著鶴厂詞一卷附詩集行世高邁蒼

豔能擷蘇辛之精黄氏詞綜續編

皇甫樻

樻字養庭一字竹瀼號槐里自號雙溪釣叟桐鄉人乾隆丁酉舉人官孝豐教諭著述甚富有勘書閣詩集牛鐸集雙槐里居士逸文復工倚聲著靈犀詞一卷杭郡詩輯

陳珏

珏字西霍嘉興人有瑤林詞一卷菩薩蠻云檀槽忍把離懷訴依依欲上扁舟去執手淚猶多明朝更若何滄洲凝望斷帆影和雲遠微雨又黄昏亂鴉歸遠村黄氏

詞綜續編

周嘉猷

嘉猷字慕蕘海寧人乾隆四十四年順天恩科舉人官兵部主事卒於苗疆軍營贈員外郎銜有雲卧山房集附詞其賦沁園春爲俞仙圃題春暖放舟圖云瀲灎湖光舊日經行樹角山腰喜非村非郭攜來仙侶宜晴宜雨泊箇輕橈幾度勾留十年杳渺夢逐錢江上下潮俄開卷恍綠波春水替我魂銷紅塵苦被相撩似絮轉東風柳萬條想蘆碕荻岸閒尋鷗鷺花溪苔磴互話漁樵早有伊人引來歸興買得烏篷深處招煙霞境倩竹枝

細譜鈞管雙描風調閒適如讀王孟田居雜興詩丁氏

詞綜補續編

沈長春

長春字小如一字芝亭歸安人乾隆四十四年舉人官湖南按察使有古香樓詞賀新郎詠敝裘云捐棄將誰咎對如斯蒙茸面目顧形增醜漫許五雲輝翠羽惹破何人笑口更刻意吹毛知否鶴氅摧殘仙客伴牛衣對泣車中婦豪興也竟何有冰霜雨雪相隨久記年年關情冷暖宛然良友解札人嗤同敝袴我自珍逾綺繡怪司馬壚邊沽酒便作釣蓑還耐冷比綈袍持贈誰憐

受新可愛莫忘舊 國朝湖州詞錄

章光曾

光曾字廉夫歸安人乾隆四十四年舉人官海鹽訓導有笛舫詞泊大通驛譜木蘭花慢云聽郵籤又報道前路似吾鄉有市聚蒼煙舟臨古渡門蔭垂楊遶貰過江風景漸水村山郭酒旗颺日暮艑郎齊唱因風傳出吳腔帆張飽挂斜陽纔卸了橫塘正溪女提魚鄰娃貰酒小酌蓬窗匏尊未妨舉屬看殘霞幾縷隱前岡滿眼詩情飽謝一鐮畫意倪黃 國朝湖州詞錄

汪如洋

如洋字潤民號雲壑秀水人乾隆四十五年進士第一官修撰有葆沖書屋集五卷附詞揚州慢詠芍藥用樊榭山房韻云門掩梨雲徑吹醾雪輕寒九十都銷對鶯忙慵懶強與殿芳韶想侵曉豐臺露泣箇人珠淚染徧鮫綃怕仙郎薇省吟成也只無聊春嬉南浦記盈盈兒女情苗歎玉鏡臺邊紅闌砌畔水遠山迢贏得膽瓶斜插銀燈畔酒暈偷描任濃斟藍尾來朝綠暗平橋　王氏詞綜

程　瑜

瑜字去瑕號少海仁和人乾隆四十五年舉人官義烏

教諭有小紅樓詞鷓鴣天云嘘老芳園樹樹鶯新煙迷綠過淸明風消絮雪春無影雨碎梨雲夢有聲人悄悄晝冥冥丙丁帖子寫初成單衣小扇荼蘼徑笑問姮娥索晚晴筆意超雋脫口如生黃氏詞綜續編

周宗梗

宗梗字楚材仁和人諸生績學能詩其論詩云如紙鳶凌雲頓挫在一綫中又云張機受杼累寸經營乃得經幅其用心得力如此詩四卷末附詩餘自號樹村因名樹村集以嘗病也更名病餘吟草杭郡詩輯

李汝章

汝章字沁碧秀水人性高潔邁俗讀書不屑章句家貧服賈以養爲醫能活人同里錢少宗伯載不輕交接少許可獨稱其人與詩著有易解及谿隱詩稿詞稿又有餘霞樂府　兩浙輶軒錄

查岐昌

岐昌字藥師號巖門海寧人諸生慎行孫工吟詠楊繩武序其巖門精舍詩鈔曰浙中詩家前以秀水朱竹垞先生爲宗主而後以海寧查初白先生爲職志秀水有孫稼翁其詩淸麗遒上藥師詩排奡妥帖各有其所得力亦各本其家法對稼翁每念秀水讀藥師詩其不愧

爲初白孫也別有詞集二卷 兩浙輶軒錄 家傳

方薰

薰字蘭坻石門人別號樗庵生而敏慧十五歲隨父寄屏歷三吳兩浙之地與賢士大夫遊即以詩畫見重於世後僑寓禾中梅會里雪屏卒經營喪事畢乃就食桐鄉先寓陳氏後寓金氏桐華館時以先世未葬居數年積館穀所入卜地於桐鄉郭公橋安厝焉性耽吟詠著山靜居詩稿八卷題畫詩二卷詩話二卷論畫二卷詞二卷 兩浙輶軒錄

金德輿

德輿字雲莊號鄂巖桐鄉人監生官刑部主事幼孤節母朱撫育成人有桐華館吟稿附詞晚年僑寓西湖與武林諸名士唱和方蘭坻嘗館於其家嘗爲友人題蒹葭深處塡詞圖調倚朝中措云范湖秋水繞門流池館愜清幽檻外幾叢蘆荻蕭蕭喚起閒愁移宮換羽新聲倚徧合付歌喉唱到白蘋香冷勝他紅杏枝頭結拍殊饒逸韻 王氏詞綜 家傳 碧谿詩話

顧列星

列星字樊渠秀水人諸生有風雨閉門詞一卷臨江仙云短夢半隨雞唱斷依依散盡行雲畫樓回首月如銀

羅衾已冷猶有未銷魂青鳥幾層卿遺訊空餘蜨化仙裙悔將杯酒酹東君春風無賴吹長舊愁根又云捲絮風狂簾不捲朱樓深閉葳蕤燕泥落盡水平隄無人庭院中有淚雙垂玉杵衡蕪空付夢胡麻飯好誰貽王孫春盡不思歸萋萋芳草門外即天涯含思悽惋殆工於言愁者（王氏詞綜）

王樹芳

樹芳字蘭茂號香谷嘉興人諸生初名芳字蘭佩號曰酣古生遊幕樂清往來四明雁蕩之間慕賀季眞爲人因改名起章字師賀號曰鐵禪性嗜酒仗義因事覩其

裕亦不悔也工詩文餘事及於音律篆刻或作山水小幀及行草書亦自然入妙其倚聲之作名天繪樓詩餘金勉元傳略　兩浙輶軒錄

顧澍

澍字仲鑿錢塘人乾隆五十一年舉人官蘄州知州有金粟影庵詞初稿一卷二稿一卷南柯子題畫蘭便面云媚極思偏淡香濃意自温迎風一笑靜無痕只許珊珊引出麗娟魂作態低垂葉忘情淺露根攜卿重訪趙王孫好與水仙同伴月黃昏又菩薩蠻荷軒度曲云芭蕉雨罷秋雲綠鳴箏低按伊涼曲殘暑退池塘白蓮花

正香殷勤重勸酒袖捲輕羅皺紅豆莫低拋天涯魂易消側帽風流自饒嫵媚黃氏詞綜續編

沈振鷺

振鷺字君白號江田嘉興人諸生有紅樹山房詞四卷蜨戀花云朔地春寒花事少縠雨初晴緑潤山城曉燕子不來簾幙悄一襟幽恨隨芳草錦鯉波沈鄉信杳莫聽啼鵑歸思催人老吹盡風檐紅杏小生香空賺遊蜂到憶真妃感舊云海棠淚浥臙脂雨如絲深院嫩寒春曉畫眉遲瑤瑟怨鳳簫短兩心知聽取韋郎腸斷浣花詞嬋嫣百態情韻兼擅黃氏詞綜續編

邵　源

源字崑源號虛白平湖人諸生工填詞詩多古意新聲嘗於除夕冒雪尋沈南渟黑蝭齋舊址賦詩忘返著有紅柳詞蘊藉風流小令尤擅勝場碧桃春云清陰漠漠柳絲絲日長簾幙垂畫樓南畔曲闌西落花紅滿溪人不到燕空歸無情懶畫眉幾番往事怕重提愁深只爲伊清平樂云繡牀無那懶去添鑪火一種淒涼誰似我只有玉梅幾朶雙鬟未解閒愁笑來窗下凝眸昨夜春歸柳上教他放下簾鉤兩浙輶軒錄　黃氏詞綜續編

張師誠

師誠字心友一字蘭渚歸安人乾隆五十五年進士官至倉場侍郎有省緣室詞念奴嬌贈湯友琴云瑤臺仙侶記散花天上似曾相識笑指前身明月影照到舊三生石對酒當歌籌花鬬草都是鴻泥跡翩翩年少五陵大半豪客還記翦燭西窗連牀夜話心事和君說意氣年來疏宕甚欲把西江全吸誰說封侯白頭無分珍重年華惜秋光雖去且休孤負吟屐　國朝湖州詞錄

陳　新

新號秋江海鹽人乾隆五十七年副貢官綏寧縣知縣有清舉樓詞稿子笠雨官深州知州攜此稿至深州任

所咸豐三年城陷笠雨殉難稿亦烏有黃燮清輯詞綜續編僅於所題畫幅上錄得解連環一闋纏綿樸摯迥絕時趨惜乎吉光片羽不可多得也黃氏詞綜續編

戴敦元

敦元字士旋號金溪開化人乾隆五十八年進士官刑部尚書贈太子太保謚簡恪有漚塵詩餘一卷清平樂云尊前咫尺背面都陳跡回首高城煙水隔人在西風簾隙萬千心事誰知挑燈細琢新詞便沒青鸞寄與不曾誤卻相思點絳脣云新漲平堤桃花缺處曾添種踏枝鶯動舊恨新愁共住也無端去也成何用誰相送冷

泉情重碧洗鉛華夢滅字木蘭花云金風玉露秋正佳時人卻去雙槳孤鐙望斷遥天雁一繩花間定憶凭處闌干痕待覓莫道更深別酒無多綴綴掛淸節名臣情深語婉希文永叔之流亞　黃氏詞綜續編　篋中詞

孫　錫

錫字備吏號雪帷仁和人乾隆五十八年進士官雲南寧州知州初宰光化值教匪滋事團聚民勇堵禦消弭洞中機宜既奉諱墨經從戎墜馬折其右股敘勞擢補錦州被議落職復起爲寗州知州以老乞休工倚聲有韻竹詞四卷柔和緜密極盡能事　黃氏詞綜續編

葉紹楏

紹楏字琴柯歸安人乾隆五十八年進士授編修官至廣西巡撫沖淡寡嗜欲居官謹慎詩宗唐人兼工倚聲著有謹墨齋詞鈔二卷風入松云屏山曲處繡簾遮幽夢惜韶華羅襟偎得闌干暖算春風也到天涯試問蕉心捲綠幾時重上窗紗　畫檐無處抹殘霞暝色又歸鴉庭陰立盡如鉤月怕影兒壓損梨花正是銷魂時節隔牆低訴琵琶可謂絃絃掩抑聲聲思　謹墨齋集　黃氏詞綜續編　歸安縣志　石溪舫詩話

錢清履

淸履字慶徵嘉善人乾隆甲寅舉人官陝西白河同知初令蘄水嚴斥挨淸戶糧進邑中子弟教之如家兒而發奸摘伏不稍姑息膺卓異陞任白河年六十餘歸生平喜爲詩尤工倚聲著有松風老屋詩詞稿嘉興府志

賓融

融字草亭德淸人有紅蕉山館詞南浦寄顧蒹葭云落木漫舂愁變澄江采采芙蓉未老鴻雁數聲來蘆花際一色長天如掃身閒意遠濡毫自覺臨流好叵耐別懷消不易博得相思多少采菱歌起前汀看閒鷗對對浮波去了想見古桐溪斜陽外幾許白蘋紅蓼離情渺渺

徘徊獨坐魚磯悄曾約尋君君記取帆挂西風應到菉厓名修亦詞場名宿也國朝湖州詞錄　丁氏詞綜補

沈蓮生

蓮生字淸愛號遠亭平湖人官阜陽縣知縣有香草溪詞屛絕穠纖獨抒淸雋詞旨幽微宜於秋燈疎雨時誦之蜨戀花云年去年來江上燕紅了桃花綠了垂楊岸鎮日闌干天樣遠畫堂簾幙陰陰見牆外誰家吹玉管絮亂絲緐天亦如人倦香夢無端尋欲徧夢回只在閒庭院浮雲白日與此同慨黃氏詞綜續編　篋中詞

李灃

澧字蘭友號篁園嘉興人有意香閣詞鈔踏莎行詠落梅云第一番風偏留不住落花如雪中庭舞美人未肯斷春心餘香幾點猶黏樹索笑無從招魂難據環珮此後歸何處小樓夢破角聲殘徵雲澹月相思路譚復堂錄入篋中詞 黃氏詞綜續編 篋中詞

姜安

安字滄甫號怡亭錢塘人官訓導有冬碧樓樂府郭頻伽云滄甫與白樓米樓同以詞名浙中爲蘭泉先生所賞滄甫詞委折自道不作囁嚅耳語清平樂湖墅秋曉云菱絲翠瀲彩影紋漪蘸小朶黃葵籬角占輸與黑牽

牛淡曉涼露滑蒼苔石橋北折門開一陣水風吹過白荷花上秋來又疏影賦柳影云長亭短驛正春光一片滿地狼藉飛絮飛花蕩漾參差幾度臨風難折絲絲遮斷河橋柳悄不礙踏青遊屐漸魚雲斂了斜陽尋遍亞闌無跡曾伴紅窗皺弄那人愁瘦損描上香額細雨吹絲倒映漣漪莫辨層層深碧秋懷賸付鴛鴦渡算只有斷魂相接怕亂鴉飛入寒林未省舊巢端的疏蒨有遠致　篋中詞　黃氏詞綜續編

邵豐城

豐城字龍光號懶漁嘉善人諸生有蕉隱詞郭頻伽曰

偶於故書攤上得詞稿一冊自署風溪邵豐城前有王鐵甫題與許澹人張遠春交遊詞雖未能清靈婉約然著題處頗用意蓋學辛劉而未成者　靈芬館詩話　黃氏詞綜續編

曹言純

言純字絲贊號種水嘉興人貢生有種水詞四卷慢聲樸老堅潔自饒嫵媚非時下輕攏漫撚者所能學步小令觸緒生情瑣瑣如道家常深得古樂府神理不中朱李以來斷推作手步蟾宮和季旭齋紅橋郎事云柳絲兩岸情難繫但作得空濛無際團紗舊扇認前題奈已

是青春隔歲相逢不語看凝睇更莫問回腸深意落花傳恨水傳愁卻多在東風影裏胡搗練云深枝密葉樹迷人只聽鸎鸎聲囀水闊天長雲斷不抵屏中遠七盤舞似近前來又怨隨風飛轉對面猶遮團扇知許何時見步蟾宮云鳳脛鐙小添油灼夜垂燼不歸香幄趕裁白紵作春衫任兩手春寒都著佳期已誤處前諾算孤負花陰池閣逃禪服散儘歸來也拚與燒香丸藥種水詞　黃氏詞綜續編

曹三選

三選字皃谷桐鄉人諸生有吹雲閣詞慢詞甚有工力

百字令爲顧棻厓題鄧尉探梅圖云試隨春去問銅坑銅井濛濛千樹藹地東風蘇病眼吹上雪花無數明月前身嬌雲舊夢著個冰心付商量年例一枝幽豔如許休遣玉笛吹殘酒邊燈畔留伴幽人住生面伊誰翻新本貌出奚囊新句一笑相看虎山橋近可似花間路廣平興到還期偕我同賦丁氏詞綜補

顧　修

修字菉厓石門人諸生有讀畫齋詞嘗探梅鄧尉信宿而歸囑馮君秋鶴繪圖自題百字令一首和者盈帙其詞云江南春到想梅花破臘疏疏盈樹倦向羅浮尋好

夢何處衝寒閒步壓雪枝低臨流影澹消息駸駸露鞭絲得得且循鄧尉山路一任徑轉堯峯市通光福隨意探幽去恰喜清芬來習習休悵美人遲暮小榼三升瓶笻七尺遲我題新句滿溪明月愛看疏影徐度　丁氏詞綜補

楊　蟠

蟠字文樸嘉興人諸生有晚香居詞惜餘春慢送春云穀雨纔晴楝花初放驀地便驚春老畫梁燕子百徧呢喃似說闌紅稀少底事消魂黯然除卻流鶯此情誰曉向東風搔首倚闌愁見綠陰殘照憐獨客飄泊東西圃

沙聚首每憶故園同調聯吟竹屋沽酒桃鄉那得共舒懷抱今日相思更深別去韶華幾時重到算春愁難遣呼童縛帚落花須掃轉喉而出無不達之隱丁氏詞綜補

張　衢

衢字越西蕭山人諸生有尋娛軒集附詞友人繪捕魚小景旁有數童嬉戲衢賦醉翁操云畫工神工玲瓏寫君容猶龍拋除簪紱攜魚筒居然漁父家風如對儼笑道盍相從信樂無央尋此中捉花鬬草忙煞兒童任他聯臂踏徧沿堤軟紅水有時而西東柳有時而疏濃惟

君塵界空君今爲仙翁若到武陵中仙源不信無路通澀調運轉自如具見工力 丁氏詞綜補

汪仁溥

仁溥字雨亭山陰人爲明汪青湖先生應軫之後著有雨亭詩餘一卷少與陳句山太僕同學太僕序其詞謂柔情旖旎壯志激昂足爭坡老稼軒之勝 雨亭詩餘序

歷代兩浙詞人小傳卷八終

歷代兩浙詞人小傳卷九目錄

清四

歷代兩浙詞人小傳卷九目録

歷代兩浙詞人小傳卷九

烏程周慶雲纂

清四

許宗彥

宗彥字積卿號周生德清人嘉慶四年進士官兵部主事博學多能澹於利祿與德配梁楚生夫人唱和爲樂所著華藏室詞二卷如鷓鴣天云相思恰似東風柳一夜搓成千萬縷更漏子既過平江云拓筠窗開玉釀斟到杯中月上雲葉澹露華濃帆飛鏡影中又江城梅花引七夕洞仙歌寄平叔等闋皆清雋絕俗不愧作家詞

綜

錢枚

枚字枚叔號謝盦仁和人嘉慶四年進士官吏部主事有微波詞郭頻伽稱其步武南唐神韻超絕楊蓉裳爲之作序有調逸千秋情深一往之語風蝶令云好夢難重作春愁又一年東風吹起夜窗眠依舊初三月子不曾圓暖霧凝香溼遊絲惹恨牽桃花開近翠簾前花外一重涼雨一重烟蝶戀花題春風憶舊圖云萬條金縷和烟種似起如眠縱到春無縫可奈長條迎又送天涯誰繫青絲鞚他鄉聽斷江城弄人似楊花愁比楊花重

一種曉風吹不動淒涼十五年前夢又浣溪紗詞句云人爲傷心纔學佛譚復堂亟稱之　芙蓉山館集　榆園叢刻　篋中詞　黄氏詞綜續編

熊德慶

德慶字蘭坡山陰人有浣花閣詞鈔二卷菩薩蠻云珠簾半捲銀鈎控流鶯喚醒殘春夢細雨鎖輕烟落花紅可憐凭闌人寂寞愁入秋千索蝴蝶一雙飛因風吹上衣觸緒生情自然韶秀　黄氏詞綜續編

金衍宗

衍宗字岱峯秀水人嘉慶五年舉人官温州教授有思

貽堂詞浣溪沙七夕有感云簷外纖纖月子臨金風瑟瑟院深深畫屏銀燭嫩涼侵癡想鵲橋塡就否穿鍼人立藕花陰十年前事費思尋　丁氏詞綜補

李若虛

若虛字寶夫錢塘人爲秋藥太常女夫故又襲姓馬氏官銅仁府正大營巡檢代理松桃同知去官後遊蜀性伉爽重然諾談詞如雲一時賢豪樂從之遊烏斯藏距蜀西邊萬數千里寶夫繩行沙度窮歷荒渺晚乃終老成都詩多雄偉悲壯之氣又工詞著海棠巢詞稿膩柳豪蘇兼有其勝　杭郡詩續輯　黃氏詞綜續編

袁通

通字達夫號蘭村錢塘人枚子官汝陽縣知縣有捧月樓詞一卷清和諧婉無愧雅詞浪淘沙客瓦梁不寐作云回首小長干花未開殘別原無奈見應難賸遺夢魂尋覓去夢又闌珊蠟淚夜深彈倚遍屏山宵深先怯被池單不是客中渾不覺如此春寒浣溪沙云卍字交窗亞字闌犀簾一桁鎖輕寒春魂扶不上屏山倚曲翻成鴝鵒舞檢香熏盡鷓鴣斑錦衾爭奈半牀閒　捧月樓詞

黃氏詞綜續編

陳咸慶

咸慶守雲柏海鹽人嘉慶五年舉人官睢甯縣知縣有紅蕉山館詩餘嘗守風燕子磯登高眺遠作水調歌頭云飛燕悄無語江渡斷顛風怒潮吞嚙磯渚釃酒浪花中我欲吹將鐵笛卻怕江南江北驚浪拜魚龍拂袖且高眄青嶂自排空鷺飛下水田邊綠雲濃茫茫六代天塹到此也長通指顧金焦門戶彈壓龍蟠虎踞穩臥看征篷日腳盪胸紫歸鳥墮烟鐘豪雄跌宕意氣殊勝　黃氏詞綜續編

柴　源

源字自崑桐鄉人有桐陰草堂詞一卷瑤華題桃花舊

兩圖云東風吹遍絳萼初開記那人顏色仙源曾到赤闌橋一縷夢魂猶識彩雲易散算往事都成陳迹剩水晶枕上脂痕琥珀杯邊香澤鈿車又駐湖西記一片紅雲遮來消息春光爛漫同短榻重聽曉窗檐滴桃根桃葉料未許名登仙籍但流連露井穠華點染生綃水墨

黃氏詞綜續編

汪繼熊

繼熊字芝亭嘉善人太學生工塡詞精粹不減草窗竹屋臺城路詠寒鴉云天邊墨點紛無數蕭蕭暮天風裏冷踏殘雲乾棲古樹畫出江村愁意荒寒萬里剩一綫

斜陽暖烘雙翅閃閃林梢遊人休認酒旗字依稀鬢影可擬訝飛來成陣無數椎髻破曉嚦烟衝寒呪雪暗老西風身世荒陂凍水只片月蒼茫照伊棲止醒枕休聽帶寒聲去矣詞集名語花樓詞　黃氏詞綜續編

葉紹本

紹本字仁甫號筠潭歸安人嘉慶六年進士官山西布政使入爲鴻臚寺卿紹權弟有白鶴山房集附詞風調閑適潞河秋思高陽臺云天抹微青水皺細黛西風作意涼侵嫋嫋層波白鷗夢墮湖陰一年好景從頭數乍瞢騰已到秋深最關情幾疊濤笳萬戸疏砧蒼茫難認

長隄樹只鬖髿瘦影淒瑟空林霜冷烏篷月珠搖蕩波心涌江滿目催詩思怕詩成清怨難任聽寒潮淺泊沙頭又轉烟潯詞綜續編　湖州詞錄

金式玉

式玉字朗甫歙縣人仁和籍嘉慶七年進士官庶吉士有竹隣詞相見歡云微雲度盡窗紗夜迢迢又恐秋聲無賴上芭蕉玉繩轉金波暗可憐宵只賸棲香蝴蝶抱空條式玉爲陽湖張皋文詞弟子倚聲得常州派正傳通籍後早世楊蓉裳作文哭之甚哀丁氏詞綜補　芙蓉山館集　張氏詞選

徐一麐

一麐號枚庵平湖人嘉慶七年進士官海陽縣知縣有五朶雲仙館詞金縷曲云二月江南道記當年一鞭遙指杏花開早山隔青溪雲鎖斷夾岸垂楊破曉催淑景黃鸝聲巧遠望酒帘高颺處向前村買醉供吟嘯橋畔衍路多少騎驢正值人初到解征衫春分乍過薄寒猶峭試訪六朝金粉地極目長江浩渺何處問故宮花草剩有呢喃雙燕子話興亡往事空憑弔愁思結向誰告豪宕奔放殆師法青兕者丁氏詞綜補

查揆

溪字梅史海寧人嘉慶九年舉人官灤州知州有棲廬詞月華清題友人月底修簫譜圖云鉛水無波銀漢未墜一聲纔近還遠雪樣瓠犀吹得明河西轉恁時光三九梅梢早描出秦樓哀怨低喚更偷聲減字口脂重暖到底爲誰魂斷儘鴛譜新翻者肯偏短一舸歸來記否題詩橋畔正玉奩努力修眉又破費修簫雙管還算似烟波回首小紅相伴風華朗潤如見其人丁氏詞綜補

馮如璋

如璋字秋君德清人嘉慶九年舉人有秋君遺稿附詞聞蟬踏莎行云籬落陰邊村墟斷處數株倚水無情樹

似憐時候近黃昏聲聲欲喚斜陽住吸雨餐霞𣃈風說露綠楡門巷思前度天涯有客未成歸不堪回憶江南路百感交縈回腸欲絕丁氏詞綜補

吳存楷

存楷字曼雲錢塘人嘉慶十年進士官蒙城縣知縣有硯壽堂詞南浦賦秋水用玉田春水韻云一碧淨無痕鏡新磨恰趁平湖霜曉買渡過虹隄涼煙散剩有柳絲低掃收將淺漲幾層翻得鱗波小南浦春來無限恨付與頹陽衰草微微吹動蘋香正烏篷露冷扁舟過了遙夜怨西風漁燈閃徧有荻花飛到長天浩渺月明影蕩

飛鴻悄聽說尋源星渚近奈泛槎人少秋菊春蘭足與王孫競爽丁氏詞綜補

葉以倌

以倌字雨樓錢塘人嘉慶十年進士官廣西潯州府知府妙擅倚聲清空諧婉一翦梅盧溝道中云城角掩雲淡不收天作新秋人作新愁一官了我十年游來也盧溝去也盧溝晚店琵琶撥不休曲似涼州淚似江州長空瑟瑟思悠悠月挂眉頭人挂心頭著有洗心書屋詩餘黃氏詞綜續編

許乃嘉

乃嘉字頌年仁和人諸生有琴語軒詩餘一卷滿庭芳贈別劉大芙初云衰草縈青暮雲黲白極目已是殘秋遠天如墨寫得幾歸舟人世可憐萍梗西泠水那只東流問湖汀鷗聲飛處一雁下南樓悠悠記昨夜鑪烟茗串相對齊頭莫忘了湖山寒到盟鷗但聽嘑螿淒切闌干外猶訴離愁憑相約劉郎重到前度夢中遊紅娘子古翠軒夜坐云滿地松陰繞四壁蛩音悄讀書疑仙敲棋破夢一絲琴梟韻泠泠認是暮山泉借行雲流到林際秋聲老牆角清光早簾捲隨風關憑待月瞑愁多少悄蕭蕭落葉滿空又昏鴉嘑了吳衡照跋其詞卷云詞

意冷雋此草𥠖先生所謂著愁思故不癡肥者杭郡詩三輯　黃氏詞綜續編

朱彭

彭字亦籛號青湖錢塘人貢生有湖船籟譜詞曉過長橋荷風扇涼清芬襲人遥望烟村頗羨湖居之樂因作百字令云椶鞵桐帽向湖灣散步蔚藍天朗舊有瀨溪祠宇在門外芙蕖正放千柄搖風魚驚燕避翠蓋圓珠還披襟散帶水邊容我蕭爽隔浦網戶漁村綠楊影裏有煙蓑來往如此幽居良不惡忽動水天閒想放鴨莎汀撈蝦荻渚合作西湖長移家何日撇波柔艣遥響風

神散朗韻致翛然黃氏詞綜續編

孫顥元

顥元字花海仁和人諸生樸率幽雋工詩詞精鑒賞所居碧山樓占園亭之勝吟嘯其中與弟邵庵熙元蓴浮榮樂恬靜著書畫甚富烟雲供養妙悟遂深著有巽撰齋詩詞稿綺羅香春寒云裴兒偎香銀屏殢酒惻惻東風如許不定陰晴欲訂冶遊還阻釀花心漸露嬌憨鏡柳意似含淒楚想蘭閨怯試新妝黛眉常斂恁情緒年年韶景逝水猶記園林晝暖輕衫延佇怎奈而今寂寞燕簾鶯戶最愁他將息都難更忍說天涯羈旅鎮懨懨

深掩香衾晝樓今夜雨怯粉嘷花深深情若揭黄氏詞綜續編　杭郡詩續輯

吴騫

騫字槎客號兔牀山人海寧人貢生方聞博雅著述等身餘事倚聲亦復接武㬎書分鑣琴雅定風波湖上云一片濃雲罨碧流萬家紅雨帶烟收野鳥嘷殘蘇小墓如訴勸君何不少年游獨凭危欄空憶舊知否衣香人影望湖樓柳絮渾忘身似夢風送等閒飛上玉搔頭所著詞集名萬花漁唱黄氏詞綜續編

朱人鳳

入鳳原名王字謂卿號閑泉錢塘廩生工詩善畫久困場屋幕遊粤東其詩警鍊超拔卓然可傳如鷺雪云日冷難爭色山明不受烟湖上寓樓云波光沈小艇塔影歷存愁邦上舟中遣懷云吟情似水初分派歸夢如雲欲渡江詩集十卷名祖硯堂後附畫舫齋詞一卷　兩浙輶軒錄　杭郡詩續輯　兩般秋雨庵隨筆

倪稻孫

稻孫字穀民號米樓仁和增生十齡時以河伯觀海賦受知於學使朱珪補諸生工隸篆尤擅倚聲吳錫麒序其翦雲樓詞中秋琵琶譜激賞備至又有雲林堂詞集嘗

宴集平山堂歸舟泊綠陰中主人汪古愚瑱然鼓琴風水相應因譜憶舊遊云又攜琴話雨載酒澆愁扶上輕橈送得春歸去儘鷺花歷亂春也蕭騷細數隋隄烟柳幾樹學弓腰祗遠水堪憐濃陰可惜綠到船梢倩遙聽弦語似訴我飄零十載勞勞一掬江湖淚說一分離索一種魂銷賸有相思千點流不下紅橋待喚起玉人嗚嗚咽咽吹洞簫又鷓鴣天詞云簾外濃陰護綠苔牡丹花露結樓臺鷺吟燕舞催春去掃榻焚香引夢來今古事沒蒿萊玉人相對且銜杯琴心寫就相如慾辜負江東作賦才譚復堂評云壯其蔚跂羣雅集稱米樓本姓

淩為忠介後人詞與郭頻伽齊名北隅掌錄篋中詞

葦雅集

李方湛

方湛字光甫號白樓仁和人諸生與黃孫燦孫瀛朱棫朱王陳傅經徐鉞施紹培李紹城姜寧李堂蔣炯少同志學酬唱甚多王昶主講敷文時方湛以十二人所作詩進質用為審定七百餘首為同岑詩選叩宮調角鏘然其鳴稱一時壇坫之盛最工倚聲所著紅杏詞極為妍妙齊天樂詠雁換頭云相思苦難說似但長空宛轉寫個人字旅館燈昏寒閨漏永同是夢魂千里飄零身

世任石闌嘗銜那能無淚倚徧江樓玉箏愁再理譚復堂評云精警　杭州府志　小石梁山館稿　篋中詞

張鑑

鑑字春治號秋水晚號貞疾居士烏程人嘉慶辛酉拔貢甲子副貢官武義教諭嘗館劉氏眠琴山館徧讀所藏書學益博發爲文章引據典確阮元設詁經精舍鑑與焉佐修鹽法志經籍纂詁等書生平勇於著述凡目五十有二卷三百有奇可云宏富潘文勤公爲刻數種然散佚不傳者多矣所著詞有秋水詞一卷賞雨茆屋詞一卷冬青館集　烏程縣志　緝雅堂詩話

屠倬

倬字孟昭，號琴隖，又號潛園，錢塘人。嘉慶十三年進士，官九江府知府。有耶谿漁隱詞二卷。南浦云：離恨滿春潮，怨東風、不把去帆留住。又負一年期，便歸也、已是落花前度。杜鵑啼瘦，幾曾勸得人歸去。連日閨中聽厭了，試問杜鵑知否。天涯夢斷梨雲，只游絲縮得閒愁如許。簾幙沈沈，春山遠、低鎖一痕眉嫵。春陰傍午，心情懶更調鸚鵡。望望長安何處是，吟罷雨中春樹。空際傳神，足當清峭二字。耶溪漁隱詞　黃氏詞綜續編

蔣澐

澐字季雲號秋舫平湖人嘉慶十三年舉人召試二等官通城縣知縣有曉巢詞稿南鄉子雨中云鎮日坐無聊細雨空濛暮又朝滴破愁心千萬點瀟瀟半是梧桐半是蕉痛飲讀離騷如豆青燈影動搖可奈夜闌人靜後寥寥清磬聲微玉漏遙　黃氏詞綜續編

徐保字

保字字頡書號沅舲又號宛梅歸安人嘉慶十三年舉人好填詞山花子云紅板橋西白板門吳孃暮雨唱黃昏還向東風花下醉不堪聞天上月明悲素女馬頭草色怨烏孫同是天涯淪落意最銷魂蘇幕遮云歲偏新

人似故楊柳樓西依舊青無數二月鶯花三月雨無限傷心便是重來路曾艮虛愁莫訴若再相逢沒箇銷魂處但到銷魂魂不去算是今生只有相思苦幽咽哀斷淒楚欲絕詞集名抱碧堂詩餘　黃氏詞綜續編

李紹城

紹城字築初號澹畦仁和人嘉慶十三年舉人有澹畦詞稿甘州賦香篆一闋刻劃甚工詞云悄無人小鴨畫屏幽縧縧篆烟浮正茗椀停煎琴絃罷弄煖護羅幬縹緲碧雲凝處心字裊悠悠窗罅微風觸詰曲旋收倏見亭亭滃起幻孿環斂腳小樣銀鉤剛配天邊客雁涼影

一簾秋撥芳灰閒臨古帖願温馨長伴墨香留更何處熏鑪銷字旖旎紅樓　黃氏詞綜續編

黃安濤

安濤字霽青晚號葵衣老人嘉善人嘉慶十四年進士官至潮州府知府慨直豪宕愛才若命工填詞著有綠箋詞鈔二卷皆海鹽黃燮清所手訂摸魚子詠萍云無心更向虛舟觸還剩霸圖餘氣游倦矣奈聚散雲情那得如匏繫青青數里但伴取鷗眠留將魚闖斟酌半池水齊天樂詠笛云怒截龍鬚輕攜鶴骨為愛尊前花下腸迴淚灑更感逝傷離藉他陶寫送去浮生只消幾度

玉樽謝又云赤壁空明黃樓縹緲風月天然無價塵心欲化聽遠韻悠揚四山如畫髣髴蘆中掉孤舟去也跌宕多姿自饒遠韻　黃氏詞綜續編

戴鼎恒

鼎恒字子京一字春溪烏程人嘉慶十四年進士官江西南康府知府有玲瓏山館詞滿庭芳云草冷連雲蘆殘映月西來秋色無聊層臺不上烟雨也魂消舊日江淹去矣空零落碧水朱橋消沈事征鴻怕問涼唳下晴皋清寥當此際闌憑亞字絃撥檀槽歎年來蹤跡誰換青袍且共旗亭樽酒斜陽外三兩漁樵漫回首闕城數

點人語似寒潮國朝湖州詞錄

蔡聘珍

聘珍字笛椽蕭山人嘉慶十五年舉人官江陵縣知縣有小詩航稿附詞浣溪沙云縹緲明姿憶絳仙華鬘雲擁蔚藍天不恒風調最堪憐花意自肥人自瘦月痕如水夜如年趁時梳裹爲誰妍花意月痕屬對雋逸丁氏詞綜補

張應昌

應昌字仲甫號寄庵錢塘人嘉慶十五年舉人官內閣中書性情誠懇好學不倦黃爕清輯詞綜續編網羅考

核應昌之力爲多詞名烟波漁唱郭頻伽謂其自標清綺絕去甜俗戀繡衾云紅窗醒夢髮篆香落花風簾外細颺蟬雲鬟懨懨起倚屏山慵照鏡妝蜀桐閒理相思曲聽征鴻飛過畫廊怕登望樓高處徧天涯都是夕陽一萼紅仲春歸至湖上孤山梅已殘矣再和石帚韻云綠成陰點梅英如雪殘萼不堪簪千里歸遲一分春去涼夜影瘦香沈破清夢參橫月落小樓外嘹老翠衣禽孤嶼流紅四橋凝碧已誤登臨滿目湖烟湖水有飛來新燕掠到波心寶馬花郊玉壺茅屋芳景何處堪尋早寒食清明近也綻桃花如粉柳如金禁得東風畫闌玉

笛愁深篋中詞　黄氏詞綜續編　魏謙升序畧

沈濤

濤字西雝號匏廬嘉興人嘉慶十五年舉人官福建興泉永道有沼州唱和詞月華清詠秋蟲云古甃苔荒空階月冷一聲聲伴吟苦弔夢歌離掩抑向人低訴已難禁杜老吟懷還更續庾郎愁賦無緒牖孤燈涼暈亂摇窗戸似怨歲華遲暮奈金井銅鋪斷烟零雨絮到更殘客鬢已無絲處歎半閒夕照銷沈都付與亂莎荒圃延佇更滿庭落葉萬家哀杵隱軫徘徊語含騷雅　黄氏詞綜續編

吳衡照

衡照字夏治號子律仁和籍海寧人嘉慶十六年進士官金華府教授性蕭淡通籍以縣令用請改官冷局精於倚聲按譜之學所著蓮子居詞話研究宗旨非泛事鈔撮者比詞集名辛卯生詩餘蝶戀花云揉碎芳心團作絮飛入重門遙挂櫻桃樹人在可憐春裏住樓臺金粉無尋處聽得雕梁新燕語隔著簾櫳掠過雙紅縷花底閒愁愁幾許銜愁不去銜花去殊有覓體芳蘭之妙

蓮子居詞話　黃氏詞綜續編　諸可寶傳畧

李　堂

堂字允升號西齋仁和人布衣隱居市廛浸淫古籍不慕榮利少時學爲詩格正氣蒼駿駿入古人之室於詞學致力尤深爲浙西數十年巨擘著有梅邊笛譜篷窗翦燭集各二卷小重山云一枕涼生殘暑徂秋風先瑟瑟弄菰蒲艣聲疑是雁相呼西樓過寄有素書無病骨近何如尋常簾下立要人扶淡雲微月影模糊銀屏夢怎得度江湖骨清辭綺使人意遠 東軒吟社同人小傳

顧光序畧　梅邊笛譜

徐善遷

善遷字楚畹號蘭圃海寧人嘉慶庚午舉人官天台訓

導少學爲詩宗尙何李不作凡語見知於吳白華總憲學益進尤工倚聲著有楚畹詩餘陳晴巖太史選入桐花溪三家詞中　杭郡詩三輯　兩浙輶軒錄

章黼

黼字次白號息翁仁和人嘉慶庚午優貢官松陽教諭著梅竹山房詩稿清微之旨自嘗仙心和平之音亦殊凡響魏滋伯許爲足繼西泠十子兼事倚聲研究音律意極謹慎著詞鈔一卷水龍吟賦碧紗櫥云涼軒消夏清幽嵌空別有玲瓏格湘筠六柱冰紋四面輕籠蟬翼也小於舟恰低於屋更虛於壁正薰風暗逗營營白鳥

飛吟處難鑽隙休認琉璃簾額擬禪龕者般閒寂通中徹外欲除綺障一層還隔几榻蕭然梧陰竹影映來無迹任掩關獨坐生綃數幅寫遥峰碧　錢振倫序略　兩浙輶軒録　杭郡詩三輯　黄氏詞綜續編

余鏗

鏗字鯨文龍游人嘉慶癸酉拔貢官金華教授才筆高特五言古詩殊得魏晋人神旨所著有白華樓詩稿一十卷花深吹笛詞八卷經亂散佚存者僅什一耳　緝雅堂詩話

吴振棫

振棫字仲雲號宜甫晚號再翁錢塘人嘉慶甲戌進士官至雲貴總督生平宦迹如齊如皖如蜀如滇黔先後皆再至清名善政至今人能道之里居門庭蕭然無異寒素篤行積學而不好自表暴嘗取先人所著杭郡詩輯三十二卷付梓復搜采爲續輯四十六卷附後網羅幽晦克繩祖武用意最厚所著有花宜館詩鈔十六卷詞鈔二卷得張仲甫書寄西齋蓮生二家詞集賦八聲甘州答之云正加餐無計覓吳蒓翻勞故人書寄璚函雙贈靈芬沁骨如咏雲腴漫歎清才侘傺百劫總空虛笙鶴瑶京遠仙唱今無欲約烟波漁侶更賃將青舫尋

向黃壚怎年年淚迹鷗夢撇西湖抗緇塵午衙袍笏不成聲吟思澀寒竽無聊甚小闌微雪梅樹花初發才自下其言藹如諸可寶傳畧　黃氏詞綜續編

戴銘金

銘金字銅士德清人諸生有月湖漁唱妙吉祥庵詞集嘗同湯雨生都督西崦探梅和石帚疏影詞紀遊云溪流漱玉趁乍晴攜槳微雨經宿路憶重遊雪密雲深橫斜半倚修竹冷香又結羅浮夢渾不辨山南山北看一雙瘦鶴梳翎守箇小樓幽獨可是朦朧睡起壽陽粉額上輕點蛾綠覓覓尋尋聽著鐘聲春入老禪茅屋瑤琴

卻好成三弄誰解得鞠通仙曲倩舊傳倒暈花枝翠墨寫來長幅自注宋開禧時湯叔雅與弟叔用俱工墨梅各出新意謂之倒暈花枝時都督作西㡌採梅圖　黃氏詞綜續編

王巘

巘字二樵歸安人嗜古能詩游道場山得寶鼎磚喜甚遂壹意以搜磚爲事所獲既多構寶鼎精舍以藏之與奚疑齊名而品高於疑有城南二布衣之目著有小竹里館詩稿附詞　湖州府志　湖州詞錄

查奕照

奕照字麗中號丙塘嘉善人原籍海寧有滕琴館詞蝶戀花送春云枝上殘紅留不住屬付東風緩緩吹將去窗外流鶯嬌自語一般也恨飄香雨斜陽滿地胭脂絮話是傷春詩是傷春句尋遍横塘無舊侶砑羅猶記湔裙處　黄氏詞綜續編

張昌衢

昌衢字步康號堯民嘉興人嘉慶丙子舉人至性肫摯勵行劬學長於考證著有禮記地理考經義咫聞各若干卷又工填詞李德郊曾刊其春陰閣詞一卷　杭州府志

屈爲章

爲章字含漪平湖人諸生有竹滬漁唱一卷採春寄趙艮甫云柳織烟空蘆搖雪暝吳帆吹到昏曉醉不成歡吟還有淚遠枠并將愁擣檢點相思字憑春水鯉魚流到半年閣住閒雲添來別緒多少一片描殘秋稿正雁語燈青魂夢驚繞歇馬亭荒鼓琴臺冷賸與幾回斜照我也傷離甚滿涼意西風懷抱何處尋君扁舟同泛紅蓼見黃氏詞綜續編 黃氏詞綜續編

胡金題

金題字品佳又字瘦山平湖人諸生有金屑詞又酒邊

詞一卷徐雪廬云金屑詞品出入唐宋爲懷寧余伯扶
傾倒浣溪沙云楊柳風多卷繡幃杏花雨重溼銖衣等
閒看盡燕雙歸騰帳猊兒翻白雪網檐蛛子罥紅絲日
長無事畫眉遲點絳脣云夢裏分明平橋流水門前路
絳紗窗戸掩淚通愁語忽忽醒時祇是難清楚渾無據
一燈涼雨斗帳如籠霧　黃氏詞綜續編

胡金勝

金勝字夢香號東井平湖人諸生工詞生查子云銅壺
漏箭稀燈炧鑪香燼翠被夜寒多好夢無憑準秋氣入
蛾眉秋色欺蟬鬢雁字滿天涯不帶天涯信江城子云

綠楊城郭小紅樓捲簾鈎漫凝眸卻恨那回草草上扁舟可恨斜陽如弱水還只管向西流至今南浦水悠悠問悲秋幾時休可恨千絲萬緒在心頭不信區區方寸地偏著得許多愁輕圓流麗脫口如生詞集四卷名笛家詞　黃氏詞綜續編

沈星煒

星煒字吉暉仁和人監生有夢綠庵詞惜別言愁情深一往南鄉子憶梅云簷月上疏櫺縹緲梨花入夢雲紙帳風清吟不得消魂獨鶴孤山第一聲翠被夜寒生春到南枝更幾分我自憶花花憶我關心一種愁深萬種

情詞綜二集

馬汾

汾字濟于嘉興人諸生有耨雲軒詞草踏莎行詠苔云色潤鷓哥文沿蝌斗冷清清地何人繡一番漸欲上階來閉門細雨今年又屐齒留痕裙腰比瘦落花紅點風吹後阿誰翡翠墮輕釵碧雲滿徑追尋久字字矜鍊黄氏詞綜續編

馮登府

登府字勺園號柳東嘉興人嘉慶二十五年庶常改知縣官寧波府教授有種芸仙館詞鈔勿書媚學著述等

身阮宮保元徐侍郎士芬李宮贊泰交皆文字至交詩宗金風亭長坐詠句園寒釭暑簟或吟響所至羣相仰望塡詞尤負時名長亭怨慢自題楊柳岸圖云又聽到棲鴉時候冷雨疏枝秋聲來驟送別年年亂條攀盡忍分手銷魂短艇早催度河橋口柳縱有靑時卻不管離人消瘦馬首悵殘陽千里倦向西風沽酒一絲影裏已換了暮蟬亭堠問那處夜笛樓頭恐歸去綠陰非舊但月曉風尖付與鶯儔蝶戀自注云依白石中呂宮調按詞源道宮是乙字結聲若折則帶尺一雙聲即犯中呂宮考白石詞旁譜換頭及尾結韻皆用一五而第一句

月尺非韻也玉田從之是矣其精研音律如此黄氏詞綜續編　聽秋聲館詞話

周樽元

樽元字南伯號華農嘉善廩生敏慧絶倫風神諧暢壯歲即以詩名敦孝友工書善詞詩集名佛麋山館詞集名賓普甎室南柯子云瘁葉飄無定涼蛩絮未休羇懷已是不禁秋又況懨懨餘病在心頭夢雨銷銀管情雲憶翠樓天涯同此月如鈎不似玉缸畢照一邊愁虞美人云釀寒天氣疏疏雨蛩絮零星語菊花從不門春妍簪向玉人頭上便堪憐秋雲黯黯連朝暮塞斷鴻來路

鬢痕先帶三分秋那不一番鄉思一番愁　黄氏詞綜續編

馬洵

洵字伯泉號小麋海寧人居梅里慕竹垞秋錦之風詩酒流連慷慨好客體逸心沖居交遊樂淸不染塵滓儉不狃豐愉得同志之朋交著名山之事業可以想見其生平矣所著瓶隱詞淸徵澹遠有繪影繪聲之妙馮柳東購得朱竹垞分書綺羅香並頭蓮花詞箋第二闋與集刻畧異裝池成冊遍徵題詠洵和詞有擷翠蓋蓮座雙擎划畫舸蘭橈齊理想嫣然一鏡明妝采芳人在綠

雲裏輸他池上鷺侶曾見紅衣白髮詞場遊戲此日重尋臏有露痕如洗銷不盡老柳煙凝吹欲斷白蘋風起云云聯吟懷古亦詞場佳話也黄氏詞綜續編

汪遠孫

遠孫字久也號小米錢塘人嘉慶二十一年舉人官內閣中書自幼聰穎侍祖父受經能通大義於湖濱起水北樓春秋佳日棲息其中因自號曰借閑漫士著有借閑生詩詞題姚某伯詞卷用草窗題夢窗集玉漏遲原韻云俊才何太少霜賦罷唱吹簫人杳不料逢君重見風流襟抱付與金荃豔筆看夢裏江花圍繞休自笑浮

名誤盡消磨年少年時我亦清狂記幾處亭臺幾回歌嘯彈折冰絃同調半歸哀草寂寞心情甚處只怨著嘅春林鳥幽思悄殘編短槃孤照時遠孫方輯近人詞故歇拍及之冰絃同調謂吳子律李西齋也　胡敬傳畧

黃氏詞綜續編

汪初

初字繹人錢塘人諸生有滄江虹月詞南鄉子云香露濕春衫風送飛花撲繡簾記得年時修禊返初三月子彎彎映短檐心事竟誰諳銀燭光搖冷玉簪幽夢應隨蝴蝶去江南碧柳千絲水一灣清新綿渺自然入妙又

春懷賦湘月云清明近了漸雨絲風片做成愁樣花外樓高人獨倚燕子歸來無恙珠箔飄燈銀屏掩夕多少傷春想柔魂如縷呢他蘭篆搖颺所思人隔天涯蘼蕪夢斷桃葉春江上賣過杏花鶯語孄閒殺柳邊深巷扇底紅稀鏡中翠斂心事難安放聽殘蓮漏峭寒輕撲綃帳詞中有春事有春人意內言外極臻詞境上乘詞綜二集　蓋中詞

徐　球

球字尹輔一字詠梅德清人有還印廬詞寫碧軒簫譜清平樂云夢隨人遠翠羽啼深院檐外雨絲飛又斷滅

了春寒一半晝闌憑徧無聊眉痕遠岫難描聽得玉簫吹暖看看又近花朝 國朝湖州詞錄

胡　重

重字菊圃錢塘人諸生有曲寮詞多與詞友唱酬之作百字令調吳崧圃屈薗谷汪雲壑訪豔云畫橈停處正簷端鵲噪草根螢化海上團圞初掛月照徹枇杷門下玉臂重盟金徽再撫羅綺春無價王昌輕薄思量十五曾嫁最好出水芙蕖迎涼小立吐氣香含麝半夜無人私語久惹得蝶嬌鶯姹綵疊同心犀通一點本事詩重寫曉風柳岸聲聲珍重歸也 丁氏詞綜補

徐敦叔

敦叔字臨甫德清人諸生有恒春閣類稿附詞浪淘沙題友人悼亡詩冊云春事易闌珊錦帳宵寒月華如水露珠團十二雕瓊空悵望粉賸脂殘回首憶前歡愁引眉端玉琴塵掩忍重彈落葉添新蘿補屋說也心酸丁氏詞綜補

袁鈞

鈞字陶軒鄞縣人諸生有西廬詞采桑子云去年今日春風岸芳草如茵繡被香熏臥聽笙歌響遏雲而今事往渾如夢草尚如茵香已成塵滿眼楊花愁煞人不假

雕飾自有遠韻丁氏詞綜補

周世緒

世緒字克延鄞縣人諸生有壽蓀山館詞夜坐聞雁譜連理枝云多少蘆花渡多少楓林路帶月衝霜嗚嗚咽咽誰憐倦羽甚年年覓食不辭勞向南天飛渡欲向天南住合往羅浮去若到羅浮吾家伯仲正相團聚爲寄聲紅葉故園中賸殘陽一樹丁氏詞綜補

潘諮

諮字誨叔會稽人有少白詩文集附詞相見歡云淒淒暮雨園亭峭寒生流水落花春去太無情終日醉終宵

睡有時醒一點一更簷滴怎生聽極尋常語一出詞人口吻便無俗致丁氏詞綜補　聽秋聲館詞話

嚴冠

冠字四香仁和人諸生有茶壽庵詞釵頭鳳云紅酥手青苔尋斜陽小徑閒行偶眉戍結聲偏咽幾多心事欲從君說吃吃瑤釵溜瓊枝瘦回頭又怕人來驟羅裙窄飛如蝶長廊影裏低蟬欲潑急急急調易墮入曲子濫腔頗能不受束縛丁氏詞綜補

王修塀

修塀字友山秀水人官福建縣丞有小蓬壺笙語春霽

題許克孳蘿月山館詞云檀板頻敲羨氣鬱青霞詞追白石蘿補茅齋梅芬樵社聲華有誰堪敵夢傳彩筆年來暫息搏風兩翮且悄匿福地嫏嬛吹徹倚樓笛長吉古錦囊括珠璣燕銜零紅魚戲空碧更當筵揮毫落紙興酣五岳盡搖兀我似江淹才已竭惟有把酒靜聽二八嬌鬟歌君新闋畫旗亭壁尙有拙致非滑俗者所能

丁氏詞綜補

歷代兩浙詞人小傳卷九終

歷代兩浙詞人小傳卷十目錄

清五

歷代兩浙詞人小傳 卷十 目錄 一

董蠡舟 董恂 余新傳 張泰初 黃燮清

魏謙升 章溥 邵建詩 汪适孫 陳長孺

王錫拯 鈕福疇 陳其泰 車伯雅 嚴适

楊尚觀 許蘭身 金楷 金楹 康允吉

宋恭敬 葛景萊 趙慶瀾 孫瀜 鍾步崧

殳慶源

歷代兩浙詞人小傳卷十

烏程周慶雲纂

清五

梁紹壬

紹壬字應來號晉竹錢唐人道光元年舉人崔盧門第終賈英年以散珠横錦之才寫鳳泊鸞飄之怨工塡詞客死粤東稿爲居停主人所留無副本其兩般秋雨庵詩集十六卷則其病中手自編定者也龔定庵得漢趙飛燕玉印紹壬爲譜漢宮春一寸于闐有漢宮春色千載紅殷何時暗抛玉匣流落人間如絲鳥篆似摹他小

字蹁躚眞恍見蠻腰一搦綉裙襞襞留仙長樂建章何處問金刀傳璽幾姓曾還瓊函綠綈小印認取蠶眠宮銜署也想當年賜並釵鈿知佩向石華袖底幾回紺唾猶鮮　杭郡詩輯　兩般秋雨盦集　都嶠序略　黄氏詞綜續編

董恪

恪字景僑一字鏡芙道光二年舉人官安徽樂安州州同有金粟山房詞題汪謝城荔牆詞調寄風入松云舊梁塵夢幾人醒風雨一燈青舊時多少雕梁燕問誰知潭水情深盼得孝廉船到可憐蕭瑟平生庾郎憔悴不

言貧籬菊傲霜清冷香飛上吟箋翠風流處還勝耆卿紅杏他年春鬧雙鬟拍遍旗亭　國朝湖州詞錄

趙慶熺

慶熺字秋舲仁和人道光二年進士選陝西延川縣改金華府教授性倜儻工詩詞家貧好讀書弱冠時隨其叔祖筱山大令銘宦遊楚北賦楚遊草適其聘室卒作續離騷招魂哭之詞旨悲豔擬南宮後歸本班銓選得延川令因病改就冷局著作散佚惟香銷酒醒詞行世憶蘿月云不茶不酒鬆了衣雙釦心是梧桐身是柳到得秋來都瘦日間略可眉顰一鎖上過銷魂偏是天公

無賴近來只慣黃昏生查子云青溪幾尺長中有雙枝艕楊榔小於人便解留船住歌聲按暮雲酒氣蒸香霧吹落碧桃花紅了來時路柳梢青云薄酒微醺水晶欹枕擁被思君雨雨風風昨宵人病今日春分憐他靜掩重門料打聲梨花夢魂六扇交紗兩枝紅燭一箇黃昏纏綿淒遠言外恨長讀之低徊欲絕　香消酒醒詞　應寶時傳畧　黃氏詞綜續編

祝王林

王林原名懋成字鞠門仁和人道光二年舉人覺羅漢教習候選知縣有長蘆秋笛譜寄跡燕臺鍾情樂府與

許季眉乃常葉素庵金書黄韻甫爕清看花載酒無不寫之以詞高陽臺云柳褪輕綿莎平軟薦隔花嚦老鶯聲酒病詩愁可憐顦顇蘭成落紅不耐春拘管趁東風飛出高城最無情流水飄香猶自盈盈傷懷不在題牋素在鐙邊聽雨月下聞筝舊隱西湖未應冷落鷗盟行將散髮滄江去算人間何用浮名借金尊一洗年愁醉學長鯨逸興高情可見一斑　黄氏詞綜續編　杭郡詩三輯

徐金鏡

金鏡字芸峴武康人道光二年舉人有山滿樓詞鈔武

昌郡南門外鮎魚套古鸚鵡洲也正平祠墓在其上由來久矣修志時漢陽守裘某以東門外荒洲當之遂沿誤成俗金鏡遊其地作詞正之云文章太守漫耽奇咸癖移去嘉名一江隔怪江沙淺渚寂寞荒郊誰與證往日圖經傳刻閒尋來此地斷碣依然獨有前朝舊遺跡古墓易抗湮三十年來問沿誤幾人能識但認取洲邊禰公祠笑安石新墩不須爭得其風雅好事皆此類也

黃氏詞綜續編

朱聲希

聲希字廉夫秀水人有吉雨詞一卷南鄉子云小扇鄒

齊紈梧葉蕭疏帶雨殘記得年時攜手處憑闌笑指秋池竝蔕蓮芳歲易闌珊雁過樓頭信杳然碧掩紗窗愁入夜輕寒好夢如雲欲聚難醉花陰春陰云靄靄輕烟浮不動密似衣無縫柳色暗妝樓碧掩窗紗人壓春寒壽養花微雨枝頭重花外鶯愁弄隔隝漏斜陽如醉難醒小院梨雲凍語不求深足使閱者自醉 黃氏詞綜續編

項映薇

映薇字珠樹嘉興人諸生有藤花館詞掃花遊賦綠陰詞最工詞云覆簷嫩碧愛罨畫空階晝昏山館素簾作

卷正青青蔭到篆爐茶殘燕子歸來隔樹尋呼舊伴柳綿散看數點剩紅枝底猶戀深院深幾許但響度楸枰韻傳絲管翠陰漸轉放斜陽一縷半窗痕淺入夢池塘此際水天同遠小橋畔掩籬門酒帘難辨黃氏詞綜續編

江　介

介字石如仁和人工吟詠有詩集雜著若干卷末刻道光壬辰卒後瞿氏刊其石如吟稿一卷附詞如夢令暮春湖上云春在柳花飛處人在柳花深處翠袖不禁寒又被柳絲牽住休誤休誤且與東風歸去風韻獨絕黃

氏詞綜續編

陳希敬

希敬字笠甫海鹽人道光三年進士官深州知州城陷死節贈道銜有菰蘆老屋吟稿附詞結響遒勁大聲鞺鞳滿江紅題永和九年七月十硯磚云古甓摩挲閱千載滄桑小劫誰收入珊瑚鐵網土花瑩碧海國秋沙餘故物山陰春禊空陳蹟拭遺銘猶辨永和年分波磔青州鐵雄文淅銅臺瓦釜痕蝕剩畫樓一片斷圭殘壁鼠尾磨來星礫紫螺丸搨處烟濤黑茲襄陽寶晉舊風流墳齋壁　黃氏詞綜續編

朱紫貴

紫貴字立齋長興人廩貢生官杭州府訓導有楓江漁唱高陽臺云短笛房櫳單衣院落沈沈人倦天長芳草無情和烟絲暗池塘垂垂紅索秋千架有舊時膩粉留香早東風送了飛花瘦了垂楊梅陰漸滿闌干曲任鶯巢雙燕樹底商量爲問榆錢可能買住韶光帶圍已是傷春減更春歸怨寫銀箋莫登樓樓外嗁鵑樓上斜陽踏莎行云竹影通簾梅陰隔戸池塘自碧春無主一窗午夢似楊花和烟飛入紅樓去幕外鶯嗁梁間燕語醒來幾得梨雲句玉笙吹徹不勝寒絲絲又下黃昏雨處

美人夜雨云露凉庭院重門閉瘦影簾垂地感秋人在雨聲中葉葉怨梧嘶碧響西風疎疎密密飄無定添作衣邊冷有誰聽徹未明天一樣香銷燭暗不成眠其詞如秋水春雲濤微淡遠是學玉田而得其神韻者近人徒事修潔無言外意輒思附庸玉田去之遠甚（篋中詞）

黃氏詞綜續編

邱　登

登字雲甫號穀泉仁和人道光丙戌進士宰廣西藤縣政平事理尋請改教官嘉善教諭好學不倦老而彌篤所著有華鬘仙館詩集養餘精舍文集眉影樓詞稿杭

郡詩輯

龔鞏祚

鞏祚原名自珍，字璱人，號定庵，仁和人。道光九年進士，官禮部主事。有定菴別集、無著詞、懷人館詞、影事詞、小奢摩詞。生平著述等身，出入於九經七緯諸子百家，於經通公羊，於史長西北輿地，其文以六書小學爲入門，以周秦諸子吉金樂石爲崖郭，以朝章典故世情民隱爲質幹。餘事作韻語，多飛仙劍客之語。填詞家長爪梵志也。臨江仙云：一角紅窗低嵌月，矮屏山聲羅紋，梨花情性怕黃昏。淚憐銀蠟淺，心比玉鑪溫。底事雛鬟憨不醒冬冬蚪箭宵分起來親手放簾痕春空涼似水西北有嬌雲浪淘沙書願云雲外起朱樓縹緲淸幽笛聲叫破五湖秋整我圖書三萬軸同上蘭舟鏡檻與香篝雅澹溫柔習慣好好上簾鉤湖水湖風涼不管看汝梳頭

曹籀序略　復堂日記　篋中詞　杭州府志

范　鍇

鍇字聲山號白舫烏程人貢生少有雋才爲人如閒雲孤鶴翛然塵壒之外生平足跡半天下荆門巫峽三湘九疑登山臨水感物懷人皆以自寫其襟抱著述多種均陳雲伯製序其潯溪紀事詩尤有名雅好倚聲浣溪

紗云石葉香添玉鼎温深深小院閉重門昨宵輕雨漾池紋花怯曉寒如有恨柳搖春夢已無痕天涯何處不銷魂百字令題湘江歸櫂圖云溪藤一幅寫依依樹影渺渺雲沈幾曲湘江帆轉處投詩誰是知音水碧鷗邊山青篷底歸送別懷深扣舷歌罷曲終人遠難尋同是涸跡生涯勝遊情緒莫盡短長吟客子光陰虛擲了鬢霜多少相侵擫笛吹愁挑鐙照夢那不動鄉心攀蘭披芷爲君譜入清琴詞集二種苕溪漁隱詞二卷花笑廎詞一卷烏程縣志　緝雅堂詩話　朱綬序略　黃氏詞綜續編

柯萬源

萬源字星廬號小坡嘉善人諸生有杏花春雨館詞河傳憶吳門舊遊云虎阜回首十年前斟酌橋邊畫船落花如雪篷底眠流連曉風香可憐酒後無端牽舊緒游冶處柳影仍青否夢橫塘意難忘思量繫帆春渚長不事雕飾自得疎雋之致黄氏詞綜續編

汪琨

琨字宜伯號憶蘭錢塘人太學生官秀山典史與龔定庵爲詞友定庵出都宜伯譜水龍吟送之云長安舊雨都非新歡奈又搖鞭去城隅一角明籤一束幾番小聚

說劍情豪評花思倦前塵夢絮縱閒愁鬬蝸觸魂幻蜨尋不到江南路從此齋鐘衙鼓料難忘分襟情緒瓜期漸近萍蹤漸遠合并何處易水盟蘭豐臺贈芍離懷觸忤任紅蕉題就翠筠書遍餞詞人句所著有懷蘭室詞四卷黃氏詞綜續編

陳行

行字小魯仁和人布衣負才跅弛嗜酒工長短句舊居十五間園後徙去有名園荒了詞極淒婉家貧訓蒙賣字以自給性孤介不諧於俗坐是益困日泥飲壚頭有伯倫荷鍤之風道光丁亥依友人黃山源竟以病酒卒

梁晉竹爲刊一窗秋影庵詞稱其出入蘇辛小令酷肖板橋憶江南云登高望望不到天涯祇有雁排人字去從無人寄雁書來風雨下樓臺菩薩蠻云夕陽西下湖光冷釣船撑入青山影何處一聲鐘遠林斜帶風白雲留不住放我還家去鐙火夜深樓湖山夢裏秋杭郡詩三輯　兩般秋雨盦隨筆　黃氏詞綜續編

楊鳳苞

鳳苞字傳九號秋室又號萸沜亦稱小玲瓏山樵又稱西園老人歸安人廩生博雅邁倫少以賦西湖秋柳詞得名後治樸學佐阮文達編經籍纂詁尤熟諳明末掌

故記南潯莊氏史案最爲詳備亦好倚聲著有本事詞

潯溪詞徵序　湖州府志

嚴元照

元照字修能一字九能號悔庵又號蕙櫋歸安人貢生治經史務實學嘗受知於大興朱珪儀徵阮元江以南鄉先生有學者聞其名咸折輩行引以爲友住石冢村創芳茮堂聚書數萬卷多宋元槧板晚年移居德清坐隱柯山善倚聲有柯家山館詞三卷點絳脣云曲沼蕭深水楊低映紅窗遠繡巾香扇人隔春風岸波面紋生衣上飛花滿尋常見好山青遍未較雙蛾淺念奴嬌云

紅樓珠箔護輕寒四面垂垂不卷鴛甃幾番連夜雨添了曉妝春倦柳待搖波梅還慳雪未覺東風輭橫塘路迴踏青情緒先嬾望極迢遞春江歸帆何處芳草和天遠欲寄天涯無好夢夢與行雲都斷鸞鏡塵昏獸鑪香冷顦顇無人管西園花事一年判付鶯燕譚復堂稱其過變以下沈鬱頓挫又定風波擬六一詞云一寸光陰一寸金養花天氣半晴陰莫管新來人漸老還要玉觴花下十分深往事分明還記得傾國清歌一曲墮瑤簪幾日懨懨成酒病休問去年花放到而今深情以淺語出之使人低回不盡　湖州府志　寄心庵詩話　篋中

詞 柯家山館詞

趙華恩

華恩字碩軒秀水人歲貢生有碩軒詞鈔四卷黃氏詞綜續編錄其詞二首其浣溪紗云誰與南窗伴寂寥螢燈閃閃出牆腰驚拖綠燄上花梢楊柳池臺無賴月梧桐庭院可憐宵隔簾涼殺一枝蕭 黃氏詞綜續編

倪燡文

燡文原名印元字笠巢歸安人諸生有夢文山館詞南鄉子爲王講泉題舊紅樹館圖云紅樹寄相思十二闌干十二時心字香燒烟乍裊絲絲舊恨桃花扇底詩往

事問誰知一夢揚州去較遲贋有畫樓東畔月如眉猶照三生杜牧之黃氏詞綜續編

李貽德

貽德字次白號杏村嘉興人道光朝舉人有夢春廬詞鈔醉太平云風聲隔牀雨聲隔窗不情不緒時光祇離人慣嘗庭柯葉忙鄰簫怨長垂垂紙帳冰涼正梅花夢香縣渺悽怨有不盡之意黃氏詞綜續編

楊懋建

懋建字掌生嘉興人道光十一年舉人有留香小閣詞善寫閨襜之致清平樂云綠陰如海深護鴛鴦睡日日

素馨花下醉不信春濃無賴銀簧炙暖瑤笙花間不斷春聲邀幸雙棲雙笑也須憐我憐卿　丁氏詞綜續補

蔡廷弼

廷弼字調夫德清人貢生官蘭溪縣訓導有太虛齋詞更漏子詠織云殘月庑殘更裏唧唧如鳴得意纔罷軋又鳴梭奈他愁緒多荒草亂柔絲絆聽得聲來枕畔風淅淅夜迢迢有人魂欲消　國朝湖州詞錄

楊懋麐

懋麐字子振號友麓平湖人道光十一年舉人工塡詞其詞如弱柳嚦煙疎花聾雨讀之低徊意遠擣練子云

人勸後燕來初芳草如烟疑有無糯粉牆陰蛛網顫落花聲細夢模糊金菊對芙蓉客中重九云雁蘸楓煙鷗拳葦露四天風色蒼茫正題糕節序簪菊時光白雲未約登高屐但遣愁隨分杯觴水村沙驛幾株卧柳妝點斜陽更有甚事迴腸指家山畫裏儘費思量幸寥寥舊雨倘其籩窗酒人休怨詩題盡付賸吟蟹舍漁莊一聲柔艣江湖滿地華鬘清霜　黃氏詞綜續編

吳　珩

珩字佩之號我鷗仁和人道光十二年庶常改吏部官四川鹽茶道先世休甯人以鹽商隸仁和籍嘗執經嚴

鷗盟先生之門服膺師說因以我鷗自號誌信從也改官以後留心實用出官蜀中最久於鹽政多所裨益工倚聲所著紘詩讀畫樓詩餘黃韻珊亟稱之疎影賦帆影換頭云我亦曾經弱水悵天風引度俄又吹轉鏡裏春晴畫裏秋陰幾度勞伊相伴有時掠過溪心去訝驀地篷窗遮暗待晚來月上潮生付與船孃淒怨蓋自況也　杭郡詩輯　黃氏詞綜續編

項鴻祚

鴻祚原名繼章字蓮生錢塘人道光十二年舉人沈默寡言喜填詞尤工小令每自度一闋卽付姬人歌之其

風流自賞如此嘗語人曰予詞可與時賢角詩不足存家不戒於火乃奉母北行中途又遇水厄母與姪俱歿號躃旋里幽憂之疾益深而詞益工既領鄉薦再上春官不第歸即病不起黄韻珊稱其詞古豔哀怨如不勝情譚復堂謂蓮生古之傷心人也盪氣回腸一波三折有白石之幽澀而去其俗有玉田之秀折而無其俗有夢窗之深細而化其滯殆欲前無古人手訂憶雲詞甲乙丙丁稿四卷乙藁自序云近日江南諸子競尚塡詞辨韻辨律翕然同聲幾使姜張頫首及觀其著述往往不逮所言其辭婉而可思又丁藁序云不爲無益之事

何以遺有涯之生亦可以哀其志矣以成容若之貴項蓮生之富而塡詞皆幽豔哀斷異曲同工所謂别有懷抱者也復堂又嘗推蓮生之詞與成容若蔣鹿潭二百年中分鼎三足或問其旨曰阮亭葆酚一流爲才人之詞宛鄰止庵一派爲學人之詞惟三家是詞人之詞與朱厲同工異曲其他則旁流羽翼而已篋中詞　杭郡詩續輯　黃氏詞綜續編

黃曾

曾字菊人錢唐人道光十一年舉人官直隸知縣八歲時在席上刻燭爲茶人賦一座傾倒使才縱横奔放沈

有云曲曲彎彎湖上路和雨和烟尋到更特地留他斜照淺蜓鵝兒新製樣驀青春作就三分料又云詞人漫自吟芳草黯消魂殷勤打疊詩情畫稿金粉南朝無限意認取蛾眉未老莫又是西湖蘇小三板紅船搖曳去對清流一鏡菱花曉其風調可想歿於京邸項蓮生譜百字令哭之有如此江山不容詞客寂寞人間世之句語絕沈痛　憶雲詞　黄氏詞綜續編

諸嘉杲

嘉杲字麟士號子量仁和人道光十二年副貢官江蘇州判向不作詞與海鹽黃爕清交始致力焉一種雋妙

之趣迴非塵想殆亦天授著有棗花簾詞水仙王祠神絃曲調倚滿江紅云古碣叢祠深鎖著斜陽嫩烟記舊社西村橋畔歌吹年年細雨柳絲縈畫舫曉寒花瓣落瓊筵有詩僧病起打疎鐘雲半肩雲旗颭秋水邊靈燈閃落霞天寫殘歌剩舞玉柱冰絃載酒瓜皮雙槳活催歸粥鼓一聲圓借銅琶高唱定風波月滿船又有惜秋華詠秋海棠詞甚工　黃氏詞綜續編

胡咸臨

咸臨號吉甫嘉興人諸生有炙硯詞南浦賦春水用玉田韻云江上雪初消漸東風作意粼粼吹颺一片縠空

明窺漁婦深淺糜痕堪掃縈青漲碧斷無人處橫橋小無賴桃花容易落紅雨亂迷汀草絕憐才盡江淹只春生南浦離情未了風景又湔裙懷人夢難竝閒鷗流到烟波浩渺竹枝聲裏魚龍悄誰共扁舟天上坐浣得新愁多少清峭得詞中三昧　黃氏詞綜續編

計光炘

光炘字曦伯號二田秀水人天性肫篤孝事二母慕石田南田品高志潔故以二田自號並署其齋藏書六千餘卷主持風雅遐方文士造訪者羣集重結詩社著有守甓齋詞一卷　黃氏詞綜續編

方　隲

隲字玉裁號雲泉仁和人諸生有疎影庵詞木蘭花慢云一春纔過半歎花事又將闌奈密雨掮摧疎風蔓孋料峭新寒吟邊畫簾未捲鎮無聊掩卷自孤眠慵理蘭篝剩火隔宵猶裊餘烟妝殘倦理兩眉彎絕似霧中山問有誰伴侶踏青南陌沽酒西園無言繡窗憑暖妒呢喃雙燕語飛還卜得明朝放霽水亭好泛輕船黃氏詞綜續編

許謹身

謹身字瑞徵號金橋仁和人道光十三年進士官兵部

武選司主事以蜚騰之才爲倚聲之學婉妙聰俊與茶烟閣爲逅天奪之速卒年僅二十八歲詞稿未刻存吳蘋香女士處海鹽黃燮清從女士處鈔錄入詞綜續編齊天樂詠落花有迴風自舞便錦襟文章也埋黃土云云譚復堂謂哀語成讖又高陽臺云蝸篆粘窗蛛絲界戸依然六曲文紗夢不分明門前一樹枇杷離筵但譜相思苦說人間何處天涯記魂銷酒冷燈昏雨細風斜十年未踐尋芳約奈如雲情緒如水年華舊日啼鶯而今沒箇啼鴉重來難覓春人面況東風落了桃花太淒寒幾杵秋砧知在誰家極掩抑迷離之致　黃氏詞綜續

編箧中詞

奚疑

疑字虛白號榆樓烏程人太學生有方屏樵唱雅工小令菩薩蠻姚二野橋索題倚梅圖云玉梅花底人如玉水邊林下疎烟綠日暮怯春寒東風羅袖單生綃留媚影小倚冰姿冷舊夢幾時圓月明聞珮環　黃氏詞綜續編

陶景義

景義字吉甫號琴子宛平人原籍會稽國學生喜填詞菩薩蠻云雕鞍夜走章臺路花枝嬌小留人住潮暈漲

霞腮新聲入破纔三條絃子澀暖炙銀簧舌一曲斷人腸柳花滿店香集名茶烟禪榻詞　黃氏詞綜續編

沈愛蓮

愛蓮字茝香嘉興人諸生有小靈蘭仙館詞鈔邑令朱緒曾倡修曝書亭落成愛蓮和竹垞原韻百字令紀事云釣船坊近記閒攜琴鶴仙舟曾泊海宇孤亭留寂寞眞契千秋遙託晚稼屯雲秋絲擷繭儉歲江鄉樂分來清俸松陰池館新落喜看疊石編篘翻泥種藕幽事重斟酌勁節清芬圖主客俯仰水窗風幕醞舫延尊梧桯點筆高韻傳林壑詩靈如在夕陽紅戀樓角名蹟重修

聯吟紀勝亦一時盛事也　黃氏詞綜續編

姚燮

燮字梅伯號野橋鎮海人道光十四年舉人生具異稟五歲能賦燈花詩稍長讀書十行並下自經史百家以逮道藏釋典靡不周覽公車北上都中士大夫及海內名輩爭相延納交日廣才日益肆著述日益多著書都二百餘卷蔚成大觀善洞簫能自按所製曲詞名疎影樓稿自命樊榭復生跌蕩新警如山雞舞鏡顧影自姸能獨樹一幟而不屑屑於模範者高陽臺云拭唾題裙橫箏坐酒湖樓影事闌珊兩地鵑愁十年紅雨關山重

蓬丁苍春如夢病夭桃褪了煙鬟淚偷彈紫玉犀釵敲遍闌干舊歡那忍重提説臏柳鴛曉箔桐鳳秋紈黯到香魂牆陰誰護情旛西風明月錢塘路散蘋花吹聚應難悄無言兩道愁青抹上眉彎水調歌頭太湖曉渡云三萬六千頃七十二芙蓉曉烟浩浩不盡曉水更濛濛帆影蘆蒲深處人影琉璃明處雁影界長空山色互縈繞一百里東風迷離樹是嶺橘是江楓晴雲搖旭其上黄色亂青葱坐我舵樓橫笛不見蕪塘走馬哀響激蛟龍破浪羡伊穩西扇側屈篷　董沛墓表　寄心庵詩話

篋中詞　黄氏詞綜續編

金濂

濂字讓水，號穉柏，仁和人。道光十五年庶常，未散館而卒。詩文雄麗，詞以倜儻勝。有不秋草堂吟稿歷綫詞集中金縷曲一首，記良鄉題壁事，可爲詞場佳話。題云：余今春入都，宿良鄉旅店，曾和壁間夢塘次農金縷曲詞。後笠耕先生過而賞之，依韻見和，有覺詞伯遍人游之句。夏六月，假館先生之淡園，偶出示手書長卷，則余及二君作皆在焉。蓋先生以素紙錄歸，且爲之跋，洵一段文字因緣。惜夢塘次農不知何許人也，因疊前韻志感。詞中有喜極相逢偏恨晚，回首韶光都改，正稍穩心情

無賴一榻而今依廣廈且休愁茅屋西風擁云云足與隨園詩話中江湖沿路訪斯人事同傳　不秋草堂吟稿

黃氏詞綜續編

費丹旭

丹旭字子苕號曉樓天姿穎異幼即工畫美人稍長更精寫照如鏡取影能曲肖其神情兼善山水花鳥並工詩詞著有依舊草堂詩附詞　烏程縣志　湖州詞錄

陸長春

長春號簫士烏程人副貢生有眉月樓簫譜南歌子云蝶夢酣難醒鶯聲澀未調東風吹放綠楊條檢點一年

春事過花朝陌上香車斷樓頭錦字遙無情只恨木蘭橈記得那時分別在紅橋浣溪紗云小鏡菱花對舞鸞曉妝樓上怯衣單一簾微雨作秋寒鎮夢暗通金屈戌倚嬌斜彈玉闌干長眉畫了借人看風神韶秀殆瓣香鴛鴦寺主者　黃氏詞綜續編

董蠡舟

蠡舟一名用濟號鑄范烏程人讀書志古不慕榮祿於書靡不窺顏其所居曰夢好樓棐几竹榻南面百城以寄其深愛篤嗜之思著作甚富其詞有無絃琴趣一卷詩餘紀事十冊　潯溪詞徵

董恂

恂字謙甫號壺山烏程人諸生工詩詞能醫亦通經學著述等身有紫藤花館詞集九卷凡古琴庵塵談二卷夢香亭蝶拍一卷集詞牌名小令一卷豔墨樓繪聲譜一卷評香庵有聲畫二卷一名百花詞附花間鈴語二卷陸長春爲之序　潯溪詞徵

余新傳

新傳字浣花仁和人有盟鷗館詞陳雲伯令錢塘時重修菊香小青雲友三墓詩以紀事李西齋譜三姝媚詞和之新傳亦繼聲云纖紅掐宿草又東風垂楊亂鶯嚦

老絮酒澆遲晝冷烟一片斷碑殘照護玉深情問瘞得落紅多少淺土留香月下如歸珮環聲悄楚夢當時初覺伴聽雨燈寒想應同調望裏雲龕只湖雲低隔嶺雲輕繞共結芳鄰好更約錢塘蘇小但到梅花開後蒼苔替掃纏綿深至無愧作家　黃氏詞綜續編

張泰初

泰初字安甫號松溪錢塘人貢生負清才而貧特甚以詩詞噪江淮間家無宿糧而口不言利高寒如梅花焉著遊仙詩及古樂府勞客興哀美女含怨陳雲伯稱其出入漢魏置之茂倩解題不讓古人兼工倚聲著有雨

浙詞輯及選夢詞蘇幕遮云夢無端愁未醒垂柳垂楊吹散西風影野岸谿橋斜復整蘆葉蘆花照得斜陽冷樹邊籬烟外磬一度扁舟一度垂思省欲解離懷天不肯瘦了兩肩減了清遊興泰初終以貧鬱客死於淮上遺稿數卷許荀仲通守爲刊而行之 兩浙輶軒錄 黃氏詞綜續編

黃燮清

燮清榜名憲清字韻甫海鹽人道光乙未舉人穎敏絕人才思秀麗充實錄館謄錄用湖北知縣病不之官自是怡情山水著述益富家居拙宜園爲楊晚研太史別

業改葺晴雲閣爲倚晴樓繼又得硯園廢址栽花種竹自號兩園主人時與知交觴詠其間有終焉之志咸豐辛酉縣城陷乃間關之楚就官大府器重之壬戌分校鄉闈權宜都令邑有虎患捕不獲爲文牒神虎遂滅夏旱又以文禱翼日而雨旋調松滋有政聲未幾卒著有詞綜續編二十四卷搜采甚富又倚晴樓詞集流傳人口接武前賢樂府七種尤有聲　嘉興府志　兩浙輶軒錄　倚晴樓集

魏謙升

謙升字滋伯號雨人錢塘人歲貢生官仙居訓導九歲

能詞翰弱冠以詩古文詞雄長壇坫尤工書家居北郭外西馬塍面山枕湖花木蓊翳日夕吟諷其中以著述自娛者垂五十年咸豐十一年杭州再陷死萬安橋下繼妻周氏同時殉節周亦能書世以鷗波夫婦擬之著有浮翠閣詞一卷齊天樂詠翠雲草云楚臺綠雨飛何處羅浮又喚春鳥蘸碧無情梯青有客鶴與梨雲同抱相思路渺看人意俱遲綠陰斜照襯薄天寒補蘿心事坡難料苔花深處繞遍儘山中怡悅持贈都好竹粉攙香茶烟颺夢是處簾櫳淸曉無端暗惱甚偷眼蜻蜓避人尋到碎翦秋羅滿階紛未掃　翠浮閣詞　杭州府志

章溥

溥字寶華，嘉興人，道光十五年舉人，有蘋花閣集。酹江月賦秋蘆云：煙梢織暝，蕩寒波十里，低窺雙鷺。兩岸微茫，吹笛冷，界破蓼汀蘋渚。枝染霜痕，花妝月色，葉颭疎疎雨。西風蕭瑟，耳邊涼作秋語。遙指卅六灣頭，楓酣露白，渺渺人何處。頭白江湖搖落後，無限夕陽洄瀰。雁塞寒聲，鱸鄉夢遠，減盡征衣絮。一篷飛雪，漁郎吹火歸去。賦物比興，雅鍊合度。黃氏詞綜續編

邵建詩

建詩字叶辰，嘉興人，諸生，有聽春閣詞。臨江仙題瘦吟

樓女史金纖纖遺研云一葉銀蕉含露白玉臺曾結芳鄰畫樓吹斷鳳簫聲碧天雲遠留影認真真寫出吟腰秋樣瘦數行珠字清新墨池波冷蕩愁痕半奩眉月空自照黃昏研有女史小影故詞中有留影真真之語黃氏詞綜續編

汪适孫

适孫字亞虞號又村錢塘人候選州同知有甲子生夢餘詞碧牡丹云畫舸秋江泊暝樹外收帆脚幾點疏燈隱隱水村山郭客裏閒愁算憑生拋卻其潮生其潮落睡難著埋怨羅衾薄西風嫩寒先覺屈指歸程玉釵已

負前約可奈今宵更月明如昨照來同坐來各雙紅豆云住可憐去可憐燕子樓臺寒食前桃花紅接天裏湖船外湖船祇隔湖隄楊柳烟綠波平兩邊憶少年云新秋天氣新晴庭院新涼燈火爐香沁茶夢試單衣初可花竹琴書風月我伴今宵漏長同坐詩成渾無語有蟲孃低和詞品幽豔如曉霞媚樹春水浮花　黃氏詞綜續編

陳長孺

長孺原名丙綬字伯章號秋穀歸安人道光十七年拔貢生刻意填詞所著有畫谿漁唱紅燭詞蕭瑟詞寶鈿

庵詞運格於高取味於雋憶秦娥送春曲云春歸急風風雨雨誰留得誰留得芙蓉鏡裏那時顏色天涯幾箇同爲客平蕪目斷傷心碧傷心碧斜陽冷處數聲殘笛

黄氏詞綜續編

王錫拯

錫拯字定甫山陰人入籍廣西馬平道光丁酉舉人官至通政工詩古文詞嘗返越城有掃墓記著有龍壁山房詩文集茂陵秋雨詞四卷龍壁山房集

鈕福疇

福疇字西農烏程人道光十七年拔貢生官舒城知縣

有亦有秋齋詞鈔二卷清空婉約專師玉田金縷曲題丙子王雲華白嶽采芝圖云爲覓長生訣問名山洞天第幾紅霞一抹曾記仙人騎白鶴飛入松濤萬疊有百歲青猿能說翠佩銖衣身縹緲上瑤壇不響芙蓉屧濃黛染露華浥雲天雲海排銀闕看珊珊飛瓊下拜雙成參謁聞說斑龍剛睡熟摘得靈芝九葉知不要金丹換骨付與妝臺清供好想仙裾吹皺應留褶香一路撲黃雪亦有秋齋詞　黃氏詞綜續編

陳其泰

其泰字靜卿號琴齋海鹽人道光十九年舉人官教諭

有鴻雪詞宿遷古下相地項王故里也祠宇翼然後殿三楹美人配焉其泰過其地作虞美人詞云亡秦三戶含餘憤子弟江東盡虞兮一闋最魂銷留取千年幽怨續離騷美人合共英雄死慷慨重瞳泪若爲楚舞我爲歌他日漢宮泣下恨如何　黃氏詞綜續編

車伯雅

伯雅字少雲仁和人貢生有酒邊新譜小令得花間遺意海棠春云曉風微颺簾鉤響正睡起錦機閒傍纖指擘香絨繡出鴛鴦兩落花紅滿苔階上算春事暗添惆悵折得柳條兒圈作連環樣　黃氏詞綜續編

嚴适

适字子容仁和人候選同知酷喜倚聲宗法小長蘆續輯詞綜若干卷惜不永年郭頻伽䖍餘叢話有仲宣體弱叔寶愁多清氣靈襟迥超凡俗之評浣溪紗云不飲分明有醉容倚人生小性嬌慵無聊睡起鬢雲鬆鎮日無人庭院靜碧陰如水瀉簾櫳落花別是一般紅好事近云一夜亂蛩聲添了十分愁緒爭奈芭蕉葉上又蕭蕭疏雨故人兩地苦相思欲語向誰語鴻雁不傳遠信但北來南去杭郡詩三輯 黄氏詞綜續編

楊倚觀

尙觀字改之號譜香錢塘人有延秋仕月樓詞懷才不遇習申韓之學而嗜好殊衆嘗客海州買豔載鶴而歸行囊蕭然也嘗於冬日大雪邀海鹽黃韻甫泛湖鑿冰行舟泊流亭敗柳閒衣薄寒慄肌寸寸粟猶流連不去塡如此江山一闋韻甫衣以傲裘笑而辭曰我鍊此傲骨好與朔風鬬也一日燹淸復游湖上聞孤山有哭聲迹之則譜香已慟倒小靑墓上矣其牢愁奇恣類如此後易字改之然終不能改也詞亦哀激淒警讀之令人輒喚奈何　黃氏詞綜續編

許蘭身

蘭身字芷卿仁和人諸生有蕉石軒詞二卷浣溪紗云淺畫蛾眉澹欲仙素馨花亞鬢雲偏曉妝纔罷又思眠酒後心情嫌我怯病餘意態要人憐昨宵殘夢落誰邊又雨霽東園晚眺齊天樂詞有春月鵑聲秋風雁字併作銷魂詞稿之句殆自寫其感慨也　黄氏詞綜續編

金　楷

楷字以莊號露香仁和人太學生有聽松樓詞鈔踏莎行云午夢初回春愁仍駐相思沒箇安排處玉簫吹落隔簾花送愁不去將春去紅滿蜂房翠迷蝶路燕兒也作傷春語東風偏不解人愁一天飛絮濛濛雨見詞綜

續編　黃氏詞綜續編

金楹

楹字覺夫號雨香仁和人諸生少負儁才詩以漢晉初盛唐爲宗卒年二十九世以徐昌穀比之兼工詞有味蘭琴趣一卷憶少年云一尊濁酒一窗殘雪一燈深院銷寒有誰共念天涯人遠紅焰爐灰釵劃遍數歸鴻又添離怨尋思且抛卻奈夢中仍見杭郡詩三輯　黃氏詞綜續編

康允吉

允吉原名葉封號子蘭仁和人歲貢生有蘋可軒詩存

附詞綺羅香題江蘭圃蓮鄉感舊圖云菰葉吹涼柳陰載酒一舸曾游鏡裏灼灼花房襯出雲鬟緑膩算只有西子移家定未許鄂君同被恁禁他水佩風裳嫣然流笑暗香起重來風景不減那解愁懷脈脈茜絨誰寄第二橋邊舊日翠門深閉渾不管藕孔多絲生怕是露珠垂淚問煙波往慣鴛鴦箇人曾見幾格秀韻清頗見工力

黄氏詞綜續編

宋恭敬

恭敬字勝吉號惺甫桐鄉人居盛澤鎮有拜石齋詞一卷小令致佳菩薩蠻云層層遠樹青如薺殘霞天際紅

於綺一晌好斜陽樓頭人斷腸無言空有淚樓下長流水過盡錦鱗魚曾無尺素書　黃氏詞綜續編

葛景萊

景萊字惕伯號蓬山仁和人道光二十一年進士官同仁府知府死節有蕉夢詞三卷月下笛賦秋花云煙裊蘿根苔黏石罅故園秋靜斜陽半冷翠妝猶自交映迴闌曲曲砌殘夢恐一夜西風喚醒看荷珠颭露蘆綿纈雨碎紅嚦凝暗證尋芳興只敗籜枯蘭尙依深徑濃春豔景那堪前度曾省縱教剩點情絲繞又誤了蜂媒燕倖但約畧月明時描出疏簾淡影宛轉幽媚情景俱深

味之紆徊無極　黃氏詞綜續編

趙慶瀾

慶瀾字笛樓仁和人諸生有叫雲詞小令輕圓流麗極盡能事采桑子云垂楊不放鞦韆影飛絮迴塘落日斜廊何處簫聲送隔牆桃花門巷重來換老了秋孃瘦了冬郎如夢春陰又海棠河傳云絲柳依舊舞纖腰綠黯年年畫橋夕陽半篷雲半篙歸棹晚天何處簫底事東風吹不斷聲漸遠嫋嫋流波輭莫登山休倚闌團團落花蝴蝶翻　叫雲詞　黃氏詞綜續編

孫瀜

澥號次公秀水人官訓導有澥月樓詞醉蓬萊夏齋孤坐云看樹撐鴨腳蓮放駢頭小庭吟徧靜展桃笙正晝長人倦猊篆銷殘鳳團試罷愛蟬聲清遠夕照沈簾微風沁枕嫩涼初薦晚眺憑高澄懷天宇星影流空玉繩低轉何處簷鈴又十分淒婉子細聽來那邊深院但依稀窺見花外紅樓樓頭明月月中紈扇言愁始愁風標自遠 澥月樓詞 黃氏詞綜續編

鍾步崧

步崧字穆園平湖人諸生工詩詞駢體文善寫蘭爲時所重著有夢琴山館詩詞稿 平湖縣志

殳慶源

慶源字積堂錢塘人諸生官山東魚臺知縣著有花塢樵唱一卷積堂少讀書拂塵庵後依查梅史於皖中層琴隖於真州飛箋疊韻意興不淺與郭頻伽唱和尤夥杭郡詩三輯　小粟山房詩集

歷代兩浙詞人小傳卷十終

歷代兩浙詞人小傳卷十一目錄

清六

韓　欽　劉觀藻　張鳴珂　許善長　汪　鉽

魏熙元　王星誠　徐本立　杜文瀾　王彥起

李　煊　沈景脩　高望曾　沈文熒　褚榮槐

鄭雲林　諸可寶　周洪彝　楊錫雯　戚人鏶

江　藍　許頌鼎　周星詒　朱衍緒　蔡　篪

譚　獻　許德裕　王詒壽　朱文炳　岑應麐

汪　瑔　潘　鴻　張景祁　周作鎔　馬秉南

項　瓚　嚴錫康　丁立誠　汪行恭　陶方琦

朱鏡清　周元瑞　許　增　孫慶曾　李慈銘

徐　琪　葛金烺　周慶賢　周慶森　張　預

歷代兩浙詞人小傳卷十一

烏程周慶雲纂

清六

張金鏞

金鏞字海門號笙伯平湖人道光二十一年進士官編修雅好倚聲其詞清微窅眇矜鍊之極歸於自然蓋積畢生之力爲之所解悟深也王少鶴農部比之清眞中仙殆非虛語高陽臺云病葉棲寒愁雲𥕢暝簾櫳知爲誰開幾日新霜牆陰點徧蒼苔薜蘿靑斷當時徑記深痕曾屧璪鈫鎮裹回一步回廊便隔天涯蘭悰絮夢都

消歇只冷吟低唱減盡清才泫別疏華海棠紅上階來蜘蛛細寫春前影又絲絲替織愁懷悄亭臺謾問幽期纖月弦纔賣花聲云雲髻挽雙雙小小年光料來錦瑟似伊長只恐江干黄竹子容易成箱花影上西廊纖月微茫夜涼心事寫紅牆兩字相思難寄與何況明璫集名綷跌山館詞篋中詞　綷跌山館詞　黄氏詞綜續編

孫鏘鳴

鏘鳴字韶甫號蕖田瑞安人道光二十一年進士官翰林院侍讀學士有盤阿草堂詞菩薩蠻題潘季玉梨花

吹笛便面云新蟾寫出宮眉譜滿庭香雪春無語花影瘦於雲夜深閒閉門參差清玉管似訴春人遠露氣透重簾薄寒生指尖殊饒幽致　黃氏詞綜續編

吳廷燮

廷燮字彥宣海鹽人諸生有小梅花館詞貽息玉田而參以白石之清夢窗之豔靜好娟潔自是雅音解連環云峭寒輕閣正歸來月下五銖衣薄鎖黛痕依約淩波認瓊佩綺環是君還錯一片秋聲問何處江蘺搖落料盈盈待語碧海靑天總怨離索相思錦箋誤託聽嚦鵑萬里還更棲泊縱伴我翠羽明璫早簾杳香沈鬢影非

昨夢雨難招被萬疊湘雲迷著又誰知素紈剩寫舊時瘦削語語有意善學清眞篋中詞　黃氏詞綜續編

應寶時

寶時字敏齋永康人道光二十四年舉人官江蘇臬司有射雕山館詞少年遊題西湖泛月圖云一丸冷月一枝柔艣蕩漾碧天空茶夢初醒琴心乍逗搖過藕花叢江山一覽無今古美景惜匆匆兼燭清懷扣舷風調都在畫圖中探喉而出漸近自然　黃氏詞綜續編

董葆身

葆身字寶生錢塘人諸生有寄廬遺稿附詞小令頗饒

逸致菩薩蠻云小屏紅燭搖寒焰深深庭院門初掩羅袂不勝秋月明人倚樓瑤階清漏促怨傍羅幃宿莫問夜如何覺來幽恨多黄氏詞綜續編

吳承勳

承勳字子述錢塘人諸生性冷不諧俗詩有宗法尤好爲詞曲與黄韻珊大令許芷卿茂才吳蘋香女史相唱酬韻珊嘗云余與子述交十餘年久敬不衰子述負才自異於文字交鮮當意者而與余獨密所著影疊館詞幽膩冷豔予嘗比之翡翠淩波珊瑚篆月至其音律綿細毫忽不苟尤爲近人所難世有此才老困一衿且以

幽憂死遺孤復殤可爲慘悼唐多令云愁共水潺潺離人當暮餐況禁他杏子衣單隔箇窗兒同聽雨消不得是春寒宮燕報平安音書比夢難景陽鐘可似寒山寺帚平明花落盡開殺了好闌干四犯翠連環雙調自度曲云露翦聲輕風鈴語急西園亂紅難繫屈戌漫將春放了孤負燕歸千里舞腰慵未起嗁痕溼透秋千地鬭香時節鬭茶天氣釀就愁滋味此際休說銷魂祇綠陰芳草那堪遊戲十二玉笙催夢遠空誤鳳綃鴛綺醱寒清似水垂楊小院深深閉鎖獨自閒理霓裳譜拋盡相思子竟體芳蘭青琴高響詞中之逸品也　篋中詞　影

曇館詞　黄氏詞綜續編

陳元鼎

元鼎字實庵號芰裳錢塘人道光二十七年進士官編修有同夢樓詞鴛鴦宜福館詞賦情水漾古豔天生通籍後索米長安窮愁放誕借閒情以寫孤抱詞學益進浪淘沙姚江舟中云新水短長橋帆影迢迢一痕眉月為誰描翠幙圍春花氣靜何處前宵冷雨又飄蕭燭暗香消酒醒時候最無聊歸夢零星流不去多事回潮菩薩蠻云桐階雨歇啼鴉靜隔簾紅醉芙蓉影花意冷於秋摘花人自愁西風吹不綠桂葉雙眉蹙香滅鷓鴣斑

瑣窗今夜寒　篋中詞　黃氏詞綜續編

張炳堃

炳堃字鹿仙平湖人道光二十七年進士官編修有抱山樓詞黃韻甫稱其以秦柳之纏綿寫蘇辛之豪邁芬芳悱惻能移我情鹿仙爲海門太史介弟與絳跗詞面目各異宗旨則同才高律正逈越時流知塤篪雅奏其來有自湘月賦竹粉云湘妃素面被薰風賣弄一夜勻染瘦玉棱棱也自笑學得吳儂妖豔滴露成脂掐雲作黛曉鏡明波瀲桃花三兩倚酣來鬭嬌臉誰念翠袖飄零鉛華不御掃雙蛾悽澹日暮荒寒又底用金碧檀欒

裝點采綠心情啼紅顔色自愛梳妝儉待催秋到暗霜來與銷減工而不縟寄託遥深篋中詞　黄氏詞綜續編

孫廷璋

廷璋字仲佳號蓮士會稽人道光二十九年拔貢舉人國子監學正候選知府有玉井詞天才藻麗趠絶時輩詩文組織務極葩豔尤工塡詞鑱鏤隱僻千鍜百鍊然素無鄉里名見俗士輒瞠目不言或示君以所作則笑而仰視屋椽故爲謬語以故益無知君者比入京師名乃大起歸而與李蒓客交益治經史務爲本原之學惜

早卒年僅四十有三吳縣潘祖蔭屬菘客錄其遺稿爲之付梓潘祖蔭序略　李慈銘傳略

周惺然

惺然字篤甫諸暨人道光己酉拔貢官山西知府歷典名郡歸橐蕭然倚聲能得南宋嫡髓詩宗尚宋人自開生面著雙紅豆館詞鈔兩浙輶軒續錄

徐鏡清

鏡清字曉芙德清人道光二十九年拔貢官候補知縣有歐陽亭詞菩薩蠻云小園叢桂張黃纈玉蟾三五清輝滿上市美霜螯饞涎流老饕延秋傾玉醞稱子牽裾

問月裏樹婆娑今年花幾多　國朝湖州詞録

周星譽

星譽榜名譽芬原名普潤字叔雲號鷗公後更字畇叔山陰人河南祥符籍道光三十年進士入詞館時年未三十天懷沖澹跡似金門之隱資深擢臺諫平進粤西分巡稍遷廣東運使未久謝病流寓吳下以殁少擅高名而遠想宏域詩文俊逸屬草逾年月輒刪弃之所著東鷗草堂詞涉筆清逸使人意遠江陰金溎生運副刊入粟香齋叢書　東鷗草堂詞　譚獻傳略

俞樾

歷代兩浙詞人小傳　卷十一　六

樾字蔭甫後築曲園郎以爲字德清人道光三十年進士官河南學政文名甚著喜治樸學著述等身少好填詞中歲擘經乃吐棄之兩平議書成息焉遊焉復事倚聲成春在堂詞三卷其自序云昔周草窗作西湖十景詞楊守齋見之曰語麗矣如律未協何遂相與訂正閱數月而後定然則填詞非難協律爲難當今之世有霞翁其人乎姑錄而待之其虛懷可想見也春在堂集

秦光第

光第字次遊嘉興人咸豐元年舉人有半枯樹齋詩餘小令風調殊勝搗練子云風漸定月初斜病起懨懨理

鬟鴉窗下怕驚仙鶴夢自緘春信寄梅花相見歡翦秋羅云滿階碎錦零香畫闌旁好共褪紅羅袖話風涼胭脂片零星濺呬斜陽留與秋蟲寒蜨作衣裳黃氏詞綜續編

金繩武

繩武字述之號韻仙錢塘人咸豐元年舉人與夫人汪玉卿合刻評花仙館詞浣谿沙集句題葬花圖云一片花飛減卻春毛滂如今無處不銷魂曾逸仲安排腸斷到黃昏秦觀風急落紅留不住曾覿小庭深院墮嬌雲趙彥端相思薦點付啼痕曾逸仲早春怨云了了前盟芘芘後世草草

今生也沒安排全無頭尾好不分明幾回睡去還驚聽簌簌風聲竹聲是隔房櫳是搖羅帳是近窗櫺情深語綺無媿作家蒔花仙館詞

蔣坦

坦字藹卿錢塘人諸生有百合詞一卷夕陽紅半樓詞二卷先世業鹽筴有園亭歌伶之樂藹卿生稟異資弱冠善文章工書法配關秋芙嫺倚聲解彈琴尤喜內典偕隱家園聯吟禮佛出則文壇吟社客滿樽盈別築杭湖吟館於水磨頭春秋佳日遊讌極歡未幾秋芙死藹卿爲製秋燈瑣憶皆幽閨遺事文極雋雅覗冒辟疆影

梅庵憶語吏過之杭州辛酉戒嚴奔慈谿依其友王廣文景曾比返寇又至以餓殉焉陳繼聰傳略　杭郡詩三輯

洪昌許

昌許字蘇仲錢塘人咸豐元年舉人官餘姚教諭品純學粹多士咸賴造就工倚聲所著春雨杏花樓詩草怡情草如夢草春明寄跡吟潞河遊草且住草南歸草瑣窗閒詠外有綠酒青燈詞一卷晚年手自編定總名曰杏樓詩詞稿　杭郡詩三輯

曹籀

籀原名金籀字葛民號棚橋仁和人諸生與龔定庵交好性耽禪悅好金石文字有讀漢書西域傳樂府致佳所嗜均如定庵著有古文原始春秋鑽燧籀書內外篇石屋文字釋文蟬蛻集無盡燈詞　緝雅堂詩話

周世緒

世緒字克延號小匡又號壽蓀鄞縣人諸生工詩善塡詞錢塘陳文述謂其有北宋風格著有壽蓀山館詞稿　鄞縣志

金璋

璋字左莪永嘉人諸生所著紅花詞極負盛名性穎悟

讀書目數行下幼隨任涿州矢志下帷寒暑罔間後乃絕意進取遊名山大川東至泰岱南至雁宕俱極天下之奇境所至輒發諸詩[illegible]有情[illegible]名教肝衡往事獨樹偉詞固不僅以紅花名也[illegible]元序略　兩浙輶軒續錄

陳祖望

祖望字冀子號拜鄉會稽人諸生少時卽以高才鴻文爲東南賢諸侯上客工詩清曠哀怨筆力控縱與王笠舫鄔雪舫二人最善笠舫稱其詩如水仙一枝冰梅數萼嫣然斷霞殘雪之外又工詞有青瑣玕館詞鈔一卷

梅曾亮序略　兩浙輶軒續錄

陳裴之

裴之字孟楷又字朗玉號小雲文述子錢塘人官雲南府通判倜儻權奇明於當世之事卒年才三十有三耳所著澄懷堂詩不拘一格或以雄宕勝或以悱惻勝間亦儷青偶白團粉鏤脂則猶沿碧城風調也尤工倚聲有夢玉生詞稿　吳振棫傳略　杭郡詩續輯

馮鐙

鐙字少蘅錢塘人官廣東黃岡同知有雋才尤精音律著有夢雨樓詞草天涯夢傳奇傳唱一時顧不解治生

業故交通務雅不貲館爲貧而仕以別駕攝饒平令擢潮州丞頗著循聲年四十遽卒至無以爲斂 停雲閣詩話 兩浙輶軒續錄

鍾景

景字嵩生海寧人諸生官直隸東光縣知縣嗜吟詠尤工倚聲著有紅蕪詞海內傳鈔洛陽紙貴 杭郡詩三輯

周艮卲

艮卲字友高號抑齋鄞縣人諸生最長詞曲悲歌慷慨有不可一世之慨有詞二卷詞餘一卷詩亦伉爽惜所存不多 董沛傳略 兩浙輶軒錄

孫悅祖

悅祖號笑庵會稽人九齡能詩工書畫有聖童之目既冠以名法客本道幕未幾棄去流寓甬上填詞名藉甚姚梅伯方主盟騷壇一見訂忘年交爲草味莊室銘著有氷梅軒詞寄龕文存

韓泰華

泰華字小亭號退庵仁和人陜西記名道家有玉雨堂收藏金石書畫甚多著有無事爲福齋隨筆二卷刻入吳縣潘文勤公功順堂叢書又有玉雨堂書畫記四卷焚餘草一卷詞稿一卷功順堂叢書

高頌禾

頌禾原名學洪字穉仲仁和人官兩淮呂泗場大使濡染家學幼入書畫舫吟社與名宿俊流相角逐既入仕途不廢吟詠詩集名暴麥亭新韻有致工倚聲刻有綺水軒詞二卷 兩浙輶軒續錄

張道

道原名炳杰字伯幾號少南錢塘人諸生博學工詩以名諸生久不遇遭亂抑鬱以死工爲駢體文古文以及詞曲書畫嘗自言前後讀書一萬三千餘卷而自著書亦得六十餘卷可謂富矣所著詞集有影齋詞一卷

塡詞一卷　秦緗業序略　譚獻傳略　兩浙輶軒續錄

徐鴻謨

鴻謨字若洲仁和人諸生官江蘇揚州府經歷貫通經史好兵家言精奇門壬遁之術凡書畫及鐫刻金石皆臻精妙又通內典著注楞嚴經識者讚歎以爲得未曾有兼能塡詞著有薝蔔花館詩詞集　俞樾傳略　兩浙輶軒續錄

楊國遴

國遴字攬五號湘如錢塘人詩酒自娛不樂仕進性狷介家範整肅平居不苟言笑尚氣節教子弟以植品爲

先咸豐十一年冬省城陷一家死節甚烈工倚聲著有二分竹屋詞稿一卷　浙江忠義錄　杭郡詩三輯

許光治

光治字𥪡梅號龍華海寧人廪生生平實事求是於說文考證最精故篆隸俱不落晉唐習氣而辨金石款識釋文訂譌悉皆中肯暇則對物寫生於花鳥極工人比之南沙相國著有江山風月譜詞曲二卷刊入蔣氏別下齋叢書　管廷芬傳略　兩浙輶軒續錄

汪曰楨

曰楨字仲維一字剛木號薪甫又號謝城烏程人咸豐

二年舉人官會稽教諭幼秉母氏趙儀姑夫人之教敦行勵志學無涯涘以書籍朋友爲性命博觀約取著述等身嘗修烏程縣志南潯鎮志義例精嚴爲世推重所刊荔牆叢刻中多其自著之書有荔牆詞一卷　許仁杰傳略　兩浙輶軒續錄

錢祖蔭

祖蔭字莆生號王橋平湖人歲貢生學問深邃書法蒼秀性高雅風裁峻整一以樸誠爲主族之未葬者葬之晚年掌教社學專心督課不與外事著有冰梅軒詩詞

平湖縣志

趙福堂

福堂字耦村山陰人幼好學異常兒既冠隨父官閩輔又就學京邑體羸善病性復孤落時方多難烽火滿地猶復力廣研討矻矻忘倦心神雕瘁益以疲苶卒年三十六詩骨重氣蒼意研律細尤工填詞有小石帚生詞二卷陶濬宣傳略　兩浙輶軒續錄

周學源

學源字星海一字岷帆烏程人咸豐二年進士官翰林院侍讀學士有采蘭簃詞題戴銅士西湖訪秋圖買陂塘云盪晴漪謝家船小粼粼寒綠如許踠隄楊柳蕭疏

甚眉鎖一痕愁緒留不住更瘦減菱花冷濺蘆花絮商絃待譜有咽月蟲吟隔煙漁唱替寫斷腸句秋湖好我也留停雁艣訪秋秋總無語縷衣檀板都消歇閒殺六橋鷗鷺誰作主只點點涼螢儘伴人來去生綃認取認巾子峰頭水仙祠下依約舊遊處　國朝湖州詞錄

徐延祺

延祺字引之號芷綬烏程人咸豐二年舉人官內閣中書有夢草詞二卷菩薩蠻云玉郎何處貪遊冶鞭絲馳逐章臺馬楊柳慣驕春飛花亂撲人雨雲翻覆手意氣看杯酒燕子不歸來落紅空委苔　吳興徐氏遺集

王思沂

思沂字與軒歸安人咸豐三年進士官陝西布政使有晚香堂詞題半日醉齋主人閒居圖滿江紅云拔劍高歌歎莽莽乾坤太窄有幾箇英雄豪傑名爭竹帛到老不知風月好浮生枉把光陰擲問世人底事急忙忙何益閒中趣詩題壁閒外味琴眠石看浮雲千里寥天一碧吳市蓴鱸名士饌孤山梅鶴神仙宅願朝朝痛飲手中杯千還百　國朝湖州詞錄

徐芝淦

芝淦字少梅德清人咸豐五年舉人官戶部主事有桐

香館詞浣溪沙云楊柳灣頭泊畫橈東風扶起楚娘腰便無離恨也魂消蹤跡偶緣萍作合華年應惜絮同飄不堪今夜雨瀟瀟　國朝湖州詞徵

劉履芬

履芬字彥清號泖生江山人官江蘇嘉定知縣爲文淵雅雄厚許應鑅讀之稱曰君豈洪北江後身耶對曰仰企漢魏六朝不可得誠趨步洪先生爲階梯似深幸其知己也所著有古紅梅閣遺集五卷漚夢詞一卷　許應鑅序略　兩浙輶軒續錄

韓欽

欽字螺山蕭山人咸豐六年進士以知縣用請改中書遂乞歸不出著有閑味軒詞會稽王笠舫大令集中傳有陸小姑者賓州人所適非人年二十八以瘵疾卒著有紫蝴蝶花山館詩一卷卒之日笑曰但吟詩句留青簡不與人間看白頭聞者哀之螺山爲賦解語花詞見聽秋聲館詞話　薇省詞鈔

劉觀藻

觀藻字玉叔履芬弟江山人長於詞詩不多作詩餘則其兄彥清已刻附懷舊詩後寶山蔣劍人稱其有白石之清空玉田之諧婉草窗之悽戾日湖之深穩仁和譚

復堂亦許爲清眞婉約自是本色詞人惜不永年也所著詞集名紫藤花館詞 孫德祖傳略 兩浙輶軒續錄

張鳴珂

鳴珂字公束一字玉珊嘉興人拔貢生官江西知縣著有寒松閣詞綺羅香云蟪夢剛回蠶絲盡吐多少纏緜吟緒青鳥傳言又報碧雲期誤畫簾半飛絮偏縈曲闌外落花無主看熏爐心字香銷迢迢蓮漏夜如許紅牆遙指一抹猶記雙雙拜月常娥應妬彩筆攜來替寫十眉新譜歎團扇漸欲捐秋問桃葉幾曾名渡任拋殘紅豆相思斷腸人共語回腸欲絕情味無盡 丁氏詞綜補

篋中詞

許善長

善長字季仁仁和人原籍德清咸豐八年以優貢生官內閣中書後官江西知府爲周生先生文孫詩餘合作不愧家學所著談麈四卷多載薇垣掌故合碧聲吟館唱酬錄詩餘及瘞雲巖風雲會茯苓仙胭脂獄神仙引靈媧石院本六種爲碧聲吟館叢稿薇省詞鈔

汪鉽

鉽字式金號劒秋錢塘人諸生家貧嗜學尤工塡詞喜縱遊山水大風雪亦偕童冠笠屐貰醉而歸習以爲常

垂老境益困不易其樂也所作詩文諸集庚辛之亂燬於兵燹所存惟詩餘殘稿而已清尊集載漢宮春詠漢趙倢伃飛燕印云幾度摩挲是遺條館裏舊斷于闐飛嗚巧摹字勢怳覩翩翩翩人如玉潤更而今玉爲人憐知女弟昭陽竝列芝泥分押紅鮮玉質晶瑩依舊歎柔鄉禍水劫火難然當時兆祥替月別鑄螭盤塵封鳥篆歷滄桑閱盡千年渾不似招靈閣名釵股化爲白燕升天贊洲秋語

魏熙元

熙元字玉巖仁和人咸豐戊午舉人居西湖之水磨頭

每草衣葛屨盪舟煙際興所至信口而歌天籟自鳴宮商協焉有玉玲瓏館詞存慶春宮題西湖全圖云放鶴亭前聽鶯隄外吾廬三徑其中小劫紅羊片雲蒼狗畫圖猶識春風緑楊陰裏問誰繫當時釣篷沙鷗應喚辜負前□閒煞絲筒頻年爪印悤悤□飄泊天涯目送飛鴻儘敎消魂那堪回首霎時舊夢煙空青衫憔悴只贏得蕭蕭鬢蓬離情鄉夢今夕無端并上眉峰賁洲秋語

王星諴

星諴字孟調號平子山陰人咸豐己未副貢生有西鳧山居殘草附詞浪淘沙温縣書所見云泡館總藏鵶媚

殺朝霞更無簾幙不宜花燕子一春閒未得紅雨家家翠袖倚寒斜嫩靨難遮江南已是可憐些何況柳煙蕉月底側帽天涯風韻獨絕又百字令柬珊士云别來如昨只天涯添得西風人瘦綸布衣裙難入俗觸地柴荆三斗雞肋文章鴻毛富貴幾輩堪傭走千卿何事醉中淚揾衫袖留得寸許毛錐笑天寧管汝雞先牛後算有殘杯還屬我僕射何如飲酒可意紅心無端白眼一味難消受長河北去世情今日知否珊士山陰陳壽祺字亦詞人也星誠中副貢後兩日而卒李慈銘有詩哭之甚哀白華絳跗閣集　黃氏詞綜續編

徐本立

本立字誠庵德清人嘗病萬氏詞律疏漏撰詞律拾遺搜采極博審音矜慎倚聲家功臣也自舊旁園詞亦取境甚高泊舟滬瀆賀新郎云夜色明於水是何人及時行樂燕巢沉醉依樣姑胥纖月景移照瀛壖佳麗堆幾許階前蠟淚道是柘枝顛未了乍朝暾替卻蘭膏膩長夜飲此何地悤悤玉漏笙歌裏更誰知金戈鐵馬四郊多壘盡道諸戎能犄鹿倚作長城萬里便壁上閒觀來此同是通宵人不寐只迂生獨爲聞雞起渾欲擊唾壺碎感時立論慨乎言之如白傅詩篇不嫌過盡 湖州詞

錄　篋中詞

杜文瀾

文瀾字小舫秀水人刻意研究詞學嘗謂詞始於唐盛於宋有一定不移之律亦有通行共習之書元明以來宮譜失傳於是詞體漸卑詞學漸廢詞律更鮮有言之者萬氏詞律雖能矯正嘯餘圖譜之失而譌敓殊多因積數十年心力成詞律校勘記一書又助徐誠庵爲詞律拾遺昔戈順卿擬輯增訂詞律又與高郵王寬甫議作詞律訂詞律補均未克成杜書出倚聲家如獲瓌寶自著采香詞二卷格律謹嚴別有憩園詞話行世　詞律

校勘記　采香詞　篋中詞

王彥起

彥起原名起字硯香錢塘人咸豐九年舉人官會稽教諭先世丹徒人夢樓先生曾孫也有綠淨軒詞淒涼犯題評花仙館詞仿石帚四聲云玉釵恨折春無主仙雲倏化癡蜨鑠窗黏粉朱樓墜夢夜釭明滅冰綃淚咽怕消受衾兒似鐵算當時香熏雪瀞滿紙變淒絕顦顇華年度雨打芭蕉井凋梧葉翠箋檢點忍重歌斷腸殘闋賸譜雙聲把蘭絮因緣悟徹耐靑鸞獨伴鏡檻對泠月評花仙館詞爲金韻仙與其淑儷汪玉卿合稿時汪已

下世故王詞云云黃氏詞綜續編　譚獻傳略

李煊

煊字西岑烏程人咸豐九年副貢少通音律工詞曲有谿上玉樓詞風流綺麗探春慢春暮云白紵徵歌黃柑勸酒冶遊過了寒食鬭草閒門賣花深巷一片綠蕪斜日愁緒紛無數翦不斷柳絲千尺怪他雙燕歸遲小窗誰伴岑寂幾陣黃昏疏雨又滿地梨雲春去無跡短燭燒紅曲屏掩翠吹冷畫樓橫笛夢到江南岸但橋外煙波凝碧送客明朝落紅應惹吟屐黃氏詞綜續編　歸安縣志

沈景修

景修字蒙叔一字寒柯秀水人拔貢生官教諭有井華詞工書得率更神髓詞亦清勁絕俗託意幽遐含悽古澹上巳前一日風雨譜一枝春云一夜風欺怕明朝委地殘紅無數枝頭杜宇商略送春歸去西湖爛漫偏閒卻畫船簫鼓强自把病酒心情覓到翠顰深處徘徊石闌題句又新詞掩抑撩人愁緒梨雲夢淺肯與暫時留住水村山郭儘消受冷煙疏雨韋嫩約明日芳辰踏青儻誤繚而曲如往而復惟其情至乃爾韻長　丁氏詞綜補續編　篋中詞　井華詞

高望曾

望曾字稺顏號茶庵仁和人諸生官福建將樂縣知縣工塡詞詩亦綺麗無俗豔有茶夢庵詩詞中秋夜自松陵放舟泊烏戍長亭怨慢云頓飛散蕭蕭涼雨碧漢斜流玉蟾微度去去扁舟夜深搖夢落前浦旅懷休訴空自恨歸期誤一笛寫秋心澌吹下滿天風露淒楚歎征塵遍地付與暮蛩吟苦南樓勝賞更休問庾郎詞賦第一是煙水秦淮早零落舊時簫鼓試忍淚遙看雲外斷鴻無數黃氏詞綜續編

沈文熒

文棨字梅史餘姚人咸豐己未舉人官陝西商州知州著述甚富喜倚聲所著春萍館詩鈔古文鈔磨盾草棧車草塞垣日記西北行程記東槎詩文東瀛日記西旆錄外有眠琴榭詞一種（兩浙輶軒續錄）

褚榮槐

榮槐字蘧仲號二梅嘉興人咸豐己未舉人官龍游教諭秉至性篤倫紀與弟少梅相友愛幼有神童目官龍游時捐俸復書院督課有法以勞卒於官喜填詞有碧桃華館詞稿（兩浙輶軒續錄）

鄭雲林

雲林字月巢餘姚人歲貢生詩善學杜上追漢魏時值咸同之間烽火滿地轉徙橐筆遠客幽燕館永清最久流離瑣尾感事嫉時本小雅怨悱之音成杜陵傷時之作又工塡詞音多悲壯節更淒涼而蘊籍宏深不失諷諭本旨亦足傳矣有詩餘一卷手寫未刊陶濬宣傳略

兩浙輶軒續錄

諸可寶

可寶字璞齋號遲菊錢塘人同治六年舉人官江蘇崑山知縣有捶琴詞一卷長調作穿雲裂石之聲小令又極栩翲鶯嬌之致其得於天者獨優故造詣自然入妙

浣溪紗云舊恨新愁兩不饒人間何事只䰟消寸牋難寫畫難描酸入天心梅子雨信回江口雪花潮小樓排日盼歸橈黄氏詞綜續編

周洪燮

洪燮字仲叙號蓮君烏程人諸生有夢笛詞念奴嬌賦蘆花云露愁風咽任蕭蕭一片作成秋色疎處還將紅蓼補斜插數枝幽絕此日飛花他年羌管恨與清流別枯蓬休問為誰今已頭白最宜涼雨翻時夕陽紅際作勢相敧側漁父歸來横笛晚吹起半湖晴雪雁夢沙寒蟹燈夜閃渺渺煙波隔行舟遮斷但看帆影明滅含思

悽惋結響清勁 黃氏詞綜續編

楊錦雯

錦雯字晚嵐號絅士錢塘人諸生性狷介工倚聲著有小蓬萊閣詞刻意姜張律呂叶洽戴文節沈文忠嘗比之楊維楨辛酉城陷不屈死母滕妻吳皆自經 黃氏詞綜續編

戚人鑅

人鑅字鶴年德清人諸生著有鎖紅詞草一卷多驚才絕豔之作纏綿溫麗猶見金荃之遺 黃氏詞綜續編

江藍

藍字子蔚號蘭圃仁和人工詩詞著有師竹山房詩詞集俞樾爲之序　賓洲秋語

許頌鼎

頌鼎原名誦原字子曼海寧人同治丁卯並補行甲子舉人官內閣中書改山東膠州知州有曼盧詞一卷季弟狷叟以彈指詞十二首寄示不忍卒讀臺城路云流光十載嗟彈指名場易催人老笛眼吹愁琴心寫怨一概南柯夢覺誰言宦好牘文錦詩囊幾篇新稿茂苑春殘任他門外亂啼鳥回思少年意氣要將金紫曳宏此懷抱月窟分香雲衢鎩羽謫向風塵誰料堅持雅操奈

人事如棋任情顛倒咄咄書空問天天不曉曼廬詞

周星詒

星詒字季況會稽人祥符籍官汀州同知有勉憙堂集附詞其減字木蘭花重過山塘感賦云山光水色風景依稀渾似昔少了燈船閙殺山塘七里煙屋荒人靜歌板酒旗零落盡月黑風尖小隊銀刀結束嚴桑海之感言外慨然又秋日過靑未了閣故址才媛徐昭華讀書處也因譜百字令云西風黃柳認當年畫閣有人曾倚今我循簷閒步偏直恁冷淸淸地敗檻攲苔壞廊堆葉畫出淒涼意花前凝立夕陽闌角紅膩當日趁月抽琴

憑春灑翰多少閒情味一自銘椒人去後風景蕭條如此惟有遥山彎彎一綫猶學眉痕翠傷心臺榭芭蕉搖得秋碎季況爲昀叔弟塤吹篪應猶炊聞紅鹽之於衍波烏絲也 丁氏詞綜補續編 聽秋聲館詞話

朱衍緒

衍緒字鎮夫蘭季子餘姚人同治丁卯並補行甲子舉人著有大椿山房詩壺盧詞 兩浙輶軒續錄

蔡篪

篪字仲吹黄巖人同治丁卯並補行甲子舉人幼顥敏工詩古文詞及壯益精考據之學主講東湖廣文樊川

諸書院從耆多知名士著有寫經堂文集一卷駢文二卷詩四卷詞一卷 兩浙輶軒續錄

譚獻

獻原名廷獻字滌生號仲修後更字復堂仁和人同治六年舉人官安徽知縣方聞閎博大雅不羣論詞尤有元解大約以南宋爲導師以北宋爲極軌於浙中詞派常州詞派之流別剖晰毫芒尤服膺張惠言周保緒二家之餘論以爲比興柔厚深得風人之旨其於周氏論詞問途夢窗歷碧山稼軒以還清眞之大成者極爲契合嘗取周氏詞辨加以評注發揮斯指又錄清初至並

時名人詞爲篋中詞斷制精嚴爭相傳誦所作復堂詞亦閎深美約獨秀一時 復堂類稿 篋中詞

許德裕

德裕字益甫德清人同治九年舉人官江西知縣有韻堂詞滿江紅題叔父季仁太守靈媧石傳奇云摘豔薰香要比作千秋匳史亦不是情天寫恨慾都夸美窈節同澌脂粉習姱音待砭箏琶耳想連宵彩筆吐穠華光簪珥門前過妻顏泚播閒乞闌人恥歎古今多少鬚眉泥滓解穖無須揭羯鼓揚芬且自搴洲芷鍊雲根補此漏蒼穹存微旨 國朝湖州詞錄

王詒壽

詒壽字眉叔山陰人廩貢生官金華訓導少孤祖母孫親授九經年十四始就傅才高好博涉能文章以詞賦爲秦興吳侍郎所賞爲將母援例就訓導既喪母不復仕應本省書局之聘同事皆一時之儁徧交之學益邃密著述益富精力與俱耗甫中年而老至可傷也著有笙月華詞二卷刻入許邁孫榆園叢刻　兩浙輶軒續錄

縵雅堂集

朱文炳

文炳字葇庵仁和人諸生有南湖漁隱詞與譚復堂王

眉叔諸人爲詞友嘗自秀州至滬瀆風雨連日離懷悒鬱因譜瑤花慢詞寄譚王云離亭春曉挨到黃昏便一聲風笛亭長亭短全不管簾外梨花如雪問花無語也知道芳心難說更幾番花落花開誤了天涯消息縱教夢裏尋春奈酒醒江船依舊今夕聽風聽水還聽過幾處吹笳遙驛靑春老矣怎忘得尊前蜂蝶記夜深曲曲屛山月下吹笙時節觸緒幽咽一往情深 丁氏詞綜補續編

岑應麐

應麐字希白號荔舫會稽人諸生以父遊宦生長於晉

少有奇氣數往來燕趙齊豫間見世方多事慨然以經濟自厲期爲有用之學既不一見其所長而磊落奇偉之氣未能終閟或發之於詩詞以寄其感喟豪邁奔放如其人亦時有清新芊麗之作所著有蠡龕詩詞集陶濬宣傳略　兩浙輶軒續錄

汪　琭

琭字芙生山陰人有隨山館詞卜算子云風露沒多些溼了莓苔徑淺碧濛濛不肯銷攙入梧桐影蛩語一絲絲似說秋來冷人比疏花瘦可憐衫䙨涼煙瞑眼兒媚云當年聽雨小紅樓薄醉正扶頭分明記得夢回角枕

香潤衣篝今宵重聽天涯雨涼館一燈秋輕衾小簟不教人睡卻要人愁虞美人云鶯聲勸我尋春好將近春分了便隨芳草到城東郤又春煙漠漠雨濛濛分明雁齒橋邊路是我曾遊處重來不見小桃花何況小桃花下那人家清空婉約神韻在玉田草窗之間　粟香隨筆

丁氏詞綜補續編

潘鴻

鴻字儀父錢塘人同治九年舉人工詩詞詩追齊梁詞宗南宋著有萃堂樂府逸才徵尚洞明流變文心詩品唾地成珠譚復堂亟稱之篋中詞　薇省詞錄　萃堂

樂府

張景祁

景祁原名左鉞字孝威號韻梅錢塘人同治十三年進士官淡水知縣後官觀察譚復堂云韻梅蚤飲香名塡詞刻意姜張硏聲刌律吾黨六七人奉爲導師故山兵劫同好晨星亂定重見君已摧鋒落機謝去斧藻中年哀樂登科已遲又復屈承明之著作走海國之鞞板不無黃鐘瓦缶之傷倚聲日富規制益高駸駸乎北宋之壇宇江東獨秀其在斯人乎外集集古多長篇奇製如洞仙歌解連環之組紃石帚眞無縫錸衣其推重如此

所著名新蘅詞海鹽黃氏詞綜續編錄其夢雲樓詞則少作也篋中詞

周作鎔

作鎔字陶齋烏程人官江蘇知縣有瀟碧詞鷓鴣天云池柳初裁細葉新斜陽紅濕畫闌春日長入困慵梳洗一鏡芙蓉認未眞珠箔捲寶鑪溫濃歡斗帳怕輕分彩蟾心事無人識西北高樓掩暮雲 國朝湖州詞錄

馬秉南

秉南字彥昭號運青會稽人諸生世業釀羣從中有鶴堂者崛起以詩古文詞名於時遂多研究學業彥昭尤

秀拔坐饑驅未致通顯霜凋夏綠致可傷也所著水南堂詩二卷駢文二卷外有疏籟詞三卷兩浙輶軒續錄

項　璜

璜字禮瑳號芝石瑞安人增生幼承家學喜吟詠尤工詩孫琴西太僕爲之序又工詞著有癸辛詞一卷兩浙輶軒續錄

嚴錫康

錫康字伯雅桐鄉人江蘇候補知府詩才清拔不屑汲汲於諧俗亦未嘗沾沾於摹古故能舂容和雅自抒性靈不涉庸音不參僞體詞則清疏婉約嗣響玉田足與

其詩競爽所著有餐花室詩稿十二卷詩餘一卷兩浙輶軒續錄　吳存義序略

丁立誠

立誠字修甫晚號辛老錢塘人光緒元年舉人官內閣中書家富收藏博覽羣書所爲詩文皆有根柢著有小槐簃詩及詞稿　黄洲秋語

汪行恭

行恭字子僑錢塘人光緒元年舉人官內閣中書早卒有雲居山民集附詞南浦賦落花云花開正好算今番長共月華圓窗外風聲蕭瑟徹夜不成眠誰料紅顏命

薄悵靈根易了世間緣待曉來細審玉闌干畔空自泣啼鵑最是無情楊栁把韶華送去竟如煙寄語閨中女伴好夢枉纏綿儘向東君屬付再相逢冷落已經年者別離情緒相知賸有蜨翩翻含思悽惋不壽之徵殆由是歟　丁氏詞綜補續編

陶方琦

方琦字子珍號蘭當會稽人光緒丙子進士官翰林院編修童年即有志述造年十六避寇深山繭足重嶺尚攜書吟諷不輟喜爲駢儷之文初宗徐庾上追任沈好子雲之沈思有蔚宗之遠致詩雅嗜李溫討瀾元白其

後徵變清言雋永漸近自然詞宗北宋情辭兼稱尤勝於詩著有蘭當詞四卷 潠廬集 兩浙輶軒續錄

朱鏡清

鏡清字平華歸安人光緒二年進士官江蘇知縣有曼陁詞珍髩詞虞美人云冷金輕扇香檀招銀燭春風疊先安筆硯近窗紗賦索洛神舊句字簪花一雙屈戌牀棲鳳慣作遊仙夢兜衾私語鷓鴣函道識卿卿小字印紅鈴 國朝湖州詞錄

周元瑞

元瑞字紫筠號澹齋仁和人光緒丙子舉人大挑教諭

著有滄齋文集三蓮堂詩鈔詩話近鑒錄及情禪詞一卷紅豆吟館詞一卷其題姚虞琴詩稿解珮令云秋心黃葉詩情紅豆與青山結箇忘形友大好年華且付與一樽清酒抱情懷有誰知否湘蘭寫怨江芙傳恨寄纏緜春風楊柳隨意徜徉便籠得煙霞雙袖問詩肩可耐吟瘦蘋洲秋語

許增

增字益齋號邁孫仁和人少而通敏北遊皖中參戎幕晚歸闢娛園以奉母母卒更園名曰榆以志桑榆之感篤好塡詞校刻古今名家倚聲別集宋元以來成十餘

家至國朝詞人獨於頻伽詞癖好之若有冥契焉新城王貽上長白納蘭性德無錫顧兼塘仁和項蓮生錢謝盦會稽王眉叔諸家詞皆爲刊行斠刻唐文粹一百卷補遺二十六卷其自識語云息影空齋百念灰冷特前賢槼矱師友緒餘夙昔所涉獵而肄習之者不能恝然養閒餘日寫付梓人都成三十餘種亦可謂因緣微尚契合古歡者矣其自著曰煮夢盦詞 家傳 譚獻衍波詞序 張預靈芬館詞序 榆園叢刻總目

孫慶曾

慶曾字遂先號瑞軒會稽人廩貢生候選訓導選海鹽

時已先兩月病殁矣少時經寇難世業盡於兵燹苦志力學冀得寸祿以養親卒侘傺以死著有蕉雪廬詩詞多幽愁憂思之作讀者哀之兩浙輶軒續錄

李慈銘

慈銘初名模字式侯更名後字悉伯號蓴客會稽人生有異才年十二三即工韻語豐才嗇遇光緒庚辰始成進士先入貲爲部郎至是才望傾朝右僉謂宜擢上第而顧不遇以原官久次補戶部江南司庚寅補山西道監察御史轉掌山西道巡視北城督理街道皆舉其職數上封事洞中利弊不避權要名遂日著生平自謂於

經史子集以及稗官梵夾詩餘傳奇無不涉獵而標放之所爲散文駢體考據筆記詩歌詞曲積稿盈數尺性簡略胸無城寓然矜尚名節意所不可輒面折人過議論臧否不輕假借苟同雖忤樞輔不之顧以是人多媢之然虛中樂善後進一言之合詡之不容口所指授成名者爲多著述凡百數十卷可謂碩學鴻文蔚爲著述者矣所著詞集有霞川花隱詞桃花聖解庵樂府二種白華絳跗閣集　平步青傳略

徐　琪

琪字花農仁和人光緒六年進士官至內閣學士署兵

部侍郎母鄭蘭孫字娛清嫻翰墨琪秉母教與姊雲芝皆工聲韻之學一門風雅士林豔稱之著有玉可詞接葉亭詞　蘋洲秋語

葛金烺

金烺字景亮號毓山平湖人光緒癸未進士官刑部郎中少有才名博通經史藏書數萬卷樽酒之外日手一編喜倚聲所著傳樸堂詩文稿鷗舫書畫錄外有竹樊詞　兩浙輶軒續錄

周慶賢

慶賢字普生號芹軒烏程人植學深厚光緒壬午舉人

浸淫於典墳，肆力於詩古文辭，旋以史館敘謄錄勞得知縣，需次江蘇。壬寅充江南鄉試同考官，所得皆知名士。有晚菘齋遺稿。湖州詞錄采其齊天樂詠落花云：東風三月渾如夢，韶華又驚遲暮。牖影迷紅，鈴聲碎綠，漸覺朱顏非故。赤闌幾樹，悟即色即空，都無尋處。錦樣文章，到頭一樣埋黃土。回首長安舊路，記花落花開，看來幾度。上苑題詩，神山吹夢，畢竟爲誰輕誤。鵑啼最苦，便逐絮沾泥，從今細數。老我青衫，留春春不住。南潯志

周慶森

慶森字郁文，號蓉史，慶賢弟。幼而聰穎，嶷然如成人，爲

文辭操筆立就詩學梅村得其神髓累試不得第援例以校官用授平陽教諭激拔英俊多所造就在任四年乞假歸里著有敝帚集附詞詠雪賦壺中天云橫空玉戲晁不持寸鐵天公白戰淸絕頭銜何所似恰似一條冰泫銀海光搖玉樓凍合瓊樹枝枝滿新詩就否當筵銅鉢敲緩聞道瑞應豐年寒梅九九付與農人算韻事垂虹傳白帚更聽小紅簫還屑屑成塵鋪珠作淚轉眼都如幻來朝新霽西山爽氣簾捲 國朝湖州詞錄

張　預

預字子虞號虞庵錢塘人道子光緒九年進士少穎異

濡染家學工屬文遭寇亂轉徙越中亂定歸應有司試衣敝履穿布政蔣公於衆中物色之郡守薛公尤賞其文通籍後分校鄉會試督學湖南使還以母老調外保送江蘇知府一權松江補徐州知府遭母憂去官所爲文才氣跌宕軌範先正著崇蘭堂詩文集疊月樓詞高陽臺題朱虎臣茂才西溪遊冊云幾日溪邊風風雪雪艣枝聲斷嘔呀凍日羞晴水雲明處嘑鵶鵶兒解導遊人舫有幾重岸隔林遮鶩船頭白遍蘆花紅遍梅花清秋遊興頻誇問那灣波鏡曾照溪娃又幾時苔矼冰了魚叉銜寒重醉詩人墓冷斜陽自泛荒葭送回帆一半

僧庵一半漁家行述　譚獻復堂集　量月樓詞集

吳恩琛

恩琛字子可號景晞錢塘人振棫孫幼穎悟比長好爲長短句張仲甫舍人亟稱之然鏤心刻腎甫逾弱冠而卒著聽秋館詞吳縣潘紱廷曾綬稱其靈衿綺思絶去雕飾宕魄回腸凄然善感宛平沈文定題句云流傳合並評花館擷豔熏香其不磨蓋子可舅氏金韻仙孝廉有評花館詞也杭郡詩三輯　聽秋聲館詞題辭

嚴以盛

以盛字同生字覲侍歸安人光緒十一年舉人官直隸

遵化州知州有玉京词虞美人云杨花無主春如夢杻把情絲種那堪飛絮又天涯一霎東風飄去落誰家釵光鬢影人何在薄怨翻成悔而今回首轉相思最是日斜風定捲簾時國朝湖州詞錄

施山

山字望雲會稽人監生有通雅堂詞恩施樊雲門嘗作茗花春雨塡詞圖山題卜算子一解云何處覓春愁愁在花穠處細雨絲絲溼茗花纖弄傷春句春自帶愁來不解將愁去賸有離歌弔夢情悄把鸞箋譜又與巴陵杜貴墀仲丹爲詞友杜回楚山作桂枝香詞送之極纏

綿婉篤之致丁氏詞綜補續編

陸政

政字少葵蘭溪人諸生有迎暉樓詞其賦菩薩蠻題雙柑斗酒聽鶯圖云楊枝潑翠晴光溜酒痕濺碧春衫皺何處曉鶯聲珠飄串串輕雙柑酸味好剖合煩纖爪絕勝荔支香紅塵一騎忙頗有思致丁氏詞綜補續編

袁祖志

祖志字翔甫錢塘人官江蘇知縣有春生齋詞百字令爲顧耐園題山靜日長圖云神仙眷屬倩丹青圖就爭先快覩松徑深幽無客到泉韻泠泠細數茅屋三椽芸

编萬軸坐此無煩暑嫏嬛福地幾生修到爲主回憶昔日家山半耕半讀溷跡漁樵侶一涉風塵人便俗展卷頓增愁緒畫紙妻賢敲鍼子稚事事都輸與可曾知道箇中天地如許　丁氏詞綜補續編

袁起

起字竹畦錢塘人隨園姪孫工詞善畫有畫延年室詞

登滄浪亭懷六州上人　祝英臺云綠陰疏啼鳥靜門掩夕陽冷衰柳危橋畫出寂寥景春風十二紅闌隨波曲曲知多少袖羅曾凭暗銷凝遍探虛閣迴廊寒蛩鬧莎徑小憩孤亭客思有誰省徘徊不見參寥錫飛何處空

閒煞石牀花影一門風雅歷百年不替亦盛事也丁氏

詞綜續編

丁文蔚

文蔚字藍叔蕭山人工詞齋前有芭蕉一本葉大成林風雨徹宵倚枕賦疏影詞云蘭釭半滅聽一夜秋聲枕邊騷屑倩影窺闌急響敲窗瘦卻翠裙重疊末秋便有深秋意況秋雨秋風時節正晚涼冷入琴絲人在綠天清絕問訊翠牋消息墨痕尚在否多半吹裂一寸芳心一卷愁心又對絮蛩嗚咽牆陰鶴夢應安穩怕夢裏一般淒切待酒醒紙閣圍爐聽取隔簾殘雪錯翠鏤金自

饒神韻非但事塗抹者比　丁氏詞綜補續編

沈湘衡

湘衡字小珊原名湘衙山陰人官廣東布政使經歷有雙紅豆館詞金縷曲題倪耘劬珠海夜遊圖云豔說珠江好有何人拈將彩筆替他留照對酒當歌春似海正值潮平月皎記畫裏曾移蘭櫂日夜東流嗚咽水問脂痕淚點消多少魚龍靜燕鶯鬧滄桑轉瞬鴻留爪最難忘濤頭浪尾雨啼煙笑絲竹中年身世感賸有一腔離抱祗丸月向陪吟嘯往事啼鵑能細說聽聲聲催打淒涼稿全不管鬢絲老　丁氏詞綜補續編

胡廷榮

廷榮字伯華山陰人有漱紅詞百字令書海濱酬唱詞後云海天濶處喜相逢多少騷人墨客各據詞壇齊樹幟酬唱幾無虛日逸興遄飛豪情跌宕歷歷詞中述我來恨晚風流無復如昔聞道昨歲秋時持螯把酒彼此情無極踪跡飄零原不定瞬各東西南北別恨離愁一編相對惆悵江天隔何時重聚相思還復相憶　丁氏詞綜補續編

金元

元字問漁仁和人官廣東巡檢有桐花書屋詞舟泊珠

江感賦滿江紅云搔首長天破不了愁城如鐵休更說艮宵三五當頭明月楊柳岸邊秋似水[illegible][illegible]日畔花飛雪快乘風一葉盡遨遊情非昔危檣上飛鳥集枯樹頂昏鴉集看幾處漁燈蟹火零星欲滅愧我從戎餘一劍憑誰禦侮揮雙戟對河山渴飲學長鯨刀頭血丁氏詞綜補續編

胡念修

念修字靈和號右階建德人附貢生指分江蘇知府以從事科舉未之官右階幼工詞章之學於駢文尤擅長所著有問湘樓駢文詩癡閣文鈔靈芝館詩鈔捲秋亭

詞鈔總集曰壺盦類編　蘋洲秋語

鄭琦

琦字抶雲仁和人幼遭庚辛之亂父芷塘與嗣父思行均以率團禦賊陣亡母田自賊中挈之出避匿山谷間亂定歸里奮志爲學遂入邑庠執贄從陸春江漕帥陳藍洲大令遊擘精經史又與杜小舫張公束譚復堂諸遺孫爲友遂攻詩古文辭兼擅倚聲之學一時才名藉甚旋以南北秋試不利內粟爲兩淮鹽運判歷官泰州監掣同知通州海州鹽運分司所至有善政著有兩淮鹽法芻議思補堂詩文集翠雲仙館詞　蘋洲秋語

唐際虞

際虞原名步蟾字折香改號贊襄嘉善人光緒庚寅歲貢就訓導署金華府教授丁未應舉貢考職授七品小京官簽分民政部工書畫精醫理尤工詞章著春星堂詩文集及小桃花盦詞集一卷春雨遣悶賦奪錦標云底事東君春晴未久又是釀愁天氣簾外飄來雨點敲著梨花替人垂淚把多端別夢盡攔入瀟湘圖裏最無聊睡起懨懨依舊簷聲如沸因念伊家此際盼斷雲天似我一般情味也擬丁寧青鳥爭奈淩寒有書難寄任相思調苦且分付紅箋私記待芳時陌上花開緩緩飄

香歸矣蘋洲秋語

金石

石字夔伯又號石翁會稽人諸生著有蔗畦詞二卷嘗入吳門襲碧詞社與張公束劉語石諸君相唱和顧石公序其詞謂夔伯胸中磊磊積有數百千塊一發於詞縱心孤往獨弦哀歌婉媚深窈於淸眞梅溪爲近云顧雲張鳴珂詞序

張上龢

上龢字沚蓴錢塘人少從蔣鹿潭學詞晚僑吳中與鄭叔問朱漚尹商榷舊藝倚聲益富平生寢饋宋賢造語

下字分刌節奏悉合㮣度可傳者逾數百篇矜慎芟訂録爲吳漚煙語僅一卷而已其精覈如此吳漚煙語

吳昌綬序略

張傳鴻

傳鴻字威如歸安人增生官安徽知縣有乚樓詞朝中措云藥州池苑夜沈沈消息屬榕陰著意問春無語等閒黄葉庭心碎萍流水孤雲殘月不管蟲吟分許卯金千歲爭愁白髮侵尋國朝湖州詞録

朱方飴

方飴字甘𪽈歸安人廕生官刑部主事有槃庵集八六

子云曉朦朧惱人心事囘環欲說還慵念把袂飄花狹路捲簾新燕高樓斷魂箇中無情休怨天公亂擲榆錢滿地橫飛柳絮隨風又取次黃昏比鄰鐙火漫提一字竟輸一著但教後會不孤酒綠前期重展牋紅兩眉峰和伊細商淡濃　國朝湖州詞錄

丁三在

三在字善之錢塘人立誠子官江蘇知縣不屑梯榮干進就滬瀆搠聚珍仿宋活字局功未及半遽隕天年有丁子居詩詞遺稿菩薩蠻與季鴻宣之弟三潭夜泛云淒淒切切聽蟲語螢鐙數點隨風去便覺早涼生當頭

殘月明花香人意靜人影敧花影欲折並頭蓮分開水底天 丁子居遺稿及序

歷代兩浙詞人小傳卷十一終

歷代兩浙詞人小傳

歷代兩浙詞人小傳卷十二目錄

歷代兩浙詞人小傳　卷十六　二目錄　一

歷代兩浙詞人小傳卷十二

烏程周慶雲纂

方外　宋

釋仲殊

仲殊名揮姓張氏安州進士棄家爲僧號師利和尚居杭州吳山寶月寺有詞七卷黃叔暘云仲殊之詞多矣佳者固不少而小令爲最如柳梢青云岸草平沙吳王故苑柳裊烟斜雨後寒輕風前香軟春在梨花行人一棹天涯酒醒處殘陽亂鴉門外秋千牆頭紅粉深院誰家。詞綜

釋淨端

淨端字明表姓邱氏歸安人生而慕佛旣受具戒益有警悟素不學詩應聲成偈天然自應咸有可觀自號安閒和尚芒鞵節杖遍溪山勝處披蓑帶笠行歌熱惱者頓獲清涼崇寧二年一日辭眾歌漁父數聲一笑趺坐而化有漁家傲三闋 劉燾端禪師行業記｜湖州詞徵

釋惠洪

洪字覺範有石門文字禪許彥周云上人善作小詞情思婉約似秦少游仲殊參寥皆不能及和賀方回韻青玉案云綠槐烟柳長亭路恨取次分離去日永如年愁

難度高城回首暮雲遮盡目斷知何處解鞍旅舍天將暮暗憶丁甯千萬句一寸柔腸情幾許薄衾孤枕夢回人靜徹曉瀟瀟雨 詞綜

董嗣杲

嗣杲字明德號靜傳錢塘人景定初榷茶富池改武康令宋亡挂冠爲道士更名思學字無益自號老君山人博聞强記談前朝典故如指掌作詩詞不解思索下筆輒成其書樓在孤山四聖觀有念奴嬌齊天樂等詞著於世 杭州府志 南宋古蹟考 六研齋三筆

葉林

林字儒藻一字去文號本山衆稱曰高行先生錢塘人讀書博探古雅詩文多有正體特立獨清性無苟合游天目至九鎖山沈高士介石招致所營沖天觀小室介溪山間日一食二十年如一日遇積雪登巖谷四顧月下獨步林影間深夜忘返每芳辰良夜遇物觸景必見之吟詠至成長短句辭意宛曲如眞有情經久能記誦之無傳稾洞霄圖志

琴操

操杭州伎後削髮爲尼西湖有一倅閑唱少游滿庭芳誤舉畫角聲斷斜陽琴操在側云譙門非斜陽也倅因

戲曰爾可改韻否琴操即改作陽字韻東坡聞而賞之能改齋漫錄

張淑芳

淑芳西湖樵家女理宗選妃日賈似道匿以爲己妾郎德祐太學生百字令中所指新塘楊柳也木棉之役自度爲尼罕有知者詞數闋今錄其浣溪沙云散步山前春艸香朱闌綠水繞吟廊花枝驚墮繡衣裳或定或搖塘上柳爲鸞爲鳳月中篁爲誰掩抑鎖雲窗更漏子云墨痕香紅蠟淚點點愁人離思桐葉落蓼花殘雁聲天外寒五雲嶺九溪塢待到秋來更苦風淅淅水淙淙不

教蓬徑通至今五雲山下九溪塢尚有尼庵宋元遺事

元

釋明本

明本號中峯杭州人嘗住鄞之海會寺坐道場於吳興天目山博涉儒書徹悟宗乘爲詩文援筆立就不假搆思箸廣錄揭曼碩爲之序奉詔刊行師與趙文敏爲方外交同院馮海粟學士甚輕之一日松雪强拉中峯同訪海粟海粟出所賦梅花百絕句示之中峯一覽畢走筆成七言律詩如馮之數海粟神氣頓懾鶯脰湖殊勝寺挂壁有中峯題詞後書至正年號乃行香子調也詞

云復短檻牆矮矮疏窗一方兒小小池塘高低疊嶂曲水邊旁也有些風有些月有些香日用家常竹几籐牀儘眼前水色山光客來無酒清話何妨但細烘茶淨洗盞滚燒湯若不經意出之者所謂一一天眞一一明妙也仁宗賜號廣慧禪師及示寂文宗賜謚智覺柳塘詞話　書畫大觀錄

釋梵琦

梵琦字楚石象山人海鹽天寧寺僧楚石爲沙門尊宿嘗從上都有滇北懷古諸作其譜漁家傲娑婆苦云聽說娑婆無量苦人當亂世投軍旅寇至不分男與女催

腰脊鳴蟬竟斷螗蜋斧纔有才能超卒伍幾人衣錦還鄉土燕頷虎頭封萬戶虛相説奈何李廣逢奇數樂郊私語　四明近體樂府

張　雨

雨字伯雨號貞居杭州人宋崇國公九成之裔早游方外居茅山自號句曲外史嘗與仇山村輩唱和其擬白石早春怨諸詞極有標格詞綜

滕　賓

賓字玉霄睢陽人官江西儒學提舉後棄家入天台爲道士其鵲橋仙詞斜陽一抹青山數點萬里澄江如練

蕭風吹落櫓聲遥又喚起寒雲片片殘鴉古渡瘦驢村店漸覺樓頭人遠桃花流水小橋東是那個柴門半掩頗有畫意詞綜

明

今釋

今釋字澹歸杭州人好塡詞意境超逸小重山得程民部書卻寄云落落寒雲曉不流是誰能寄語竹窗幽遠懷如畫一天秋鐘徐歇獨自倚層樓點點鬢霜稠十年山水夢未全收相期人在別峯頭閒鷗意烟雨又扁舟明詞綜

清

雲門僧

僧康熙初人柳塘詞話云選本多以衲子女郎爲殿後然女郎易見衲子罕聞雲門一大僧枉過柳塘留巫山一段雲詞竹杖穿花徑蘭橈渡柳村欹斜古寺白雲屯相對坐黄昏香篆消殘印霜花凍曉痕十年情事若爲論一笑月臨軒則眞韶秀絕倫之語石門文字一流人也　柳塘詞話　王氏詞綜

西湖老僧

老僧佚其名有點絳脣詞云來往烟波此生自號西湖

長輕風小槳盪出蘆花港得意高歌夜靜聲偏朗無人賞自家拍掌唱徹千山響茂州陳時若大牧最喜歌此調往復詠歎音調超絕噫此亦紅蕈老人之儔匹也查恂叔詞話 王氏詞綜

余一淳

一淳號體屋杭州人羽士嘗入大滌山作好事近詞云一片石玲瓏身入洞天幾曲點起明明蘆火見如鴉蝙蝠琴牀丹竈跡依然雲冷不堪宿待覓素書歸去倩稽康解讀 王氏詞綜

周道昱

歷代兩浙詞人小傳卷十三目錄

道昱字靜涵烏程人南潯廣惠宮道士有補閒詩餘漁歌子云料峭東風織嫩寒深深庭院綻春蘭烟瀼瀼露團團譜就新詞調紫鸞靜逸之趣飄飄欲仙詞綜續編

張謙

謙號雲樵海鹽人邑廟道士菩薩蠻寄懷黃鶴樓云笛中楊柳琴中雪雨般聲調誰淒切入耳總相思伊人渾不知夜涼微雨歇起看疎林月獨自繞池塘藕花秋水長詞綜續編

歷代兩浙詞人小傳卷十二終

徐燦　吳柏　黃媛介　楊琇　王端淑

趙承光　于敵璋　馮嫻　徐映玉　錢徹

顧長任　錢貞嘉　翁與淑　商景蘭　商景徽

束薵　王琛　顧之瓊　陸瑤英　蔡婉羅

虞兆淑　彭琬　周蕉　王曇影　沈珮

胡愼儀　胡愼容　俞浚　毛媞　黃德貞

丁瑜　唐元觀　姚青娥　王煒　劉建

柴靜儀　顧瑤華　徐簡　吳氏　孫蘭媛

孫蕙媛　胡璉　吳湘　孫瑤英　吳九思

王芳與　丁一揆　嚴曾杼　吳碧　閔懷英

柳是　楊絳子　葛宜　沈榛　彭孫婧
鮑芳蒨　申蕙　王璋　許傳嫣　王蘭佩
沈宛　孫雲鳳　孫雲鶴　錢鳳綸　鍾筠
曹鑑冰　顧姒　吳瑛　陳素安　鍾韞
王倩　彭貞隱　沈彩　李佩金　汪蘅
孫蓀意　梁德繩　屈鳳輝　李畹　許延礽
黃履　袁淑　袁青　袁嘉　袁綬

歷代兩浙詞人小傳卷十三

烏程周慶雲纂

閨閣　宋

朱淑貞

淑貞海寧人幼警慧善讀書工詩風流藴藉自稱幽棲居士早年父母無識嫁市井民家淑貞抑鬱不得志抱恚而死宛陵魏端禮輯其詩詞名曰斷腸集詞學莫盛於宋淑貞與濟南李清照易安尤爲閨閣雋才楊慎升庵詞品載其生查子一闋有月上柳梢頭人約黄昏後語毛晉汲古閣刊本跋語遂稱爲白璧微瑕不知此詞

載歐陽修廬陵集中不知何人竄入淑貞集厚誣賢媛可爲慨歎淑眞詞綿渺婉約極合風人之旨謁金門云春已半觸目此情無限十二闌干閑倚遍愁來天不管好是風和日暖輸與鶯鶯燕燕滿院落花簾不卷斷腸芳草遠蝶戀花送春云樓外垂楊千萬縷欲繫青春少住春還去猶自風前飄柳絮隨春且看歸何處滿目山川聞杜宇便做無情莫也愁人意把酒送春春不語黃昏卻下瀟瀟雨　四庫提要　詞綜　西湖遊覽志

蔣興祖女

蔣興祖浙西人靖康間爲陽武令金人犯闕興祖死之

其女爲賊擄去，題減字木蘭花於雄州驛云：朝雲橫度，轆轆車聲如水去。白草黃沙，月照孤村三兩家。飛鴻過也，百結愁腸無晝夜。漸近燕山，回首鄉關歸路難。詞綜

吳淑姬

淑姬，湖州吳秀才女，慧而能詩詞，貌美家貧。洪邁夷堅志稱周介卿石之子買以爲妾，朱彝尊詞綜則稱嫁士人楊子治。有詞五卷，名陽春白雪，佳處不減李易安也。小重山云：謝了荼蘼春事休。無多花片子，綴枝頭。庭槐影碎被風揉。鶯雛老，聲尚帶嬌羞。獨自倚妝樓。一川煙草浪，襯雲浮。不如歸去下簾鈎。心兒小，難著許多愁。夷

堅志　花庵詞選　詞綜　湖州詞徵

孫氏

氏鄭文妻文秀州人入太學服膺齋上舍孫氏寄以憶秦娥詞云花深深一鉤羅韈行花陰行花陰閑將柳帶試結同心日邊消息空沈沈畫眉樓上愁登臨愁登臨海棠開後望到如今一時傳播酒樓伎館皆歌之又有燭影搖紅詞甚工　古杭雜記　詞綜

唐琬

琬陸遊妻伉儷相得而弗獲於其姑遣之别嫁後遊春日出遊相遇於禹跡寺南之沈氏園悵然久之遊賦釵

頭鳳詞題園壁間詞旨哀怨琬和之云世情薄人情惡雨送黃昏花易落曉風乾淚痕殘欲箋心事獨語斜闌難難難人成各今非昨病魂常似秋千索角聲寒夜闌珊怕人尋問咽淚妝歡瞞瞞瞞前後段俱轉平韻與放翁詞不同蔣氏詞律失載耆舊續聞　蓮子居詞話

陸遊妾

陸遊之蜀宿一驛見牆上題詩云玉階蟋蟀鬧清夜金井梧桐辭故枝一枕淒涼眠不得呼燈起作感秋詩詢之則驛中女也遂納爲妾半載夫人逐之妾賦生查子詞而別詞云只知眉上愁不識愁來路窗外有芭蕉陣

陣黄昏雨曉起理殘妝整頓教愁去不合畫春山依舊留愁住 白香詞譜箋

楊娃

楊娃會稽人寧宗恭聖皇后女弟人呼楊妹子以藝文供奉內廷稱大知閣其書頗寧宗凡御府馬遠畫多命題詠嘗見遠松院鳴琴小幅楊娃題其左方云閑中一弄七絃琴此曲少知音多少淡然無味不比鄭聲淫松院靜竹樓深夜沈沈清風拂枕明月當軒誰會幽心調寄訴衷情波撇秀穎姸媚之態映帶縹緗 韻石齋筆談

王玉貞

玉貞武林名妓時陸仲舉飄泊江湖過武林邂逅玉貞一見投契貞日脫簪珥買櫂湖上後襲從定之仲舉忽然他適貞留之不得作玉樓春詞贈別有欲知恩愛感人深灑淚多於江上雨之句陸去貞赴湖死林下詞選

吳氏

氏永嘉人生長儒家才色俱麗琴棋詩晝靡不究通大夫士類稱之其父早世治命宜以爲儒家室女亦自負不凡久擇婿難其人同郡鄭天趣客洪仲明家戲欲與鄭求之辭云已娶不期媒媼欲求詩詞達於女氏鄭寄木蘭花慢云倚平生豪氣沖星斗渺雲煙記楚水湘山

吳雲越月頻入詩篇菱花皎潔劒光零亂算幾番沈醉樂生前種得仙人瑤草儂家五色雲邊芙蓉金闕正需賢詔下九重天念滿院琅玕盈襟書傳人正韶年蟾宮近傳芳信口姮娥嬌豔待詩仙領取天香第一縱橫禮樂三千翼日女和云愛風流俊雅看筆下掃雲煙正困倚書窗慵拈針綫懶詠詩篇紅葉未知誰繫慢道躊躇無語小闌前燕子知人有意雙雙飛度花邊殷勤一笑問英賢夫乃婦之天恐薛媛圖形楚材興念喚醒當年纍纍滿枝梅子料今生無分共坡仙贏得鮫綃帕上啼痕萬萬千千復命乳母來觀且述女意雖居一室亦不

辭也囑鄭託相知者求啟母意母終不從有周氏子挾財以媚母遂納其禮女誓不從周因佯狂擲冠於地母怒毆之女發憤成疾母乃大悔卽以定禮付媒媪以歸於周然女病竟無起色臨終謂其靑衣曰我愛鄭郎生也爲鄭死也爲鄭我死之後汝可以鄭郎詩詞書翰密藏棺中以成我意未幾果卒　節春夢錄

李清照　隨宦附

清照號易安居士濟南人禮部郎提點京東刑獄格非之女建中辛巳年十八歸趙明誠明誠知湖州半年遂病不起易安年四十有六越五年作金石錄後序明年

上韓胡二公書自稱閭閻嫠婦時年五十有二世傳易安居士再適張汝舟卒至對簿有與綦處厚啓云云豈有就木之齡已過墮城之淚方深顧爲此不得已之爲易安當不其然百世下蒙詬抱誣可慨也已易安詞格抗軼周柳爲詞家大宗著有漱玉詞其譜聲聲慢云尋尋覓覓冷冷清清悽悽慘慘戚戚起頭連疊七字以一婦人能創意出奇如此沈去矜云男中李後主女中李易安極是當行出色前此太白故稱詞家三李朱晦庵云本朝婦人能文者惟魏夫人及李易安二人易安祭趙湖州文云白日正中歎龐翁之機捷堅城自墮憐杞

婦之悲深此四六之工者　白香詞譜箋

元

管道昇

道昇號仲姬吳興人天姿開朗德言容功靡一不備翰墨詞章不學而能爲趙孟頫室夫婦同以善書名又工畫性喜蘭梅下筆精妙有時對庭中修竹亦自興致不能自休其題漁父圖漁歌子詞其四首甚有風致詞云遙想山堂數樹梅淩寒玉蕊發南枝山月照曉風吹只爲清香苦欲歸其一南望吳興路四千幾時回去霅溪邊名與利付之天笑把漁竿上釣船其二身在燕山近帝都

歸心日夜憶東吳斟美酒鱠新鱸除卻清閒總不如其三人生極貴是王侯浮利浮名不自由爭得似一扁舟弄月吟風歸去休其四　吳興備志　魏國夫人墓志銘

明

張鴻逑

鴻逑字琴友慈谿人姚與祁室有清音詞每有賡詠意到即成不煩推敲聲出金石點絳脣與馮太君話舊云相見空憐許多心事難傳與不如歸去又被黃昏雨明月多情還照橫塘路添愁緒幽閨深處重憶連牀語　明詞綜

項蘭貞

蘭貞字孟畹，嘉興人，秀水孝廉黃卯錫室，有栽雲月露二草。寒山陸卿子不輕許可，獨心賞其詩，如同懸明月三千里，獨倚西風十二闌。曉風吹月上，孤鳥帶雲還。惟有秋風解君意，故吹魂夢到君旁。一庭蒼蘚春前碧，三徑寒梅雪後舒。斜陽故向尊前落，片月偏於別後明。爲語王孫須努力，閨中應不悔封侯。皆集中警句也。嘗與姑母黃柔卿唱和，黃有警句：鳴橈依落照，拂席近蘼蕪。徑草亂垂猶帶露，庭花漸老不禁風。皆爲世之所珍者。蘭貞又工倚聲之學，所作皆倩逸深秀，卿子稱其塡詞雜之周美成集亦不能辨揭練子云新雁唳葉紛飛砧杵聲催露溼衣獨坐空庭更漏永一天明月散清輝梅花引云晚雲攢晚風寒葉落霜飛籬菊殘不堪看不堪看儂瘦似花倚闌誰箇憐哀蛩泣遍衰楊岸哀鴻叫遍疎桐院恨漫漫明月又圓那人何日還衆香詞　詞綜

歸淑芬

淑芬字素英嘉興人文學高踼繼室與秋涇黃月輝德貞吳門申蘭芳蕙共輯名閨詩選歸自爲序偕其夫隱居花村工書畫筆墨珍惜藉有雲和閣靜齋詩餘點絳唇晨粧云漫展香匳鏡前巧畫青山遠綠鬟粉面寶髻

添珠鈿繡袂紅綃玉臂雙金釧輕羅扇花羞難見落雁低聲囀林下詞選　衆香詞　檇李詩繫

顧若璞

若璞字和知錢塘人上林苑丞友白女督學黃寓庸長子副榜茂梧室有臥月軒集生而夙慧幼閑詩書文多經濟茂梧早卒撫二子成立一門風雅爲小詞字字婉媚得花間之神憶王孫云年年雲錦織天孫銀漢無情勞夢魂烏鵲聲聲隔岸鬧怨黄昏煙鎖瓊樓月到門長相思云梅子青荳子青飛絮飄飄撲短襟風褰羅袖輕送芳辰惜芳辰春事支離些箇情眉峯恨幾層林下詞

選　名媛詩話　杭郡詩輯　兩浙輶軒錄　眾香詞

黃鴻

鴻字鴻輝錢塘人大參克謙女諸生顧若羣室有廣寒集閨晚吟其蝶戀花詞云着意留春春不許一陣東風吹落花無數記取等閒花落處重遊怕是桃源路門外青絲垂日暮偏惹離腸不繫征帆住兩兩畫梁新燕語飛飛又入花間去殊有韻致　眾香詞　西泠閨詠

成岫

岫字雲友錢塘人董宗伯其昌室有慧香館集少偉敏涉畧書傳通六藝性愛董宗伯書法晝意每一著筆卽

可亂眞今嫵媚而失蒼勁者皆雲友作也宗伯遊湖上見其所仿書畫甚夥自不能辨徵士汪然明因爲作楔修歸宗伯後琴瑟靜御倶譜入意中緣傳奇　眾香詞

錢涓

涓字嫈文嘉興人孝廉泮女平湖薛雍可室有抱雪吟其自序云自分雅宗墮地翰墨無傳而臭味難忘時形詠歎或爐煙一剪或燈炧半籌或瀟瀟淅淅雨撲窗櫺或膠膠喈喈雞催曙旦思以情生情因境出長吟短謠假是爲忘憂萱草焉集成顏曰抱雪以余甇甇未亡甘向終南陰嶺伴老雪蛆是余之素心也讀此文其微尚

可知矣林下詞選錄其詞數首均清婉可誦林下詞選

錢　氏

氏湖州人都憲唐世濟室有滿庭芳詞二闋其一云古樹陰濃新篁翠淺半天雨過俄晴方塘對岸留得小紅英消受茶芽蕨筍縈几淨雲母輕明薰風起釣絲搖曳無處立蜻蜓灌園君素志辟纑吾職兩意相丼把當前小景直擬蓬瀛怎得塵勞蠲謝長無事心境雙清家園好藕花如錦波面想盈盈明詞綜

韓智玥

智玥字潔存烏程人明殿撰敬女金壇給事于御君室

有晨鳳堂集滿庭芳秋思云葦草傳霜殘荷冒雨白雲隨處安排文心藻思入夢總成灰玉翦翻燈燕子還消得幾遍徘徊空悵望五陵狂客殘病到秋來風篁如醉小山叢桂羅綺約霞裁更北窗深處蕉影苔階金粟愁闕異代誰招隱花落花開孤吟罷雙雙翡翠常繞碧闌迴

眾香詞　歷代詩餘

清上

徐燦

燦字湘蘋一字明深吳縣人光祿丞徐子懋女大學士海寧陳之遴繼室善屬文尤精書畫詩餘得北宋風格

絕去纖佻之習其冠冕處卽李易安亦當避席不獨爲有淸一代第一也著有拙政園詩餘素菴相國序云湘蘋所爲詩及長短句多淸新可誦然好長短句愈於詩所愛玩者南唐則後主宋則永叔子瞻少遊易安明則元美若大晟樂正輩以爲靡靡無足取所作得温柔敦厚之意佳者近宋賢次亦楚楚無近人語 拙政園詩餘

吳柏

柏字柏舟錢塘人太末女陳元璧聘室未嫁而夫卒哀痛往哭遂不歸母家苦節十餘年遘疾夭歿詩極鍛錬詞尤富而長調更工不減徐湘蘋夫人也古文尺牘在

明瑛之上眞奇女子矣著有柏舟集婦人集

黃媛介

媛介字皆令秀水人楊世功室產自淸門兄姊皆好文墨皆令遂嫻詩詞且工畫山水得吳仲圭法太倉張西銘溥聞其名往求之時已許世功久客不歸父兄勸之改字誓不可卒歸於楊蕭然寒素黽勉同心恬然自樂也乙酉鼎革家被蹂躪乃跋涉於吳越間困於檇李躓於雲間棲於寒山羈旅建康轉徙金沙留滯雲陽遇日益窮詩日益工鬻詩畫以自給嘗主柳蘼蕪汪然明商景蘭所吳梅村王漁洋均有詩贈之所著詞名離隱詞

自序古有朝隱市隱漁隱樵隱予殆以離索之懷成其肥遯之志故以此名其集云　林下詞選　畫徵錄　無聲詩史　婦人集　兩浙輶軒錄　槜李詩繫

楊琇

琇字倩玉錢塘人家東城之羊市明慧娟靚雅善篇詠同邑沈豐垣商聲豔其才聘爲妾中更多故幸而獲諧即隨園詞話所謂楊大姑也著有遠山樓詞　西泠閨詠　聽秋聲館詞話

王端淑

端淑字玉映號映然子山陰人禮侍季重先生女丁肇

聖室博學工詩文季重常撫而愛憐之曰身有八男不易一女嘗輯名媛文緯詩緯歷代帝王后妃古今年號名史懸行世毛西河選浙江閨秀詩獨遺端淑端淑寄西河詩云王嬙未必無顏色怎奈毛君下筆何引用二姓恰合一時傳誦著有吟紅留篋恆心諸集林下詞選

蓮坡詩話　婦人集　兩浙輶軒錄

趙承光

承光字希孟錢塘人秀水朱彛三室精研史籍漢魏三唐百家諸子無不通曉彛三亦佳公子以庶常外典勮郡簿書鞅掌希孟每捉刀粉署鯨鐘聲裏班管頻拈燕

寢香中錦箋時展唱隨之樂人爭羨之著有閒遠樓稿衆香詞錄其詞甚多　衆香詞

于啟璋

啟璋字靜媛嘉興人文學世華女西陵沈蕃室著有鍼餘草絕似漱玉其鳳凰臺上憶吹簫分詠掬水月在手弄花香滿衣二首有揉紅撚白之句論者謂不減寵柳嬌花也　林下詞選

馮嫻

嫻字又令錢塘人同邑錢廷枚室爲蕉園七子之一讀書過目成誦下筆文如夙搆蓋生長西溪鍾山川之秀

故也尤工繪事襟懷恬淡頗得隱居之樂著有利鳴湘靈等集　西泠閨詠　名媛詩話　兩浙輶軒錄

徐映玉

映玉字若氷錢塘人長洲孔靑崖室早卒有南樓集詞附蒼渾雄勁不同凡響采桑子題畫云仙山樓閣空中住不作雲車便上靈槎又跨青鸞弄彩霞蒼苔白石巖扉靜煙水生涯風月年華愛伴雙成掃落花又少年遊寄雲淸夫人云淩波未肯住題襟帆席正蕭森釣雪灘邊垂虹橋畔佳境入淸吟橫雲翠黛何由見相憶最惜愔柹葉明時梅花開處夢裏好重尋吳門惠徵君定宇

嘗爲南樓集作序　詞雅　江蘇詩徵　杭郡詩輯

錢徵

徵字玩塵嘉興人復生女性喜恬淡端容好學幼著玉梅山鵲二詩爲人傳誦嘗登煙雨樓賦新詞讀之如溪雲初起山雨欲來著有清眞集　眾香詞

顧長任

長任字重楣仁和人林以畏室有霞箋仙姝詞浣溪沙云燕引新雛傍畫簷蜨飄殘粉撲重簾翠蒲金沼縴痕添半雨半晴天黯黯乍寒乍暖病懨懨强擡纖指量眉尖見歷進俞士彪西陵詞選　閨秀詞鈔

錢貞嘉

貞嘉字含章錢塘人武肅王二十七世女孫黄文學室有聽潮吟憶王孫云淡煙衝霧掠蜻蜓秋渚潮囘沙面平一曲漁歌月滿罾水蔌靑風落殘紅補斷萍天仙子云寶髻蓬鬆羞翠鏡訶黎貼面安黄正殘花顫雨灑東風風風不靜花不定杜鵑啼老鴛鴦病風致獨絕 衆香詞

翁與淑

與淑字登子仁和人餘姚陸進室早卒有巢靑閣詩詞賣花聲云窗外雨潺潺羅袂生寒困人天氣怯衣單我病伴愁愁伴我愁病雙關睡起黯無言强自憑闌簷聲

又逐鳥綿蠻天亦淋漓無奈也泪疊雲山登子爲大參周野公女孫其姊少君亦有詩文　林下詞選

商景蘭

景蘭字眉生會稽人明吏部尚書周祚女祁忠惠公彪佳室著有錦囊詩餘小令甚工臨江仙云水映玉樓樓上影微風飄送蟬鳴澹雲流月小窗明夜闌江上槳遠寺暮鐘聲人倚闌干如畫裏涼波渺渺堪驚不知春色爲誰增湖光搖蕩處突兀衆山橫　小檀欒室閨秀詞

商景徽

景徽字嗣音會稽人景蘭妹上虞徐咸清室有詠雛堂

集陳其年爲之作序工隸楷善丹青幼承母教名重一時爲毛西河高弟年八十容貌如二十許猶吟詩讀書不衰 衆香詞　詞綜補　名媛詩話

束　蘅

蘅字佩君武進人烏程沈宋圻副室有栖芬館詞小令頗有風致搗練子賦新燕云掀簾看亂紅飄新燕銜泥補舊巢私語侍兒還記得去年曾否立花梢 衆香詞

王　琛

琛字洛珍江寧人烏程沈宋圻司馬副室同東珮君拈題唱和著有聽香閣集鷓鴣天題山園和東珮君云地

僻林深人蹟稀重陰寂寂掩雙扉竹窗半啟爐煙細殘夢初醒酒力微雲作蓋芰爲衣山容黯淡水光低鳥啼花落消長晝小立空階月到西 眾香詞

顧之瓊

之瓊字玉蕊錢塘人翰林錢繩庵室進士元修肇修母有亦政堂集工詩文駢體嘗招諸女作蕉園詩社有蕉園詩社啟蕉園五子者徐燦柴靜儀朱柔則林以寧及之瓊女雲儀也 眾香詞 西泠閨詠 詞雅

陸瑤英

瑤英佚其字錢塘人湯侄修室有閒窗詞小重山云獨

坐明窗午夢遥落花閒覆地語鶯嬌枕前珠淚溼紅綃雲鬟亂眉黛倩誰描日影上芭蕉離懷無可遣費推敲匣中金粉爲誰銷人瘦也寂寞度長宵工麗諧婉西陵詞選

蔡婉羅

婉羅字仙季太倉人幼失怙恃年十九歸錢塘汪梅坡太史維時雜珮以迎之寶琴以友之煙波畫舫月夕花朝與梅坡縱遊吳下名山水無不遍歷又僑寓鴛鴦湖者一載旋移居廣陵性柔順器識極儁爽無兒女態每見梅坡落落一官不合時宜慚俯仰恶干進攤書對案

時烹茗焚香共遣寂寥輒以達語慰梅坡年二十七遽卒著有蔗閣詩餘　梅坡文鈔　眾香詞

虞兆淑

兆淑字蓉城海鹽人有玉映樓詞點絳脣云梅綻芳菲垂陽煙外低金縷韶華小住生怕簾纖雨繡戶淒涼蝴蝶雙飛去愁如許夢魂無據還在秋千路雅鍊似南渡詞人語　詞綜　詞雅

彭琬

琬字玉映海鹽人進士期生妹吏部侍郎孫遹從姑浙江總兵馬孟騂子婦與妹幼玉稱雙璧同寓西湖王端

淑稱其詩巧慧俊冷不作淺浮小語詞雅錄其錦堂春詞著有挺秀堂集 杭郡詩輯 詞雅

周　蕉

蕉字綠天錢塘人吳近思副室詞多情至語如卜算子春病云春來花放是良醫此外曾無藥虞美人懷外云莫將行跡比浮萍便是浮萍還有日相逢集名晚妝樓集 眾香詞

王曇影

曇影字文娟蘭谿人隨父寄居廣陵年十四工蘭善棋精曉梵典許字劉生青夕將次于歸倏爾謝世龔半千

以七絕二首弔之著有綺窗逸韻　眾香詞

沈珮

珮字飛霞桐鄉人石門吳起代室幼穎敏工詩善畫一日偶讀歐陽公送楊寘序至終篇平心養疾於琴有得遂學琴於女師不一月熟數調春花秋月論詩之暇臨風一弄氣靜神閒乃贅婿逾期遽爾夭逝著有繡閒殘草　眾香詞　兩浙輶軒錄

胡慎儀

慎儀字采齊號石蘭又號鑑湖散人山陰人諸暨諸生駱煊室父世繹入籍大興官元城教諭遂家於北石蘭

早寡撫幼子未幾卒家益落乃爲閨塾師歷四十年受業女弟子前後二十餘人多以詩名所著詩詞稿名石蘭集　越風　名媛詩話　詞綜

胡愼容

愼容字觀止號臥雲又號玉亭山陰人天游妹愼儀從妹會稽馮坦室早孤負夙慧方六七歲卽能信口爲韻語適馮後所天非解此者遂一切焚棄之然其所著紅鶴山莊集已流播人間蔣士銓爲序其集並爲袁簡齋誦其菩薩蠻詞甚激賞之與同懷姊愼淑字景素堂姊愼儀俱負雋才稱胡氏三才女　兩浙輶軒錄　隨園詩

話　越風　鳧亭詩話　水曹清暇錄

俞浚

浚字安平仁和人諸生鄭慕韓室爲詞伯潔存先生姪女居臨平父工計然術富而無後中遭家難故多哀怨之音及笄歸鄭唱和甚得最工小詞著有平泉山莊集眾香詞　杭郡詩續輯

毛媞

媞字安芳錢塘人先舒女徐鄴室幼承庭訓刻苦吟詩年老無子嘗自持其詩卷曰是我神明所鍾卽我子也所著靜好集先舒及會侯同爲作序其詠雪詩山中千

樹噪饑鴉自掃冰鱗自煮茶不怪滿身寒起粟只愁壓折老梅花可見其操守矣詞見眾香集中名媛詩話眾香詞

黃德貞

德貞字月輝嘉興人司李守正孫女孫曾楠室工詩賦與歸素英輩爲詞壇主持共輯名閨詩選行世又工詞著有劈蓮詞有題自製琴譜玉女搖仙珮一解殆又工雅樂者林下詞選

丁瑜

瑜字靜嫻長興人御史臧眉錫室僑居湖上甚久晴光

雨色妙寫吟毫著有皆綠軒集毛稚黃孫宇台兩徵君序其書稱爲織綃泉底去塵眼中妥貼輕圓辭情俱到如趙管之佳耦也衆香詞　杭郡詩輯

唐元觀

元觀字靜因烏程人副憲存愷公女沈雲石司馬室有南穹軒詞其臨江仙題山園遥青閣云野徑苔荒客少到雙扉春晝常關朱欄曲曲水流灣鶯啼修竹裏犬吠白雲間遥聽飛來山似練望中碧浪青山桃花爛熳竹成斑杖藜沽酒出麋鹿採芝還意境高逸如讀桃花源記衆香詞

姚青娥

青娥秀水人范君和室有玉鴛閣集塡詞工小令雅有思致玉蝴蝶云越羅初繡雙鸞臂小綰猫環試點鬱金油花酥膩粉山泥人紅玉輭嬌妬翠眉攢半醉帶郎冠暗中試小鬟女冠子云玉窗珠閣霧鎖煙籠漠漠曉妝遲遮雨檀星小偎人星靨微黄鴛沿水浴錦雉啄花飛多少傷春意侍兒知 衆香詞

王煒

煒字功史號辰若太倉人爲太原相國之裔工詩善畫博學敦古顧伊人稱爲箨幃中道學宿儒適海鹽諸生

陳緯度著有翠微樓集其賀新郎留春詞有春太難留人易老怪銷魂橋畔銷魂樹之句一時傳誦　樵李詩繫

江蘇詩徵　昭代詞選

劉　建

建字赤霞錢塘人有聽梭樓詞清平樂早春云春光太早乳燕雕梁繞枝上鶯聲又巧柳學纖腰如裊蘭閨繞夢纔醒花若砌外閒行春到園林如畫梅花香染江城

眾香詞

柴靜儀

靜儀字季嫺錢塘人孝廉世堯次女廣文沈鏐室世堯

字雲倩工琴嘗以一琴名老龍吟者賜季嫻教以按指揮絃之法因手錄琴譜而雲倩爲之序季嫻工詩畫與林以寧亞清顧姒啟姬錢雲儀馮又令稱蕉園五子令子方舟能承母教子婦朱柔則又以能詩名風雅一門藝林佳話是時武林風俗繁侈值春和景明畫船繡幕交映湖漘爭飾明璫翠羽珠髾蟬縠以相夸炫季嫻獨漾小艇偕蕉園五子練裙椎髻授管分箋鄰舟遊女望見輒俯首徘徊自媿不及著有北堂集凝香室詞　杭郡詩輯　湖墅詩鈔　碧溪詩話

顧瑤華

瑤華字畹芬錢塘人福建知縣裘樹榮母有自怡草卜算子題畫云殘雪壓南枝月上黄昏靜疑是林逋處士家清淺溪邊影寂寂暗香浮幽意無人省爲占江南最早春耐盡風霜冷　詞綜

徐　簡

簡字文漪嘉興人新安吳于庭副室有香夢居集詞多小令西樓子云下樓伴墜金蟬畫屏前笑倩檀郎斜插鬢雲邊桃閉日杳飄露草拖煙細嚼花鬚和露唾紅綿　眾香詞

吳　氏

吳氏歸安人詹事府贊善沈三曾室三曾有賜書堂集附詞吳氏有花薴軒詞草 湖州詞徵

孫蘭媛

蘭媛字介畹嘉興人曾楠長女母黃月輝諸生陸渭室濡染家學雅工韻語詩如行雲流水在有意無意間詞如香閨雪豔不雜脂粉兼擅畫蘭竹與妹靜畹同爲禾中閨秀之冠詞集名硯香閣詞 林下詞選 兩浙輶軒錄 檇李詩繫

孫蕙媛

蕙媛字靜畹曾楠次女孝廉莊國英室有愁餘草詞工

小令能與姊介畹爭勝望江怨秋思云深閨悄葉落梧桐秋欲老攬鏡愁多少闌干憑遍西風掃情渺渺試問菊花期還是霜前好　林下詞選

胡　蓮

蓮字茂生天台人有涉江詞蝶戀花云憶昔相逢銀燭底細雨難傳彈入瑤琴裏隔坐相邀歡未幾登樓相望情何已腸斷當時書一紙兩字鴛鴦抹卻除非死瘦減羅衣都爲此秋風吹落梧桐子　昭代詞選

吳　湘

湘字婉羅錢塘人萃圖女年十二即工韻語著有組紃

草讀之覺松濤澗響鶴唳猿吟雲浮滿壁日墮空江端可分鑣漱玉平睨清眞昭代詞選詞雅等書均錄其詞
衆香詞

孫瑤英

瑤英字孟芝錢塘人辰州別駕錢淇水室小重山秋夜云獨坐閑牕午漏敲落花閒覆地語鶯嬌屏山圖畫自輕描風陣陣蟋蟀響庭寮月影上芭蕉離懷無可遣費推敲囊琴長掛爲誰調人瘦也寂寞是涼宵集名琴瑟詞
衆香詞

吳九思

九思字柏隱嘉興人平湖陸□室善寫生兼工詞有霜飛草生查子仿子夜體云水底月團圞一似芙蓉鏡人向碧溪行如把菱花映斷藕兩分開惟有絲難盡荳蔻已開殘無復同心並眾香詞

王芳與

芳與字芬從號芳若仁和人侍郎嚴沆室有紉餘集玉樹樓詞夫婦頡頏六橋三竺之秀獨鍾於身嘗月下看繡毬花因譜臨江仙詞云不分嫣紅茜紫色金波偏照香浮天工巧琢在枝頭攤來江上月抛去素娥毬最是黃昏人靜後霓裳一曲清幽莫憑團扇恐悲秋梨花空

怨冷柳絮總飄愁　紅蕉集　眾香詞

丁一揆

一揆軼其名號自開道人錢塘人祠部藥園妹有茗柯詞冬日寫梅作菩薩蠻云素梅點點鋪香雪疎篁漸長淩雲節同結歲寒盟冰霜不易心羅浮當日種翠羽雙棲共看取綠盈枝和羹結子時其節操可見也　眾香詞

嚴曾杼

曾杼小字蘩餘杭人戶部侍郎沆女沈時曾室生時其母夢神告曰素娥青女采蘩來因名曰蘩幼即穎慧不凡吟詠而外兼工書畫性厭囂耽寂常茹素虔奉大士

餘閒爇香煮茗或鼓琴以自適年二十四卽卒著有素
牕遺詠衆香詞　杭郡詩續輯

吳　碧

碧字玉娟仁和人有柳塘詞燭影搖紅賦梅花詞品逸
神清極占身分詞云雪壓霜催歲寒心事誰人曉三分
冷豔十分春瘦影天然好笛裏飄零最早抵多少別離
煩惱相思恨結未到開時頭先白了玉潔冰清尋常攀
折休傾倒怪他桃李太輕狂羞共東風笑莫待壽陽人
老最堪憐羅浮夢杳月當頭處人倚欄時幽心悄悄詞
雅

閔懷英

懷英字畹餘號蘭軒錢塘人昌化方祜俊室有倚香樓吟稿附詞耽經史喜文章事舅姑及父母皆以孝聞暇本書插架萬軸窮治者卄餘年有所觸撥輒發爲詩詞故能洗盡鉛華獨存至性　杭郡詩輯　兩浙輶軒錄

柳是

是字如是一字蘼蕪號我聞居士嘉興人本姓楊名愛字影憐柳其寓姓也性敏慧賦詩輒工尤長近體作書得虞褚法年二十餘歸虞山錢宗伯而河東君之名始著錢與爲西湖之遊刻東山唱和集亦能塡詞其金明

池詠寒柳一闋諸家多見記錄湯潄玉玉臺畫史更載其留別無瑕侍史滿庭芳一解西泠閨詠　本事詩　三岡識畧　觚賸　柳南隨筆　詞綜　婦人集

楊絳子

絳子嘉興人柳是妹是歸虞山蒙叟絳子猶居吳江垂虹亭構一小園亭畔日攤楞嚴金剛諸經歸心禪悅頗有警悟嘗謁靈巖支硎等山布袍竹杖飄搖閒適視乃姊之迷落於白髮翁者不啻天上人間河東君數以詩招之終不應未幾卒著有鐙鵑閣小集行世其春柳寄愛姊調高陽臺一詞蓋諷之也蘆峰旅記

葛　宜

宜字南有，海寧人，明舉人癯庵弟三女，諸生諸爾邁室。性閒靜，喜讀書，日坐小樓，以筆墨自娛，書畫奕算無不精妙，兼通西法，能以儀器測量星象。曾夢中得「蕭蕭木葉送殘秋」句，知爲不祥，未幾卒。著有玉窗詩餘，女史李因序而刻之。小檀欒室閨秀詞

沈　榛

榛字伯虞，一字孟端，嘉善人，明天啟乙丑進士南昌府推官德滋女，進士錢黯室。著有松籟閣詩餘。點絳脣云：孤館清幽，一年又是春將半。埜花矜豔，梅落隨風片。好

夢誰驚黃鳥喚還斷紗窗畔斜陽無限愁見春光面殊見工力 小檀欒室閨秀詞

彭孫婧

孫婧字鑾如海鹽人羨門侍郎姊錦縣陳龍孫室有盤城遊草詞多小令苦雨用葉少蘊上巳韻調寄醉蓬萊換頭云迴憶當年鄉關作別世態炎涼人情如絮今日重來歎故居何處臨流悵望水泛平隄更煙迷前浦虛負春光因循誤卻賞梅新句情景兼到 衆香詞

鮑芳倩

芳倩字蘭畹餘杭人德清徐梅莊室有舉案吟詞多長

調西湖春泛綠頭鴨詞有看無盡夭桃豔粉描不出脆柳宮腰七字分題一輪添韻錦湖風月共逍遙珠簾捲拈花微笑露出鏡中嬌云云寫承平風景如畫　眾香詞

申蕙

蕙字蘭芳長洲人文定公女孫秀水沈□室初入宮闈後始歸沈書法孫過庭詩蒼老不作閨閣中語與歸淑芬齊名所著名縫雲閣集人比之淑芬雲和閣集稱二雲閣詩草詞亦輕圓秀潤長相思秋吟云月滿衣葉滿衣玉漏初沈銀漢低砧聲到竹屏事已非人已非滿目淒涼何日歸魂消夢亦稀可見一斑也　眾香詞

王璋

璋字季璞，錢塘人，處士佑賢女，仁和諸生孫孝楨室。女工鍼指無不精妙，詩詞尤所擅長。年十八歸孫，舅宇合先生，西泠理學名儒也，顧以婦人多才爲戒，璋即絕筆不作。惜二十早夭。所著菀柳齋集，載杭州府志。　眾香詞

許傳嬀

傳嬀字虞姝，餘姚人，鄰令鮑之汾室，有碧巢詞。其春光好詠梅云：歌翠羽，暮煙濃，冷香叢，雪滿山中樹欲空，月光溶。姑射仙人體素，羅浮仙子肌鬆，受盡一番寒徹骨，嫁東風。歎掐始自況也。　林下詞選　眾香詞

王蘭佩

蘭佩錢塘人有靜好樓詩詞蘇幕遮云鏡邊紅眉上翠鴛鏡無情早報人顦顇病起但知因病累未病前時先已心如醉倚風蘭零露蕙秀弱香清只恐根莖脆好向空王求懺悔花莫芬芳人也休聰慧淒怨之音不堪多讀　詞綜續編

沈宛

宛字御蟬烏程人長白侍衛納蘭成性室有選夢詞納蘭自序其沁園春云丁巳重陽前三日夢亡婦澹妝素服執手嗚咽語多不復能記但臨別有云銜恨願爲天

上月年年猶得向君圓覺後感賦長調眾香詞錄有御蟬詞數首　賭棋山莊詞話　飲水詞

孫雲鳳

雲鳳字碧梧仁和人孫令宜廉使長女雲鶴姊適程氏爲隨園女弟子著有湘筠館詞郭頻伽謂其寄意杳微含情幽渺置之花間集中皆在飛卿延巳之間評泊恰當非過譽也　湘筠館詞　靈芬館詩話

孫雲鶴

雲鶴字友蘭一字仙品錢塘人雲鳳妹金瑋室工詩善詞受業隨園著有聽雨樓詞少年遊云紅袖傳杯琵琶

度曲常記共清遊杏子香中海棠花底低按小梁州十年多少滄桑事水逝與雲流引鳳臺空弄簫人遠回首不勝愁清空婉約與湘筠可稱如驂之靳聽雨樓詞

小檀欒室閨秀詞

錢鳳綸

鳳綸字雲儀仁和人翰林錢繩庵女侍御肇修姊同邑貢生黃式序室少承母氏顧夫人之璦教拈弄筆墨品題花鳥有謝家風致父母絕愛憐之賦詩諸體皆工取材於漢魏覽典於騷雅與姊靜婉柔嘉柴季嫻如光顧仲眉啟姬李端芳馮又令弟婦林亞清結社湖上之蕉

園郎景塡詞一時稱盛著有古香樓詞散花灘集小檀欒室閨秀詞

鍾筠

筠字蕡若仁和人仲某室有梨雲榭詩餘三卷小令饒有風致減字木蘭花春曉云曉鶯破夢九十春光誰與共望眼迷離粉蝶梨花一處飛東風無力小院迴廊春寂寂悄傍妝臺明鏡無端引恨來浣溪沙初夏云開到荼蘼花已殘垂簾猶自怯春寒困人時候雨連纖燕子將雛聲細細荷錢雖小葉團團一庭芳草綠如煙　詞綜

曹鑑冰

鑑冰字韋堅嘉善人有繡餘試硯稿疎影賦雁影詞甚工詞云行行點點問誰將淡墨憑空灑遍雪壓危橋月暈閒庭描寫春愁秋怨蘆花港淺參差過還認是掠波歸燕帶斜陽時近南樓界出一繩天遠縱使懸鍼垂露只模糊不辨隸蟲符篆寫上征衫落到寒砧可也寄封書便驚紘任爾高飛起原依約晴川荒甸最消魂暮雨朝雲吹墮平沙難見詞綜

顧　姒

姒字啟姬錢塘人諸生鄂曾室曾字幼輿與啟姬同客京師啟姬有花憐昨夜雨茶憶故山泉句甚稱於時宋

牧仲贈幼輿詩云閩中有良友茶憶故山泉似此驚人句難爲贈婦篇畫眉君暫輟下榻我相延賦就滕王閣靈風促轉船又幼輿賞與漁洋諸公九日飲宋子昭小園限盤字韻啟姬代爲詩末云余本淡蕩人讀書不求解爾雅讀不熟蟛蜞誤爲蟹漁洋大驚歎啟姬精音律所製詞曲有一輪月照一雙人面句亦爲漁洋所稱著有靜御堂集爲蕉園五子之一　詞綜續編

吳　瑛

瑛字雪湄一字若華錢塘人河道總督嗣爵女平湖屈作舟室八歲就傅通六經左傳文選尤嗜吟詠爲詩文

小詞律賦流便有姿致適屈後甫半載而歿著有芳蓀書屋詩詞稿沈歸愚爲之序西泠閨詠一玉璵集

陳素安

素安字定林仁和人陳星垣女侍御鴻寶女弟同邑沈世壽繼室有生秋閣集一卷憶王孫云花梢斜掛月纖纖繡綫才抛玉指尖燕子嗔人不下簾悶懨懨翠黛愁多不用添含思悽婉吹氣如蘭詞綜續編

鍾韞

韞字眉令仁和人查羲室著有梅蕚園詩餘少年遊郎事云東南日出照庭隅風影隔窗虛細草闌干輕煙簾

幙天氣困人初夢魂一晌閒無緒擔閣繡工夫慵整菱花怕聽鶯語心事倘模糊又鷓鴣天詞有花自芳妍人自悲句亦佳小團欒室閨秀詞

王倩

倩字雅三號梅卿山陰人永定兵備道王謀文女同邑諸生陳基繼室工文善畫基字竹士亦名士也前室金纖纖與梅卿同爲閨秀領袖梅卿著有洞簫樓詞鈔輕圓柔脆脫口如生如長相思雨夜云風瀟瀟雨瀟瀟燈暈紅星不耐挑夢兒和淚拋醒無聊醉無聊似恐離人魂未消隔窗多種蕉㝠如聞洞簫也詞綜續編

彭貞隱

貞隱字玉嵌海鹽人平湖貢生陸烜室烜字梅谷藏書甚富刊奇晉齋叢書貞隱涵濡既久雅工吟詠著有鏗爾詞三卷清平樂云光風霽月也到香閨闥數尾游魚長活潑芳草階前蓬勃東風又一回新不寒不暖天酯正是浴蠶時候梨花葉葉開春　蘋洲秋語　然脂餘韻

沈彩

彩字虹屏號掃花女史平湖人貢生陸烜妾明慧通書史烜富收藏圖書甲乙悉彩爲之掌記其小印曰梅谷掌書畫史沈彩虹屏印嘗跋晏公類要後頗有考訂末

歷代兩浙詞人小傳　卷十三

云時乾隆辛丑四月十二立夏日是歲閏五月春事未闌海棠繡球木筆紫荆薔薇花尚繁盛新妝初畢御研綾夾衣髮坐花南水北亭啜鏡溪新茗書寥寥數語似讀六朝人小品梅谷家園林之盛亦可想見彩詩畫得管夫人筆妙著有春雨樓集其詞附刊大婦彭貞隱鏗爾詞中嘗自寫蘭花一枝譜醉公子詞於上云妝罷研香墨素練安排帖卻寫一枝蘭檀郎偷眼看忽從鏡裏見背後多人面回首問檀郎蘭花香不香閨房風趣情事如見擬之鷗波夫婦正堪媲美　藏書紀事詩　然脂餘韻　續檇李詩繫

李佩金

佩金字紉蘭一字晨蘭長洲人虎觀司馬女山陰何仙帆室工詩詞以秋雁詩得名稱秋雁詩人陳雲伯鐫小印贈之又工詞著有生香館詞集碧城仙館詩集

汪　蘅

蘅字采湘仁和人有紅豆軒詩詞稿風神娟秀楚楚獨絕浣溪沙云低掩銀屏護水仙夜深明月到窗前姮娥心事沒人憐欲墮燈如紅豆小未灰心比綠梅酸避[illegible]不敢畫眉彎詞綜續編

孫蓀意

蓀意原名琦字秀芬一字茗玉仁和人孫震元女訓導蕭山高第室湖南鹽道枚之母工詩著貽硯齋詩集洪亮吉爲之序愛貓著銜蟬小譜又工詞有衍波詞一卷德清許宗彥許爲遠接玉田之響　衍波詞　詞綜續編

梁德繩

德繩字楚生錢塘人相國文莊公孫女沖泉司空次女德清許宗彥室工詩詞有古春軒詩詞鈔伉儷唱和如秦嘉之於徐淑宗彥嘗有所惑德繩作蒼梧謠十解戲之雅謔生春足稱佳話宗彥歿時自作輓詞云月白風清其有意斗量車載已無名德繩因譜乳燕飛詞記之

詞絕哀痛古春軒集

屈鳳輝

鳳輝字梧清平湖人胡之垣室有古月樓詩詞水晶簾云春雨濛濛草色齊繡簾垂暮雲低愁聽林中時有一鶯嚦無奈落花留不住亂紅飛過小橋西頗得幽秀之致　詞綜續編

李畹

畹字梅卿嘉興人教授馮登府室有隨月樓稿賦才清綺而降年夙限其春寒絕句云夕陽畫閣曬鸎衣了鳥初開待燕飛一樣養花天氣好川紅何瘦海棠肥又南

柯子寒夜詞云細點瓜虀譜閑裁萱草花三年爲婦慣貧家且喜蘆簾紙閣手同义獸火温簫局蛾燈罷紡車戲他小女綃雙鴉懶放鴛針今夜較寒些靜好之意宛然如見登府有悼亡詞哭之極慟靈芬館詞話

許延礽

延礽字雲林一字因姜德清人兵部主事宗彥女休寧貢生孫承勳室有福連室集與其妹雲姜並工詩詞善畫能鼓琴鐫印皆其母楚生夫人教也詞綜補

黄履

履字頴卿錢塘人巽妹梁紹壬室工詩詞通天文算學

作寒暑表千里鏡與常見者逈別千里鏡於方匣上布鏡四就日中照之能攝數里外之影平列其上歷歷如繪讀書過目不忘洵名稱其實也著有琴譜及詩詞稿

西泠閨詠

袁淑

淑字疏筠錢塘人爲隨園先生女孫字同邑王生豫齋扶病于歸結褵之夕終於禮筵著有翦湘亭詞嘗坐倉山雙湖亭眺望清流見落葉辭枝蕭蕭然不知秋生何處因譜買陂塘一解情韻綿邈雅有捧月家法 玉瓊集

袁青

青字黛華錢塘人上元諸生車持謙繼室有燕歸來軒詞音節諧美其寄兄渡江雲詞有家山催別去尺書莫寄彈指又驚秋幾行新雁外目極征帆底事久淹留勞人草草怕年來雪漸盈頭應試看白蘋洲畔棲穩有沙鷗云云小山招隱棣萼聯吟可見其高致矣　西泠閨詠

金陵詞鈔

袁嘉

嘉字柔吉錢塘人天長廩生崇一顓室早寡子女亦殤與黛華同爲隨園女孫歸依母家託倉山以終老焉粤難起城陷殉節著有湘痕閣詞清麗纏綿與生香花籬

可爲伯仲名媛詩話　詞綜補

袁綬

綬字紫卿錢塘人隨園女孫福建南平知縣袁通女上元吳國俊室著有簪芸閣詩稿瑤華閣詞秋夜懷柔吉妹南樓令云深院一燈青孤吟睡未成聽蕭蕭葉打疏櫺斷雁數聲更四轉霜壁影悄寒生花瘦太伶俜涼蟾繞畫屏記年時笑語分明不信歡場如夢短尋夢去夢難成一門風雅情致可想　小檀欒室閨秀詞

歷代兩浙詞人小傳卷十三終

歷代兩浙詞人小傳卷十四目錄

閨閣 清下

吴　藻　趙我佩　戴韞玉　汪菊孫　許　英

陳素貞　汪仲媛　石錦繡　蔣紉蘭　錢斐仲

沈允愼　蘇始芳　徐　茝　趙　棻　朱　璵

查　慧　談印梅　關　鍈　陳　嘉　沈善寶

凌祉媛　陸　珊　陳珍瑤　阮恩灤　汪淑娟

鄭蘭孫　孫瑩培　秦　雲　陳爾士　湯湘芷

沈　蕊　龔自璋　戴　珊　朱美英　嚴永華

方懷英　包韞珍　王文瑞　鄧　瑜　王　淑

錢令芬　戴錦　錢啟繒　葉靜宜　葉澹宜

葉翰仙　蔣英　許誦珠　戴青　俞繡孫

屈蕙纕　俞慶曾　徐雲芝　徐裕馨　查若筠

勞紡　許德蘊　胡蓁　陸蒨

歷代兩浙詞人小傳卷十四

烏程周慶雲纂

閨閣　清下

吳藻

藻字蘋香仁和人同邑黃某室工詩善琴娴音律尤嗜倚聲初刻花簾詞豪俊敏妙兼而有之陳頤道暨趙秋舲魏滋伯諸人爲之作序後移家南湖古城野水地多梅花取梵夾語顏其室曰香南雪北廬樊樹老人舊亦卜宅於此蘋香雅自喜即以室名名其詞稿續集一以清微婉約爲宗蓋造詣久而愈醇矣海鹽黃韻甫嘗與

研討詞學輒多慧解創論時下名流往往不逮故名噪大江南北屹然爲閨閣中一大作手焉　詞綜續編　香南雪北詞序　兩般秋雨庵隨筆

趙我佩

我佩字君蘭仁和人趙慶熺女與人口礪軒室著有碧桃仙館詞卜算子云一樣雨和風各樣愁人聽樓外垂楊樓上人同是懨懨病低掩水文窗莫把闌干凭昨夜西風今夜寒燠刲缸花影清平樂云鶯啼燕語聽徧垂楊路昨夜東風今夜雨釀得春寒如許含顰獨倚高樓湘簾不上銀鉤又是花朝過也卻教人爲花愁清新圓

曾擬之秋舲先生香消酒醒詞可謂典型不遠詞綜續編 碧桃花館詞 然脂餘韻

戴韞玉

韞玉字西齋歸安人陳淞室有西齋詞浪淘沙云梅蕊墮仙霞飄粉杯賒不眠人背畫屏紗細數江南春信息瘦損釭花流水送年華没箇攔遮一窗曉色又啼鴉愁水愁風多少夢依舊天涯 國朝湖州詞錄

汪菊孫

菊孫字靜芳錢塘人遠孫姊諸生金文炳室有停琴佇月軒詩詞柳梢青春暮云過了清明輕寒輕暖春賸些

些花禊鶯慵苔濃蜨懶閒掩窗紗夢醒寶鼎烟斜又柳外紅搖暮霞怨殺東風一年春事都付楊花苔濃花禊琢句甚工　詞綜續編

許瑛

瑛字梅村錢塘人峻山女嘉興沈光春室濤母有清芬閣吟稿附詞教育有方子濤觀察江右板輿就養所經山川各繫以詩詞極一時吟眺之樂　杭郡詩三輯

陳素貞

素貞字綴秋嘉善人陽湖楊晉藩室有織雲樓詞虞美人云東風吹夢渾無迹芳徑苔痕積一簾飛絮正愁人

殘紫紅芳深護綠陰新愁闌惆悵春何在頓覺流光改儘春時節幾多愁遥指吳淞天際識歸舟　常州詞錄

汪仲媛

仲媛字香茎錢塘人中書吳門張毓蕃繼室有怡雲館詩詞蝶戀花云倦倚銀屏垂翠袖簾控金鉤怎解雙眉皺篆裊鑪烟燈似豆清宵數盡沈沈漏怪底夜來風雨驟點滴空階不解人僝僽顛頓自憐新病後關心最是秋花瘦歇拍殊有逸致　詞綜續編

石錦繡

錦繡字彤霞會稽人藩庫大使蕭山王長治室有碧桃

花館詞丁杏舲詞綜補錄其菩薩蠻詞云忽聽玉漏催銀箭挑燈欲繡還停綫目注並頭花窗前月已斜幽懷誰共許黯黯增淒楚覓個療愁方沈酣入醉鄉詞綜補

蔣紉蘭

紉蘭字秋佩嘉善人錢某室著有鮮潔亭詩餘湖亭晚望譜柳梢青云曲曲青山溶溶碧澗堤柳垂烟風送蘋香松陰避日涼浸珠簾清溪翠竹朱闌凝望處心閒澹斜陽蕭蕭蘆荻鷗鳥留連小檀欒室閨秀詞

錢斐仲

斐仲字餐霞秀水人山西布政使錢昌齡女候選訓導

德清戚士元室工詞著有詞話一卷雨花庵詞集一卷浣溪紗云月影穿窗散玉錢被人錯喚作團圞十三圓月幾曾圓夢渴頻催煎鳳餅思慵渾懶撥鵾絃木犀香得病情添又卜算子云隔院有梧桐落葉紛難數自是離人易得愁那處無風雨幽怨哀斷惻惻動人一埽閨襜綺豔之習 詞綜續編 閨秀詞

沈允慎

允慎字湘濤仁和人錢塘諸生張錫元室有詠月軒詞集中浣溪紗一解最工詞云一縷鑪烟晝掩窗繡衾斜擁怕經涼不教消領好風光病入秋來惟憶月花開雨

裏不生香銷魂時節是重陽　詞綜續編

蘇始芳

始芳字幼馨一字心石歸安人錦州知府潘尙仁妾有筠綠臏稿詞一卷　湖州詞徵

徐茝

茝字湘生號古薌又號南林內史烏程人同邑莘開生室有古薌吟稿附詩餘爲沈宗騫女弟子工詩善畫詩筆淸蒼畫亦古秀年九十三卒八十五歲題香碧堂合稿云芸閣卿同探二酉蘭閨我又識雙丁工巧如此名媛詩話　兩浙輶軒續錄

趙　棻

棻字儀姑一字子涵號次湘晚號善約老人上海人戶部侍郎趙秉沖女烏程汪日楨母工詩詞有濾月軒詩詞集日楨字謝城著作等身蓋得母夫人之教爲多詞綜續編

朱　璵

璵字葆瑛海鹽人內閣學士兼禮部侍郎朱方增女內閣中書曲阜孔憲彝繼室有小蓮花室遺稿金粟詞病中賦減字木蘭花云木樨香滿花影一簾題句懶瘦骨堪憐伏枕懨懨夜廢眠鄉愁離緒病裏情懷添幾許怕

聽殘荷滴瀝秋聲細雨多工愁善病卒不永年上元梅伯言爲作墓誌　柏梘山房集　詞綜續編

查慧

慧字定生又字菡卿錢塘人同邑詞人吳子述承勳室工寫花卉並嗜弧矢嘗繪弋雁圖以寄意子述有影曇館詞屬邈綿倫定生詞亦神味秀遠逈絕塵豔　詞綜續編

談印梅

印梅字細卿歸安人談學庭次女南河主簿孫亭崑均室詩學得孫秋士先生指授與姊印蓮夫族姑佩芬稱

歸安三女史有菱湖三女史集合刻又丁詞客有九疑仙館詞小檀欒室閨秀詞

關鍈

鍈字秋芙錢唐人諸生蔣坦室學書於魏滋伯吳黝山學畫於楊渚白學琴於李玉峯鏡檻書牀可想文采善病工愁終歸學佛著有夢影樓詞高陽臺詠夕陽換頭云而今休說鄉關路剩濛濛煙水瘦挪漁灣短帽西風古今無此荒寒蘆笳聲裏旌旗起問當年誰姓江山有悠悠幾處牛羊短笛吹還沈雄激岩中邊俱徹聞中苦準張春水之例正可稱爲關夕陽也坦亦名下士嘗作

西湖百詠鋏以金盆插戎葵汁雜雲母粉用紙拖染其色蔚綠似澄心堂舊製手錄成帙見者豔之　然脂餘韻

陳　嘉

嘉字子淑仁和人同邑高望曾室咸豐辛酉冬杭城再圍食且盡嘉購粟進姑而自食穅秕城陷奉姑出城既渡江會天雪餧甚乃匿姑於妯娌而死著有寫麋樓詞稿　小檀欒室閨秀詞

沈善寶

善寶字湘佩錢塘人江西義寧州判沈學琳女山西朔平知府來安武凌雲繼室善畫工詩著有名媛詩話有

詩女弟子百餘人詞名鴻雪樓集　小檀欒室閨秀詞

凌祉媛

祉媛字茝沅錢塘人光祿寺署正凌詠女江蘇候補知縣丁丙室生而穎慧幼即通音律能吟詠歸丁後因母患風疾動止需人常歸甯侍疾母病劇禱神以身代未幾母果愈而祉媛卒年二十有二著有翠螺閣詩集詞集　小檀欒室閨秀詞

陸珊

珊字佩玥一字珊珊元和人內閣中書錢塘張應昌側室著有問妙香室詞與麗工整浣溪紗詠並蒂荷云白

水盟心雨意同顫盈盈立態何穠臉霞偎得十分紅貯穩一枝金屋裏照來雙影畫屏中對花人語自喁喁金屋花鄉也見袁宏道瓶史 小檀圖室閨秀詞

陳珍瑤

珍瑤字月史歸安人陳泰女楊某室著有賦鸝樓詞采桑子夜坐偶成云香温茶熟清宵靜試理琴囊又點書籤小院無人怯嫩涼裁將半幅泥金紙寫了雲章印了琦堂擬貼風軒與月廊閨中清課不同凡俗 小檀圖室閨秀詞

阮恩灤

恩瀠字娟川儀徵人文達公元弟三孫女錢塘沈霖室濡染家學早工吟詠又善鼓琴文達呼爲琴女孫家揚州文選巷有漢宮春詞紀之早卒著有蕊脾館詞集然脂餘韻　詞綜續編

汪淑娟

淑娟字玉卿錢塘人孝廉金繩武室伉儷工詞嘗合刻評花仙館詞繩武別有泡影詞淑娟別有曇花詞其眼兒媚賦秋海棠云幾天風雨撿屏紗人也懶如花除非蝴蝶小山背後還去尋他摘來細向風前看泪點沒些些斷腸是你傷心是我一樣生涯淒楚纏綿宜其不永

年也曇花詞

鄭蘭孫

蘭孫字娛清號蘅洲錢塘人揚州呂東司巡檢仁和徐鴻謨室琪母工詩善畫著有蓮因室詞爲子竺一弟寫叢蘭便面題明月生南浦詞有幽豔中含貞靜德抱道深藏不爲炎涼易之句殆自況也 小檀欒室閨秀詞

孫瑩培

瑩培佚其字錢塘人仁和阮子祥室工詞與汪淑娟爲詞友又善畫嘗摹元人門闌臨暮靄樓閣抹殘霞詞句作畫並題鷓鴣天詞云樓閣玲瓏隱翠微小橋返照夕

陽西閒情無限隨流水惟見殘霞一抹飛風澹澹柳依依波光嵐氣映餘暉閑門靜寂人何處放鶴攜琴歸未歸　小檀圞室閨秀詞

秦雲

雲字佩芬仁和人蕭山參軍丁文蔚副室有媚晴樓詞臨江仙自題海棠菱鏡畫册云春寒小院剛初起畫簾垂地周遮妝臺淺碧護文紗海棠帶露紅嚲鳳盤斜舊日花時人共語今朝人去天涯瘦眉慵畫鬢欹雅懨懨情緒掩鏡懶簪花風神韶秀清標可想　詞綜補

陳爾士

爾士字煒卿一字靜友餘杭人刑部員外紹翊女工科掌印給事中嘉興錢儀吉室有聽松樓遺稿附詞博學通經義詩詞特其餘事儀吉居京師丁艱奉匶南歸煒卿獨居鄉第肅庀家政督子保惠讀夜不得息積瘁而卒　名媛詩話　杭州府志　杭郡詩輯

湯湘芷

湘芷字佩芬陽湖人訓導錢塘鄒志路室有桐蔭書屋詩鈔靜好樓唱和詩企翁詞　汪氏清尊集惲太夫人正始集皆錄其著作與伯姒陳雲巖詠李杜全集詩尤膾炙人口　閨秀詩鈔

沈　蕊

蕊字芷薌，嘉興人，觀察濤女，桐鄉勞介甫室。濤有洺州唱和詞，蕊作亦附於內。嘗作月底修簫圖，自題月底修簫譜云：玉繩低，星影墮，簷月正窺戶。鳳管初調，重理舊時譜。何須檀板金尊，酒邊花外，儘占斷、碧梧深處。滴珠露。渾忘似水新涼，蓮漏聽頻數。減字偷聲，相共砌蛩語。幾番拍遍闌干，秋情無限，寫不盡、怨商愁羽。其致力可想。洺州唱和詞

龔自璋

自璋字圭齋，一字瑟君，錢塘人，蘇松太道麗正女，嶽州

朱祖振室自璋母段淑齋夫人爲若膺先生之女能詩有綠華吟榭詩草手自寫錄書法娟秀自璋幼承家學造詣甚高著有圭齋詩詞　春草堂詞話　杭郡詩三輯

戴珊

珊字衣仙號虹橋女史錢塘人懋女湘潭梁傳系室有廡下吟附詞踏莎行云繡倦憑闌槐陰正午榴花窗外飄紅雨閒將綵綫綰離愁誰憐枉結同心縷竹影搖涼荷風拂暑年年此日偏羈旅舊時飛燕到簾西含愁祇對愁人語　詞綜補

朱美英

美英字蕊生海鹽人修撰昌頤妹錢塘蔣施勤室有倚雲樓集幼嫻家學長稟師承詩亦清華朗潤卓然名家早卒施勤有悼亡詩四十首附刻遺草後其沁園春詠茉莉詞甚有思致　兩浙輶軒續錄　名媛詩話　詞綜續編

嚴永華

永華字少藍桐鄉人沈仲復督部秉成室有鰈硯廬集督部僑居吳門葺耦園與少藍嘯詠其中著述並富少藍又工書畫詩詞有不櫛書生之號　憩園詞話

方懷英

懷英字畹餘錢塘人閔某室有猗香樓詞嘗有句云病中閒歲月夢裏好園林爲時傳誦其南柯子詞行帆流水夢無蹤翹首白雲當戶疊奇峰亦有逸致也詞綜續編　杭郡詩三輯

包蘊珍

蘊珍字亭玉號蒟籬錢塘人秀水莊丙照室有淨綠軒詩詞闕秋芙女士爲之序云眉香爲塵媚秋在骨璚珠有華不藉纖穠山水之氣通諸繭纖而乃紅膠絲淚綠怨絃聲豈憂以識字而然詩竟窮人至此蓋亭玉中年愁苦卒以幽憂夭聞者惜之杭郡詩三輯

王文瑞

文瑞字秋霞嘉興新篁里人張省三上舍室濟庵女孫天自翁季女秉承家學性好吟詠有韻篔樓吟稿附詩餘一卷其蝶戀花詠春暮云燕子雙雙梁上語纔報春來又送春歸去細雨黃昏花落處者邊便是春歸路一霎游春春已暮早識匆匆翻悔迎春誤春若多情春也住原來春是無情做　賛洲秋語

鄧瑜

瑜字慧珏晚號蕉窗主人金匱人江蘇崑山知縣錢唐諸可寶室母于懿金壇文襄公裔著有潄芳詞瑜少承

庭訓又與弟濂切磋歸諸後沆儷唱和人比秦徐所著有清足居詩集蕉窗詞丁卯春日初游西湖金縷曲云弟五橋邊去繞橫塘殘山賸水柳髡如許我與西湖初識面風景淒清細數有幾帶望中烟樹岳鄂王墳蘇小墓信英雄兒女分千古移畫舫向何所水天别映孤山路放中流斜陽影澹一枝柔櫓乍聽鐘聲風外落知在雲深深處又背轉蘋洲蓼渚留得殘荷依弱蓋可憐紅猶作淩波步閒意態問鷗鷺濂字似周詞章擅名亦工塡詞婉有爲題湘烟閣塡詞圖相見歡詞絶佳他作亦多清新可誦論者謂與可贊酒邊人倚紅樓詞可稱聯

靳至可寶後刻璞齋詞則格律老成消息微有不同矣

粲溪詞徵

王淑

淑字畹蘭吳江人仁和周光緯室有竹韻樓稿其斷句如詠蟬云秋心先蟋蟀琴意誤螳螂病起云靜對名花如益友閒吟詩句當醫方皆清新可誦倚聲尤工足以繼響斷腸　玉瓊集　燈窗瑣話

錢令芬

令芬字冰仙山陰人鹽大使江女知府戴燮元室有竹溪漁婦詞清綺韶令讀其憶王孫詞風疎雨細鳥聲闌

花信頻催到牡丹幾回斜倚玉闌干怯衣單不分春陰如許寒可見一斑詞綜補

戴錦

錦字綺江吳興人張金箴繼室有焚餘艸附詞詞綜續編錄其如夢令云波弄一池風皺香滞小鑪烟瘦月上半闌干夜靜只聞更漏依舊依舊人立黃昏時候詞綜續編

錢啟緗

啟緗字仲緗歸安人吳丙湘室有晚香樓詩餘醉花陰云庭院沉沉春欲暮點滴芭蕉雨寶篆已香銷獸對孤

燈總是無情緒海棠紅褪花無語又春深如許燕子未歸來悄立黃昏簾幕低垂處擡頭以下韻致絕勝小檀園室閨秀詞

葉靜宜

靜宜字峭然仁和人有蘊香齋詞采桑子云啼鵑喚了春歸去風也淒淒雨也淒淒一任殘花落又飛韶華在眼輕消遣鶯也依依燕也依依幾度留春春竟歸探喉而出漸近自然閨秀詞鈔

葉澹宜

澹宜字筠友仁和人有凝香室詩餘小令頗見風韻小

庭花月夜云十二疏櫳卷綺寮青天碧海望迢迢金荷銀燭漫高燒獨對寒光淸不寐倚闌閑譜一枝簫夜深涼露濕冰綃　閨秀詞鈔

葉翰仙

翰仙字墨君仁和人有適廬詞南鄉子聞雁云萬里織羅雲斷續天邊一雁鳴試問新秋曾帶未聲聲不管離人不要聽入耳韻偏淸振翮閑愁夢不成我亦天涯同作客飄零已過江南第幾程歇拍饒有餘韻　閨秀詞鈔

蔣英

英字蘂仙海昌人光煦女同邑郭子芳室好塡詞花溪

歸棹譜浣溪紗云瀲灩山光似畫屏一峯纔過一峯迎短篷斜挂晚風輕歸路遠迷芳草影沿隄時聽嫩鶯聲澹黃楊柳送人行殊有畫意著有消愁集閨秀詞鈔

許誦珠

誦珠字寶娟自號悟空道人海甯人江蘇督糧道楗季女舉人歸安朱鏡仁室著有雯窗瘦影詞又工畫嘗爲沈倩雯夫人絢畫墨蘭便面題減蘭一解云離騷舊恨雨蕙烟枝和墨醞楚楚丰神寫出湘波一點魂水仙爲偶月樣玲瓏雲樣瘦淸韻幽香莫是蘇孃淺澹妝小檀欒閨秀詞

戴青

青字書卿歸安人惲世臨繼室有浣蕉吟館詞蝶戀花云門掩梨花寒料峭翦㯇東風吹落紅多少燕子不來人悄悄湘簾低亞鉤兒小九十春光看漸老小病初瘳怪底情顚倒靜倚闌干思未了惜花打幅春愁稿國朝湖州詞錄

俞繡孫

繡孫字綵裳德清人河南學政俞樾女蘇州知府錢塘許祐身室著有慧福樓詞浪淘沙云記得昔同遊楊柳灣頭落花流水兩悠悠莫道春愁禁不起還是春愁歛

乃擅譜美妙也雖留極寒翠袖冷香篝匯起斜陽明雉堞銷魂杭州愁韻未經人道慧福樓詞

屈蕙纕

蕙纕字逸珊臨海人王詠霓室著有含青閣詩餘金縷曲詠春陰詞最佳又溪堂對月望江南云溪上月如鑑復如弦幾處畫樓人悵望一年能得幾回圓流影濟秋烟亦復含思綿渺妹茝纕妹蓮纕並工詩詞閨秀詞鈔

俞慶曾

慶曾字吉初德清人俞樾孫女著有繡墨軒詞南鄉子詠素心蘭云脈脈素心中可耐春來澹蕩風記得當時

空谷裏尋蹤月地雲堦弟幾峰金屋翠烟籠第一幽香鑠綺櫳夢遶湘雲歸未得青蔥移向紅閨好伴儂寄託遥深非庸脂俗粉可比　繡墨軒詞

徐雲芝

雲芝字瘦深仁和人鴻識女袁啟瀛室母鄭蘅洲工詩善畫雲芝幼秉母訓有詩名亦工倚聲性孝嘗刲股療母病歸袁甫一年遽卒有秀瓊詞　蘅洲秋語

徐裕馨

裕馨字蘭韞仁和人文穆公曾孫女程煥室有蘭韞詩草附詞工愁善病因作春從天上來送之有從今玉版

新詞丹青彩筆消他月榭花庭之句可與曉霜落鴈同稱佳話閨秀詞鈔

查若筠

若筠字佩芬自號緱山謫客海寧人秀水汪如淵室有佩芬閣焚餘草詞多愁苦之音其南鄉子詠蕉有憶詞碧倩豔蕉英展轉斜書是小名試卷芳心求解脫卿卿好訂三生石上盟云云可以哀其志矣閨秀詞鈔

勞紡

紡字織文桐鄉人乃宣女秀水陶葆廉室有織文女史詩詞遺稿點絳脣春暮云輕暖輕寒單衣未試春將去

滿庭飛絮草色青如許目送征鴻愁緒縈千縷閒凝佇憑闌無語芳樹斜陽暮秀潤有致 閨秀詞鈔

許德蘊

德蘊字快玉仁和人周生曾孫女南陵徐乃昌聘室有繡餘日好吟樓圖秀逸浣溪紗別春云絮白空吹日暮煙桃落盡濕雨餘天那人深院尚秋千怎說將春春不見輕情引夢無邊落花時節自年年 閨秀詞鈔

胡蓁

蓁字澐卿錢塘人煥女仁和鄭道乾繼室嗜詞翰書法規橅獵碣長短句瓣香白石著有素心詞一卷女紅餘

暇旁及鑑賞鄭君藏有煮石山農墨梅卷瀶卿酷愛之遂以冷香名其居云況周頤鄭君繼配胡恭人誄

陸　儔　隨宧附

儔字芝仙陽湖人浙江巡檢謝俊士寶工詩詞從宦兩浙事多拂意後歸毘陵焚稿哭兄棲心内典咸豐庚申城陷殉節金繩武爲刊其遺稿倩影樓詞集閨秀詞

歷代兩浙詞人小傳卷十四終

歷代兩浙詞人小傳卷十五目錄

曾慥　李處全　周必大　程大昌　張孝祥

吳儆　京鏜　王質　鄭𠘐　丘㟩

朱熹　李流謙　趙汝愚　呂祖謙　王炎

趙彥端　曾協　趙磻老　張掄　劉克莊

程珌　王國寶　眞德秀　洪适　韓元吉

魏了翁　吳泳　王邁　徐鹿卿　趙以夫

徐經孫　岳珂　陳郁　李昴英　蕭泰來

徐元杰　方岳　史達祖　潘牥　衛宗武

姚勉　文天祥　汪夢斗　劉辰翁　梁棟

家鉉翁

明

聶大年

清

吳綺　納蘭常安　汪士通　彭光斗　鄭溎

鄧廷楨　周之琦　秦緗業　錢國珍　唐壽萼

夏尚志　李會裕　儲夢熊　金文淵　秦雲

薛時雨　宗源瀚　江湜　石同福　戚用霖

楊葆光　俞廷瑛　楊慶華　宗山　[illegible]開南

郭鍾岳　梅振宗　林端仁　江順詒　李[illegible]增

陳星涵　楊壽煜　王慶勳　楊炳　戴履保

鄧恩錫　邊保樞　吳唐林

歷代兩浙詞人小傳卷十五

烏程周慶雲纂

唐

白居易

居易字樂天下邽人貞元十四年進士拔萃官集賢校理入爲翰林學士遷左拾遺母喪歸還拜左贊善以言事貶江州司馬後入爲中書舍人包外遷杭州刺史開濬西湖築堤捍水至今人以白公堤名之又爲蘇州刺史文宗立召遷刑部侍郎會昌初以刑部尙書致仕卒贈僕射謚文有長慶集始作柳枝詞憶江南等調其長

相思別情云汴水流泗水流流到瓜州古渡頭吳山點點愁思悠悠恨悠悠恨到歸時方始休月明人倚樓始調換頭詞家創作手也 杭州府志 詞苑叢談 白香詞譜箋 長慶集

李德裕

德裕字文饒贊皇人元和宰相吉甫之子以廕補校書郎累遷至翰林學士進中書舍人御史中丞出爲浙西觀察使文宗立召拜兵部侍郎節度鄭滑徙劍南西川太和七年拜同中書門下平章事封贊皇縣伯武宗立再入相以平劉稹功拜太尉進封趙國公改衛國大中

初貶崖州司戶卒懿宗朝追復故官贈尚書左僕射有會昌一品集二十卷姑臧集五卷行於世歷代詩餘

宋

王安石

安石字介甫臨川人舉進士熙寧初同中書門下平章事封舒國公加司空卒贈太傅謚曰文崇寧中追封舒王慶歷七年嘗爲鄞令有臨川集詞一卷白香詞譜箋寧波府志

鄭獬

獬字毅夫安陸人皇祐五年舉進士第累官翰林學士

坐不肯用按問新法王安石惡之出爲侍讀學士知杭州有鄖溪集詞綜錄其好事近詞云江上探春回正値早梅時節兩行小槽雙鳳按涼州初徹謝娘扶下繡鞍來紅靴踏殘雪歸去不須銀燭有山頭明月　詞綜

蘇舜欽

舜欽字子美易簡孫以父蔭補太廟齋郎調滎陽尉復舉進士官大理評事范仲淹薦其才召試擢集賢校理監進奏院爲王拱辰誣奏除名寓居吳中買水石一區作滄浪亭以詩酒自放後爲湖州長史卒有集　歷代詩餘

文同

同字與可自號笑笑先生梓潼人漢文翁之後蜀人猶以石室名其家蘇軾之從表兄皇祐元年進士歷太常博士集賢校理知陵州洋州元豐初知湖州至陳州宛邱驛忽留不行沐浴衣冠正坐而卒有丹淵集四十卷嘗遊嘉禾南湖譜天香引詞見浙江通志及詞律拾遺

浙江通志　詞律拾遺

蘇軾

軾字子瞻一字和仲自號東坡居士眉山人嘉祐二年試禮部第一對制策入三等除大理評事簽書鳳翔府

判官召試直史館熙寧初知密徐湖三州坐爲詩謗訕謫黃州團練副使哲宗朝拜龍圖閣學士出知杭州召爲兵部尚書改禮部兼端明殿翰林侍讀兩學士出知定州紹聖初貶寧遠軍節度副使惠州安置又貶瓊州別駕居儋耳徽宗立移舒州團練副使復朝奉郎提舉玉局觀卒贈太師謚文忠有東坡居士詞二卷詞自晚唐五代以來以清切婉麗爲宗至柳永而一變如詩家之白居易至軾又一變如詩家之韓愈遂開南宋辛棄疾等一派軾嘗自評其文如萬斛泉源不擇地而出惟詞亦然其性情其學問其襟抱舉非恒流所能夢見靈

氣仙才清雄絕俗拘拘以聲律求之非能知軾者也宋史本傳　四庫提要　鐵圍山叢談　花草蒙拾

秦觀

觀字少游高郵人登第後蘇軾薦於朝除太學博士遷正字兼國史院編修官坐黨籍徙嶺宗立放還至藤州卒有淮海詞三卷紹聖初會判杭州貶監處州酒稅淮海集　詞綜

晁補之

補之字无咎鉅野人舉進士元祐初除祕書省正字遷校書郎以祕閣校理通判揚州召還爲著作郎坐黨籍

徙大觀末知泗州卒有雞肋集詞一卷曾監處州酒稅

詞綜

葛勝仲

勝仲字魯卿丹陽人紹聖四年進士歷官禮部員外郎權國子司業遷太常卿兼諭德除國子祭酒尋知汝州改湖州紹興元年卒謚文康有丹陽集詞一卷　丹陽集

詞綜

陳瓘

瓘字瑩中延平人中甲科建中靖國初爲右司諫嘗移書責曾布極言蔡京蔡卞之姦章疏十上除名編隸合

浦以死紹興中追謚忠肅有了齋集詞一卷嘗爲越州判官詞綜

向子諲

子諲字伯恭臨江人敏中玄孫以欽聖憲肅皇后從姪恩補假承奉郎建炎初直龍圖閣江淮發運副使爲潛善所斥尋起知潭州累遷戶部侍郎自號薌林居士有酒邊集詞四卷步趨蘇堂而嚌其胾者也詞綜

周紫芝

紫芝字少隱自號竹坡居士宣城人居陵陽山南兩以鄉貢試禮部不第紹興十二年年六十一始以廷對弟

三同學究出身監戶部麴院歷樞密院編修官右司員外郎出知興國軍秩滿奉祠居廬山有太倉稊米集七十卷竹坡詩話三卷竹坡詞一卷少時酷喜小晏詞所作時近幾道晚乃屏除穠麗自成一格　四庫提要　竹坡詞

陳與義

與義字去非季常孫本蜀人後徙居河南葉縣政和中登上舍甲科紹興中拜翰林學士知制誥參知政事有簡齋集無住詞一卷詞雖不多語意超絕識者謂可摩坡仙之壘　花庵詞選　詞綜

王庭珪

庭珪字民瞻安福人崇寧癸未試三舍爲首選政和八年調茶陵丞兼造船場告歸葺草堂於盧溪人稱盧溪先生紹興十二年胡銓上疏乞斬秦檜謫新州庭珪以詩送行坐訕謗送辰州編管檜死許自便孝宗立改承奉郎除國子監主簿以年老乞祠主管台州崇道觀乾道六年以胡銓薦復召明年始到闕引對除直敷文閣領祠如故卒年九十三有盧溪集五十卷詞二卷格力雅健興寄高遠　桯史　宋名臣言行錄

胡銓

銓字邦衡，廬陵人。建炎二年進士甲科。紹興五年以賢良方正薦除樞密院編修。抗疏詆和議，累謫吉陽軍。孝宗朝歷擢中書舍人兼國子祭酒，以資政殿學士致仕。卒諡忠簡。有澹庵長短句一卷。詞綜

趙　鼎

鼎字元鎮，聞喜人。崇寧初進士，累官尚書左僕射同中書門下平章事兼樞密使。卒贈太傅，諡忠簡，追封豐國公。有得全居士集詞一卷。黄叔陽嘗云：趙公中興名相，而詞章婉媚不減花間。花庵詞選　詞綜

李　邴

邴字漢老任城人崇寧五年進士第紹興初參知政事授資政殿學士卒謚文敏有雲龕草堂集少日作漢宮春詞膾炙人口所謂問玉堂何似茅舍疎籬是也 古今詞話 詞綜

張綱

綱字彥正金壇人宋史作丹陽人入太學以上舍及第歷官至給事中侍御史秦檜用事久居家中不與通問檜死召爲吏部侍郎權吏部尙書除參知政事以資政殿學士知婺州致仕卒謚文定改章簡有華陽集長短句一卷深穩沈著以氣格勝 華陽長短句

徐俯

俯字師川分寧人由通直郎歷進右諫議大夫紹興初賜進士出身累擢端明殿學士簽書樞密院事權參知政事有東湖集其卜算子詞柳外重重疊疊山遮不斷愁來路人咸稱之詞綜

曾紆

紆字公卷南豐人布之子爲司農少卿直寶文閣知衢州有空青集詞綜

辛棄疾

棄疾字幼安歷城人耿京聚兵山東節制忠義軍馬留

掌書記令奉表南歸高宗召見授承務郎累官浙東安撫使加龍圖閣待制進樞密都承旨德祐初以謝枋得請贈少師謚忠敏有稼軒長短句十二卷大聲鞺鞳元氣渾灝後人與東坡詞並稱 稼軒集 宋四家詞選

劉過

過字改之號龍洲道人太和人有龍洲集詞一卷為辛稼軒之客詞多壯語蓋學稼軒者也其賀新郎老去相如倦云云自題云去年秋余試牒四明賦贈老娼至今天下與禁中皆歌之江西人來以為鄧南秀詞非也改之嘗為鹽官於浙此詞或即作於試吏時 龍洲詞題

花庵詞選　絕妙好詞箋

曾覿

覿字純甫汴人紹興中以寄班祗候與龍大淵同爲建王內知閤孝宗受禪以潛邸舊人除權知閤門事淳熙初除開府儀同三司加少保醴泉觀使有海野詞一卷東都故老詞多感慨如金人捧露盤憶秦娥等曲悽然有黍離之感花庵詞選　詞綜

米友仁

友仁一名尹仁字元暉小字虎兒自稱懶拙老人襄陽人芾之子世號小米宣和中官大名少尹紹興中擢兵

部侍郎進敷文閣直學士出爲滁陽守乞宮祠寓居平江有陽春集詞一卷 陽春集

康與之

與之字伯可渡江初以詞受知高宗官郎中有順庵樂府五卷待詔金馬門凡中興粉飾治具及慈寧歸養兩宮歡集必假伯可之歌詠其樂章與柳耆卿齊名 詞綜

仲并

并字彌性江都人紹興中進士通判湖州入爲光祿寺丞出守蘄春終淮東安撫司參議有浮山集詩餘一卷賦物最工可藥纖滯之失 王照新志

王之望

之望字瞻叔穀城人寓居台州紹興八年登進士第歷仕至右諫議大夫拜參知政事兼同知樞密院事坐論罷乾道元年起知福州移知温州卒有漢濱集詩餘一卷　漢濱詩餘

黃公度

公度字思憲莆陽人紹興八年進士第一官尚書考功員外郎有知稼翁集詞一卷爲趙忠簡所器而秦檜頗銜之乃作青玉案詞以寄意見本集中　知稼翁集　詞綜

范成大

成大字致能吳郡人紹興中進士累官權吏部尚書參知政事尋帥金陵以病請閑進資政殿學士領洞霄宮加大學士卒謚文穆有石湖集詞一卷 詞綜 澄懷錄

楊萬里

萬里字廷秀吉水人紹興中進士歷祕書監以寶文閣待制致任進寶謨閣學士贈光祿大夫謚文節有誠齋集樂府一卷 誠齋集

曾惇

惇字宏父南豐人布之孫紆之子歷湖州司錄紹興中

歷代兩浙詞人小傳　卷十五　十

守台州移黃州有詞一卷少卿謝塈思爲之序生長紈綺而風流醞藉極負時名 玉照新志 揮麈後錄 中興以來絕妙好詞

曾慥

慥字端伯自號至遊子温陵人紹興十一年以太府少卿進太府卿總領湖廣江西財賦充祕閣修撰有樂府雅詞三卷拾遺二卷皆輯名人之作有功詞學不小其自作詠梅調笑令亦佳 古今詞話 樂府雅詞

李處全

處全字粹伯號晦庵洛陽人登進士第除宗正簿遷太

常丞爲杭郡掾知沅州提舉湖北茶鹽授祕書丞兼禮部郎官遷侍御史母憂去職奉祠後知袁州處州有晦庵詞一卷臨桂王氏四印齋刻入宋元三十一家詞四印齋詞集

周必大

必大字子充一字弘道廬陵人紹興二十一年進士歷官左丞相封益國公贈太師謚文忠有省齋集近體樂府一卷詞綜

程大昌

大昌字泰之休寧人紹興二十一年進士孝宗朝官至

權吏部尚書龍圖閣直學士謚文簡有文簡公詞一卷
詞綜

張孝祥

孝祥字安國號于湖烏江人紹興二十四年廷對第一授承事郎簽書鎭東軍判官累遷中書舍人直學士院兼督府參贊軍事領建康留守尋以荆南湖北路安撫使進顯謨閣直學士致仕有于湖詞一卷平昔爲詞未嘗著藁筆酣興健頃刻即成無一字無來處 四朝聞見錄 能改齋漫錄 癸辛雜識 絕妙好詞

吳儆

徽字益恭休寧人紹興二十七年進士淳熙初通判邕州已除知州兼廣南西路安撫都監以親老丐祠主管台州崇道館轉朝散郎致仕寶祐中追謚文肅有竹洲集詞一卷 詞綜

京鏜

鏜字仲遠豫章人登紹興二十七年進士第由縣令擢御史遷右司郎官出爲四川安撫使進刑部尚書慶元初官左丞相卒贈太保謚莊定有松坡居士樂府一卷 詞綜

王質

質字景文其先鄞州人後徙興國紹興三十年登進士第歷應汪澈張浚幕府旋入爲太學正孝宗時上疏論事干忌罷去虞允文宣撫川陝辟與偕行後入爲敕令所刪定官遷樞密院編修官奉祠山居卒有雪山集十六卷詩餘一卷 雪山集 貴耳集

鄧肅

肅字志宏延平人高宗朝官左正言著有栟櫚集詞一卷南歌子云雲繞風前鬢春開鏡裏妝鳳屏清晝裊龍香淺畫纖眉新樣遠山長比翼曾同夢雙魚隔異鄉玉樓依舊暗垂楊樓下落花流水自斜陽風調殊勝 詞綜

丘崈

崈字宗卿江陰軍人隆興元年進士累官資政殿學士拜同知樞密院事卒謚文定有詞一卷詞綜

朱熹

熹字元晦一字仲晦婺源人第進士歷仕高孝光甯四朝仕至轉運副使崇政殿說書煥章閣待制致仕贈太師封信國公改徽國謚文有文公集詞一卷朱文公集詞綜

李流謙

流謙字無變德陽人宋詩紀事作綿竹人以父亘臣蔭

補將仕郎授雲泉尉調雅州教授以虞允文薦召入除諸王府大小學教授改奉議郎通判潼川府有澹齋集詞一卷骨幹堅蒼殊有勁致　宋詩紀事

趙汝愚

汝愚字子直陽春白雪作子眞號愚齋餘干入漢恭憲王元佐七世孫隆興三年擢進士第一累官至樞密使拜右丞相贈太師謚忠定追封周王以詞章鳴世與師俠善括長卿爲四宗室工於詞者惜遺著失傳倚聲之作亦僅存柳梢青題豐樂樓一闋竟體空靈無一筆黏著紙上　古今詞話　玉照新志　宋名家詞評　武陵

舊事

呂祖謙

祖謙字伯恭學者稱東萊先生婺州人初以廕補入官復中博學宏詞科累官國史院編修官外艱免喪主管台州崇道觀理宗朝賜謚成爵開封伯從祀孔廟有呂太史集晚年好爲長短句渾然天成不減花間之作樵齋詩話

王炎

炎字晦叔婺源人乾道五年登進士第累官至吳興郡王府教授兼禮部員外郎知饒州改知湖州有雙溪類

稿詩餘疏俊處雖有北宋風格　古今詞話　四印齋刻

宋元三十一家詞　新安文獻志

趙彥端

彥端字德莊乾道淳熙間以直寶文閣知建寧府有介庵詞四卷爲宗室之秀賦西湖謁金門詞有波底夕陽紅溼句阜陵問誰詞答以彥端乃云我家裏人也會作此等語喜甚　詞苑叢談

曾協

協字同季南豐人肇之孫紹興中舉進士不第後爲長興丞乾道九年權知永州卒有雲莊集五卷詞一卷詞

筆足當清麗二字　雲莊詞

趙磻老

磻老字渭師東平人官至兵部侍郎有拙庵雜著三十卷外集四卷詞一卷歷代詩餘詞綜補遺均錄其詞　玉照新志

張掄

掄字材甫自號蓮社居士占籍待考淳熙初與曾覿同知閤門事有蓮社詞一卷附道情鼓子詞一卷塡詞應制極其華豔　詞林紀事　古今詞話　武林舊事　乾淳起居注

劉克莊

克莊字潛夫莆田人以蔭仕淳熙中賜同進士出身官龍圖閣直學士有後村別調一卷豪雄俊爽略似稼軒後村別調

程珌

珌字懷古休寧人紹熙四年進士累官寶文閣學士知福州兼福建安撫使封新安郡侯以端明殿學士致仕卒贈特進少師有洺水集詞一卷詞綜

于國寶

國寶臨川人淳熙間入太學嘗遊西湖題風入松詞於

斷橋酒肆爲光堯所見甚加稱賞即日命釋褐有醒庵遺珠集十卷一作俞國寶　歷代詩餘

眞德秀

德秀元姓愼因避孝宗諱改眞字景元後改景希學者稱西山先生浦城人慶元五年登進士第繼中博學宏詞科累官起居舍人出知潭州理宗立召爲中書舍人擢翰林學士知制誥拜參知政事乞祠進資政殿學士提舉萬壽觀卒謚文忠有西山甲乙藁詠紅梅蝶戀花詞甚有風致宋名家詞評云作大學衍義人又有此等詞筆　宋名家詞評　五雜組

洪适

适字景伯皓子中博學宏詞科累官尙書右僕射同中書門下平章事兼樞密使謚文惠有盤洲集詞二卷昆季皆知名時稱三洪 詞綜

韓元吉

元吉字无咎號南磵許昌人門下侍郎維四世孫東萊先生呂伯恭之外舅也官至吏部尙書有焦尾集詞一卷耆舊續聞 絕妙好詞箋

魏了翁

了翁字華父號鶴山蒲江人慶元五年進士理宗朝累

官簽書樞密院事資政殿學士福州安撫使卒贈太師謚文靖有鶴山長短句三卷　鶴山集　詞綜

吳泳

泳字叔永潼川人嘉定二年進士歷官至刑部尚書進寶章閣學士差知溫州改知泉州以言罷有鶴林集四十卷詞一卷　鶴林詞

王邁

邁字實之仙遊人號臞軒居士又自稱敕賜狂生嘉定十年登進士第淳祐中知邵武軍召入爲右司郎官予祠卒贈司農少卿有臞軒集詩餘一卷　升庵詞品　齊

東野語

徐鹿卿

鹿卿字德夫豐城人嘉定十六年登進士第累官至禮部侍郎授寶章閣待制進華文閣待制卒謚清正有徐清正公詞一卷凡十一闋歸安朱氏刻入彊村叢書宋史本傳　彊村叢書

趙以夫

以夫字用夫號虛齋福之長樂人嘉定中正奏名歷知邵武軍漳州皆有治績嘉熙二年拜同知樞密院事淳祐初罷尋加資政殿學士進吏部尚書有虛齋樂府徵

韶詠雪一詞極饒秀勁之致　絕妙好詞箋

徐經孫

經孫初名子柔字仲立號矩山豐城人寶慶二年登進士第歷官至刑部侍郎兼給事中拜翰林學士知制誥以條論公田法忤賈似道致仕奉祠授湖南安撫使不拜授端明殿大學士封豐城伯卒贈金紫光祿大夫謚文惠有矩山存稿五卷詞坿　矩山存稿

岳珂

珂字肅之號亦齋又號倦翁湯陰人居於嘉興營別業於金陀坊忠武鄂王之孫理宗朝管內勸農使知嘉興

府持京口饟節仕至戶部侍郎淮東總領兼制置使有玉楮集其登北固亭登多景樓祝英臺二詞感慨蒼涼不愧忠武滿江紅嗣響 歷代詩餘 絕妙好詞箋

陳郁

郁字仲文號藏一臨川人理宗朝充緝熙殿應制又充東宮講堂掌書有藏一話腴甲乙集各二卷工作應制詞豔而有骨諷不忘規庶幾分鑣遵社平睨雲壑隨隱漫錄稱藏一長短句以清真之不可學東坡之可東宮應令含情託諷所謂曲終奏雅考耶 隨隱漫錄 錢塘遺事

李昴英

昴英一作昴英字俊明一云字公昴番禺人一云賁州人寶慶中進士第三人歷官吏部侍郎卒謚忠簡有文溪詞一卷 詞綜

蕭泰來

泰來字則陽號小山臨江人紹定二年登進士第理宗朝官御史有小山集附詞其霜天曉角詠梅詞盛稱於時 庶齋老學叢談 銅鼓書堂詞話

徐元杰

元杰字仁伯上饒人紹定五年以第一人登進士第累

官至工部侍郎卒謚忠愍有梅埜集十二卷詞附詞綜補遺

方岳

岳字巨山祁門人理宗朝兩爲文學掌故官中祕書出守袁州有秋崖先生小稿詞多悲壯之音詞綜

史達祖

達祖字邦卿號梅溪汴人韓侂胄爲平章時達祖爲相府掾史韓深倚重之擬帖擬旨俱出其手侍從柬札至用申呈譜塡詞有瓌奇警邁清新閑婉之長而無訑蕩汚淫之失麗情密藻盡態極妍端可分鑣淸眞平睨方

同著有梅溪詞一卷　古今詞論　絕妙好詞箋

潘牥

牥初名公筠字庭堅號紫巖閩人端平二年進士廷對第三人歷鎮南節度推官浙西常平太學正通判潭州終福建帥司書寫機宜文字有紫巖集詞致俊雅不同凡豔嘗輯老子以下迄於宣靖之隱逸各爲小傳名曰幽人景範雅尚如此故其詞亦清雋絕倫　後村詩話　吳中舊事　絕妙好詞

衛宗武

宗武字淇父自號九山華亭人淳祐間歷官尙書郎出

知常州罷歸有秋聲集六卷詞附凡五闋均見詞綜補遺詞綜補遺

姚勉

勉字述之一字成一高安人寶祐元年以詞賦登進士第廷對萬言策第一除校書郎兼太子舍人有雪坡文集五十卷詞一卷刊行元和江標依知聖道齋藏謙牧堂舊鈔本覆鍥於湘南雪坡詞

文天祥

天祥字宋瑞又字履善小名雲孫小字從龍自號文山道人又號浮丘道人吉水人寶祐四年以第一人登進

士第歷官至權直學士院以忤賈似道劾罷起爲湖南提刑改知贑州德祐初以江西提刑安撫使入衛除右丞相兼樞密使元兵至被拘亡入眞州泛海至温州益王立以同都督出江西加少保信國公兵敗被執囚於燕京不屈死有指南吟歗等集所傳百字令沁園春諸詞黃鐘大呂之音非尋常名流傑作可同日語浩然正氣充貫天地蓋自岳忠武王而後一人而已　渚山堂詞話　歷代詞話　浩然齋雅談

汪夢斗

夢斗字以南號杏山績溪人景定二年魁江東漕試授

承節郎江東司制幹官元至元元年以尙書謝昌言薦詔趨京不赴以將仕郎教授鄉郡有雲閒集北遊集詞附彊村叢書

劉辰翁

辰翁字會孟廬陵人補太學生景定三年廷試對策忤賈似道置丙第以親老請濂溪書院山長薦居史館又除太學博士固辭不赴宋亡託方外隱居卒有須溪集十卷詞一卷悠揚悱惻得小雅楚騷之遺 歷代詩餘

識小錄

梁棟

棟字隆吉湘州人後遷鎮江咸淳四年登進士第選寶應簿調仁和尉辟入帥幕宋亡歸隱武林有詩集詞附植品甚高有種蔬詩云家貧怨暴富菜種三十六癡兒不解事問我從何得於義苟有違吾寧饑不食詞亦清勁拔俗　至正直記

家鉉翁

鉉翁號則堂眉州人以蔭補官累官至戶部侍郎拜端明殿學士簽書樞密院事宋亡旦夕哭泣不食飲者數月元世祖高其節欲官之不拜命成宗賜號處士錫賚金幣皆辭不受有則堂集詩餘附　則堂集

明

聶大年

大年字壽卿臨川人正統間官仁和縣教諭景泰初徵入翰林著有東軒集有句云玉樓人醉東風曉高捲紅簾看杏花眞詞筆也　堯山堂外紀　詞綜

清

吳綺

綺字薗次江都人由選貢生官湖州府知府詩餘頗擅名有紅豆詞人之號以所作有把酒祝東風種出雙紅豆句也跌宕風流可謂一時才士選調寓聲各有旨趣

和平雅麗處絕似陳西麓四庫提要　詞綜

納蘭常安

常安字履坦旗人官至浙江巡撫有受宜堂詩餘三卷多描寫閨襜之作詞綜錄其詞五闋詞綜

汪士通

士通字于亭黟縣人乾隆十八年舉人官蕭山縣知縣有延青閣詞二卷詞綜

彭光斗

光斗字賓圃溧陽人乾隆二十四年舉人官浙江知縣有越遊草一卷詞綜錄其九日登鳳凰山漁家傲諸詞

當係官浙時所作詞綜

鄭澐

澐字晴波號楓人儀徵人乾隆二十七年舉人三十年召試賜內閣中書官至浙江督糧道有玉勾草堂詞一卷詞綜

鄧廷楨

廷楨字嶰筠江寧人嘉慶五年舉人六年進士官至閩浙總督有妙吉祥室詞大含細入婉篤清空其高陽臺詞云鴉度冥冥花飛片片春城何處輕煙膏膩銅盤柱猜繡榻閒眠九微夜爇星星火誤瑤窗多少華年更那

堪一道銀潢長貸天錢星查恰到牽牛渚歎十三樓上暝色淒然望斷紅牆青鸞消息誰邊珊瑚網結千絲密乍收來萬斛珠圓指滄波細雨歸帆明月空舷前解指鴉片煙後解言封艙繳土事可稱詞史與林則徐交好最篤常相唱和別刊鄧林詩詞錄金陵詞鈔　鄧林酬唱集　篋中詞

周之琦

之琦字穉圭祥符人嘉慶十三年進士官至廣西巡撫有金梁夢月詞渾融深厚語語藏鋒北宋瓣香於斯未墜曾官浙江廉訪集中悼亡諸詞及慶春宮十拍子諸

解節短音長幽咽哀斷皆作於宦杭時也（金粱夢月詞）

黃氏詞綜續編

秦緗業

緗業字應華號澹如江蘇無錫縣人道光二十六年副貢官浙江鹽運使著有微雲庵詞錄提倡風雅官浙時有西泠酬唱集之刊壇坫雍容一時稱盛（西泠酬唱集）

樸學齋文錄

錢國珍

國珍字子奇號沁庵江都人道光二十九年舉人浙江安吉縣知縣著有寄廬詞存其滿江紅詠雪四闋分闈

閣江湖園林關塞四題翦裁極工見西泠酬唱集西泠酬唱集

唐壽萼

壽萼字蕙伯號子珊吳江諸生客授鴛湖頗久工詞少與鄭瘦山陳子玉二人酬唱秀水于源嘗云吾禾言倚聲之學者首數金風亭長壽萼獨雅近之一篇脫手人爭錄去實心喜之也著有綠語樓倚聲初續集笠澤詞徵

夏尚志

尚志字靜甫吳縣人曾官武康縣丞有關河清嘯詞一

卷鳳棲梧云裁幅雲箋呵筆凍不界烏絲只畫雙飛鳳我有相思千萬種思量寫徧休教空盡寫嫌多纖指痛縱使書完誰爲儂傳送路闊天長難寄夢雁兒飛過全無用　黃氏詞綜續編

李曾裕

曾裕字玉之號小瀛上海人曾官浙江同知有枝安山房詩詞搗練子野眺云寒食後柳絲絲滿路桃花踏作泥野草春晴香不斷一雙胡蝶過橋西頗得閒適之致　黃氏詞綜續編

儲夢熊

夢熊字漁溪泰州人官浙江鹽運使副使喜倚聲菩薩蠻云朝來幾陣黃梅雨綠窗暝色濃如許暝色送相思思君君未知當時離別意提起還如醉無語撥香篝新愁和舊愁著有余棲書屋詞　丁氏詞綜補

金文淵

文淵字小覺吳江人浙江候補知縣有笑吟軒稿附詞一卷生查子云深坐下疏簾簾外芭蕉雨一滴一聲秋不管離人苦底用怨殘更歸夢無尋處蟋蟀未知愁絮絮空階語見詞綜續編　黃氏詞綜續編

秦雲

雲字膚雨長洲人諸生別號西脊山人遊幕浙江工詩詞著有伏鷥堂詩賸裁雲閣詞鈔高陽臺詠西湖柳云螺黛嬌春鵝黃媚月深藏蘇小樓高玉手輕攀金垂萬縷千條六橋一色和煙碧裊東風最惹魂銷泊陰中畫舫珠簾處處笙簫金牛湖上今重到賸水邊數樹兵火曾逃幾點棲鴉幾番雨織風飄絲絲莫管遊人住拂荒波無復蘭橈向蘇堤減了長眉瘦了纖腰風神倩逸頗似南宋諸公所作裁雲閣詞鈔

薛時雨

時雨字慰農晚號桑根老農安徽全椒人咸豐三年進

士授浙江嘉興縣調署嘉善升杭州府署糧儲道守杭州時值大亂初夷撫綏不易乃見星視事如雨澤入補孤嶼之梅花種長隄之楊柳輿人爭頌觀察才思超邁長於詩章妙解音律同治四年解組歸田於大江南北往返七千餘里舟中一意倚聲成長歌小令一冊顏曰江舟款乃蔣劍人謂其詞風格在于湖石湖之間掃盡時下纖佻柔曼氣習集名藤香館詞次年復來湖上掌教東城講舍後主崇文書院樂育人才士林稱之其題許秋蘆司馬秋蘆泛月圖摸魚兒云壓孤蓬一川晴雪碧空塵淨如洗銷金鍋子金銷盡清輿幾人爭此歌自

倚恰柔櫓伊啞響荅蘆中士夜涼似水看樹影昏黃波光滉漾拍拍野鳧起西溪路我亦曾搴芳芷野航三兩人寄（客秋挂冠後偕同人泛舟西溪看蘆花流連竟夕載月而歸）月明露白光陰換又是一年秋矣舟不繫待滌盡緇塵老住煙波裏伊人在邇譜漱玉新詞鬧紅舊曲把臂水中沚舟抵武林浪淘沙云一笑息塵因踪跡閒雲路人猶認故將軍怕向街頭逢醉尉行也逡巡小別又經春無恙吟身江山何處不留人琴鶴而今都未載吳郡詩新　蕡洲秋語

宗源瀚

源瀚字湘文上元人官浙江寧紹台道工詞月下笛題

丁保庵十三樓吹笛圖依玉田體云暝遠秋江荒夜逈倚樓人別婆娑瘦影多少清歌唾壺缺梅邊消息年年換已賺得頭顱似雪怕風悽成片雲顏欲墨玉龍都裂愁切揚州月幻野哭夷歌夜鵑啼血霜高水咽逆成幽怨千折玉人簫管飄零盡賸瘦竹淩風淒絕試拍徧舊闌干飛絮春衫淚結著有頤情館詞鈔江陰蔣鹿潭詞名甚著仕宦不進厄於鹽官卒以窮死源瀚爲刻水雲樓詞纂士林多之　金陵詞鈔　丁氏詞綜補　水雲樓詞序

江湜

湜字瘦叔長洲人諸生浙江候補縣丞與譚復堂江秋珊錢子奇諸人唱和其詞載子奇集中西泠酬唱集宗嘯梧題秋珊夢花詩鈔有清才我服江瘦叔大雅誰如錢子奇之句其爲時流引重如此有伏敔堂集　西泠酬唱集

石同福

同福字紉民號敦夫吳縣人由浙江知縣歷官廣西梧州府知府有瘦竹幽花館詞三卷運格於高取味於雋大旨瓣香竹垞而小令婉麗慢詞蘊藉兼有南北宋之長　黃氏詞綜續編

殷用霖

用霖字伯唐常熟人浙江縣丞有玉雨樓詞疏影賦秋海棠云牆陰蘚隙似背人暗怨紅淚偷滴蘋雨蘋風啼露啼煙無聊自抱幽寂十分哀艷三分命孰會得芳心酸切算未曾嫁與東風莫把小名呼出悽黯愁腸已斷亂蛩替訴恨愁度秋夕清影誰描絳淚誰收幻出情根誰識能消幾箇黃昏月蕩瘦影玉階秋黑看畫闌一平夜輕霜了卻嫩紅深碧丁氏詞綜續編

楊葆光

葆光字古醖婁縣人官黃巖縣丞後官知縣有蘇盦詞

一蕚紅賦紅葉云最難當聽寒砧四起蕭槭逼新霜古戍煙深洞庭波皺但覺搖落堪傷前村晚頻添寒色舞西風低襯夕陽黃煮茗僧燒行苔客踐一味淒涼且喜無邊絢爛便凋零如此猶賸文章地縱荒寒天還醞釀忍令飄向蘆塘堪慰藉詩人老境綻穠華安頓白雲鄉羞買胭脂描畫浪說花王又有瑤華賦承露盤詞杜詩韓筆淺薄無前可稱詞史又沁園春詠帳四闋寓言身世倜儻權奇譚復堂亟稱之 蘇齋集 丁氏詞綜補 篋中詞

俞廷瑛

廷瑛字小甫號紫卿吳縣人官浙江通判有璚華詞揚州慢題朱石梅虹橋秋禊圖云十里東風二分明月人生合住揚州有小秦淮水邊一片涼秋正籬落黃花開徧一觴一詠消擅風流奈傳看縑素不禁淒澀雙眸惘然如夢憶髫齡曾此停舟悵四十年來鞭絲帽影未得重遊問訊紅羊刼後雷塘路還似前不膩雪泥蹤跡畫中說與閒鷗清空婉約奄有眾長　璚華詞　西泠酬唱集　侯鯖詞

楊慶華

慶華字申甫陽湖人官浙江巡檢有綠芸館詞鏡湖春

泛調摸魚兒云正新晴一篙初漲天涯春又如許垂楊夾岸東風軟吹偏滿湖香絮閒看取蕩一葉輕橈翦破琉璃去山圍鏡宇念狂客知章高風誰繼難覓舊鷗鷺臨風望隱隱芳堤碧樹湖山閱盡今古虛亭傑閣依然在試問主人何處春欲暮賸飛燕流鶯款語留人住浮生易誤待約伴他年耕煙釣雪好結素心侶丁氏詞綜續編

宗山

山字小梧漢軍鑲黃旗人官浙江通判有窺生鐵齋詞一萼紅詠紅葉云映斜陽認疏林幾簇一色好秋光轉

綠回黄徵酣薄醉臨風頓換新妝尙約略重來門巷似桃花前度引劉郎不是春深是秋漸老莫漫尋芳此際停車恰好正鐘聲催晚漁火微茫輕拂生綃濃皴畫稿胭脂多買何妨卻笑我靑衫依舊聽琵琶淪落感秋娘不信良媒難託猶傍宮牆淸勁得白石宗法 窺生鐵齋詞

韓聞南

聞南字藼來江浦人官遂安知縣有雪紅軒詞答楊南耜見贈原韻月下簃云何事干卿離騷重續勾儂愁緒把酒微唫似與秋蟲隔窗語茫茫六合才無限第一是

同心難遇算階前瘦竹庭前寒菊和伊堪侶惆悵天涯路歎身世飄零一般鷗鷺美人何處碧雲回首遲暮子懷別有情難綰待付與桐絲替訴約離鸞尋芳爲問梅花曆否丁氏詞綜續編

郭鍾岳

鍾岳字叔高江都人官浙江同知有天倪齋詩附詞菩薩蠻擁爐云繡幃深處淸寒逼箇人孤另誰憐惜獨自擁熏籠頻添獸炭紅多時依倚久暖意烘應透怕展是孤衾坐聽蓮漏沈又浣溪紗云輒倦惟宜鎭日眠芳非無限好春天追思往事憶年年鬬草綠沾衫袖底摘花

紅歷鬢鬟偏斷腸同此畫廊前不愧温韋遺響丁氏詞
綜補　篋中詞

梅振宗

振宗字鷺臣上元人官浙江稅課大使有聘海棠室詞
百字令題江秋珊詞稿云西風漸緊聽空江處處吹來
煙語幾曲鸞洲秋色裏翻出笛家新譜翦水雲流偎花
月豔夜氣涼於雨愁絲暗絡一聲搖曳機緒回憶烽火
年時攜家間道得傍湖山住草沒臺城鄉夢杳腸斷絲
波南浦葉底鶯啼萍邊鷗泊多少傷心句那堪酒醒舊
懷悵觸遲暮寄託遥深自饒遠韻篋中詞　西泠酬唱

集

林端仁

端仁字味蓀奉賢人拔貢生官浙江知縣有蓮山詞爲楊稚虹賦明季古琴調百字令云故宮何處莽天涯留得枯桐三尺玉軫金徽憑剝落總是前朝遺跡劫火摧燒驚濤變滅輾轉輕抛擲物猶如此古今多少堪惜幸遇世上知音摩挲舊物細剔苔紋碧試喚鵾絃彈古調頓裂硜硜頑石綠綺弢珍朱絲理曲呵護憑精魄銀蟾斜照一天秋在今夕過變以下聲情激越是能唱大江東去者 丁氏詞綜續編

江順詒

順詒字秋珊旌德人廩貢生官浙江知縣有願爲明鏡室詞浣溪紗云楊柳當門靑倒垂一雙蝴蝶向人飛封侯夫婿幾時歸西子湖邊尋舊夢東風陌上寄相思一春心事沒人知譚復堂評云楊柳當門七字千古別有詞學集成意在廣徐電發詞苑叢談所未及甄采極精

詞學集成　願爲明鏡室詞　篋中詞　丁氏詞綜補

李肇增

肇增字冰叔甘泉人官浙江知縣有冰持庵詞百字令詠荷花和白石道人韻云冷波十里怪年時魚戲東西

無主粉薄香消羅袂惹兩兩紅兒低舞湘瑟含愁楚雲閣夢憑是鴛鴦侶裁將青鏡玉臺空照眉嫵日暮江上移舟清歌轉切淒絕銀塘路擬與銜杯深對影容易秋催人去軟步驚塵邃房闃月回首等無處江南多恨此心誰似儂苦清勁有味不同妄託姜張衣鉢者 篋中詞

西泠酬唱集

陳星涵

星涵字有庚昭文人官餘杭典史有洞仙詞齊天樂題西湖采蒓圖云湖光綠浸垂楊外涵空一鏡秋滿短槳銜萍枯槎艤柳總在段家橋畔薄遊未倦縱棖觸秋風

誰憐張翰只有蒓絲煮愁態續客腸斷江湖清興不少酒痕頻檢點襟袖猶涴膾斫鱸羹酥凝酪乳曾憶吳中秋蕭煙波尚暖看嫩葉浮來翠鈿零亂籠水攜歸芳芽猶自卷丁氏詞綜續編

楊壽煜

壽煜字耀南號堃生秉桂從子吳江人浙江按察使司照磨有聽松館詩芋紋硯齋詞小令得南唐餘韻如夢令云新酒乍開瑤甕乳燕雙棲畫棟閒事最關情滿地落紅香凍如夢如夢愁與春寒俱重笠澤詞徵

王慶勳

慶勳字叔彝上海人諸生以海運功官浙江觀察有沿波舫詞百字令云秋光入晝有明星數點銀河初洗遠樹沈沈團玉鏡飛出扶桑海底露氣橫空江流拍岸雁語寒煙裏兩三聲笛舵樓猶有人倚更看帆影微茫雲容縹緲極浦潮來矣著個扁舟來唱晚攪和涼波音細楓葉搖紅蘆花戰白頓觸詩心起水天無迹乾坤原是如寄清空遒勁不同凡響　黃氏詞綜續編

楊　炳

炳字子宣江西新城人幼孤力學屢應京兆試不第由謄錄敘勞官直隸庫使擢雲南知縣改浙江以同知需

次咸豐十年杭城陷殉難所刊惜味齋詩集及未刊詞稿悉成灰燼僅傳山花子一闋云宛宛螢飛照綺疏輕衫新換薄羅襦閒看雙星情脈脈夜涼初銀鳳調簧笙語澀玉虬催箭漏聲徐留得一丸無用月伴人孤 聽秋聲館詞話

戴賡保

賡保字勉齋元和人曾官浙江布政司理問有憶梅詞小令特饒風韻喝火令云禪向空中悟情從夢裏牽相思紅豆種庭前妒殺一雙蝴蝶占住海棠邊酒飲初三月琴彈第五弦思量舊事暗淒然一樣西風一樣菊花

天一樣菊花天氣人影渺秋煙　黃氏詞綜續編

鄧恩錫

恩錫字晉占金匱人官浙江慈谿縣縣丞有清可亭詞一卷其詠秋蜨菩薩蠻詞頗有風致詞云嬌花寵柳尋前夢粉痕薄褪鬟輕動側側上階飛天凉氣力微芳情空自惜欲覓殘枝歇輭翅懶馱香西風抱葉黃　常州詞徵　梁溪詞徵　黃氏詞綜續編

邊保樞

保樞字竺潭任邱人同治九年舉人官浙江鹽大使有匑虹盦詞其賦解珮令自述云半生書劒一身湖海笑

年來江南久客盤馬呼鷹有多少酒人相識怕重提舊遊京國水絃鐵撥翠尊紅袖譜妍詞偶然畫壁濟月疏花還照我夜涼吹笛閒豪情可曾消得空靑家法瓣香未墜　劒虹盦詞　西泠酬唱集

吳唐林

唐林字晉玉江蘇陽湖人浙江候補知府著有橫山草堂詞一卷與呂庭芷管才叔諸君倚聲疊韻官浙中日提倡風雅與秦澹如都轉宗嘯梧司馬江秋珊貳尹有西泠酬唱集傳誦一時　蘋洲秋語

歷代兩浙詞人小傳卷十五

歷代兩浙詞人小傳卷十六目錄

歷代兩浙詞人小傳　卷十六　目錄　十

歷代兩浙詞人小傳卷十六

烏程周慶雲纂

流寓　宋

潘　閬

閬字逍遥大名人太宗朝賜進士第坐事遁中條山後收繫得釋以爲滁州參軍有詞一卷嘗居錢塘太學前詞集中有憶餘杭詞三首湘山野録又載其詞一首後半闋似寫西溪蘆花　四朝聞見録　湘山野録　詞綜

朱敦儒

敦儒字希眞一作希直洛陽人以薦起賜進士出身爲

秘書省正字兼兵部郎官遷兩浙東路提點刑獄上疏乞歸居嘉禾晚除鴻臚少卿有樵歌三卷其賦月詞插天翠柳被何人推上一輪明月自是豪放賦梅引橫枝銷瘦一如無但空裏疏花數點語意奇絕如不食烟火人語東都名士詞章擅名天資曠遠有神仙風致花庵詞選　樵歌

王嵎

嵎字季夷號貴英北海人官位未詳紹興淳熙間寓居吳興其說英臺近詞云又說新來比似舊時瘦須知兩意常存相逢終有莫漫被春光僝僽又夜行船歇拍云

午夢醒來不覺小窗人靜春在賣花聲裏宋人頗稱之謂其詞筆如旋珠妙在收拾得住　詞旨　詞評

孫惟信

惟信字季蕃開封人仕宋光宗時棄官隱西湖好藝花卉自號花翁家徒壁立無旦夕之儲彈琴讀書晏如也多見前輩多聞舊事善雅談長短句尤工著有花翁集一卷墓在西湖　樂府指迷　直齋書錄解題　西湖遊覽志

劉光祖

光祖字德脩簡州人寓居德清之新市市人呼其家曰

川劉登進士第慶元初官侍御史改司農少卿遷起居郎終顯謨閣直學士提舉嵩山崇福宮卒謚文節有鶴林詞一卷氣體清疏不假雕琢 詞綜 吳興掌故集

牟子才

子才字存叟癸辛雜識作存齋井研人愛吳興山水清遠因家湖州之南門嘉定十六年舉進士歷官至權工部侍郎進寶章閣待制知温州以禮部侍郎召擢權尚書兼給事中進端明殿學士致仕卒贈四官謚清惠有存齋稿一百卷詞見花草粹編 吳興掌故集 花草粹編

姜夔

夔字堯章鄱陽人流寓吳興之武康與白石洞天爲鄰自號白石道人又號石帚有白石道人詞五卷范石湖稱其詞有裁雲縫月之妙手敲金戛玉之奇聲趙子固稱爲詞家之申韓張玉田稱爲如野雲孤飛去留無迹又云白石詞不惟清虛且又騷雅讀之使人神觀飛越黃叔暘稱其精妙不減清眞高處有美成所不能及其爲名流推服如此清初浙派詞家十九宗法白石幾成風尚又工樂律慶元中曾上書乞正太常雅樂得免解訖不第所製歌曲均列旁譜惜音學失傳解者鮮矣　白

石道人歌曲　花庵詞選　詞源　宋四家詞　詞辨

張鎡

鎡字功甫號約齋西秦人官奉議郎僑居西湖極園林賓客之勝有玉照堂詞一卷風流文采照映一時　白香詞譜箋　詞綜

張樞

樞字斗南號寄閒西秦人居臨安循王之後善詞名世筆墨蕭爽人物醞藉精音律嘗度依聲集百闋音韻諧美眞承平佳公子也子炎能傳其家學　伯牙琴　絕妙好詞箋

張炎

炎字叔夏號玉田又號樂笑翁循王張俊之六世孫家於臨安寄閒老人樞之子宋亡後縱遊浙東西落拓而卒工長短句有詞源二卷山中白雲詞八卷鄭思肖爲之序稱其一片空狂懷抱日日化雨爲醉自仰扳姜堯章史邦卿盧蒲江吳夢窗諸名勝互相鼓吹春聲於繁華世界能令西湖錦繡山水常生清響蓋炎生於宋淳祐戊申當宋邦淪覆年已三十有三猶及見臨安全盛之日故所作往往蒼涼激楚即景抒情備寫其身世盛衰之感非徒以剪紅刻翠爲工至其研究聲律尤得神

解以之接武白石足稱後勁宋元之間江東獨秀固詞壇所公認也陸輔之詞旨摘其詞中奇對警句各數十則吳子律蓮子居詞話復補陸所不及燦然大備陸文圭牆東類稿則盛稱其詞源謂深得意內言外之旨清初塡詞家宗尚南宋羣奉姜張爲衣鉢白雲一編幾於家家絃誦 詞苑叢談 四庫提要 樂府補題

李曾伯

曾伯字長孺覃懷人居嘉興歷通判濠州鄂州淮西總領授左司郎官歷官至觀文殿大學士旋論罷德祐元年追復元官有可齋稿詞七卷 可齋詞

施樞

樞字知言號浮玉又號芸隱丹徒人寓居湖州嘉熙時爲浙東轉運司幕屬越州府僚淳祐三年以從事郎知溧陽縣主管勸農公事有芸隱橫舟稿倦遊稿各一卷其詞見全芳備祖陽春白雪 湖州詞徵 全芳備祖 陽春白雪

壺⿱山發

⿱山發字怡樂自號萬菊居士又號壺山居士託名宋自遜字謙之或曰無名氏南昌人游寓烏程生於宋恥仕元隱居不出有樵雲集漁樵箋譜其驀山溪自述詞及雪

堂弔東坡賀新郎詞高逸之致使人意遠 烏青志 江城舊事 瀛奎律髓

文及翁

及翁字時舉號本心緜州人寓居烏程閉戶校書通五經尤長易數之學登進士第爲昭慶軍節度使掌書記官歷官參知政事宋亡元世祖屢徵不起有文集二十卷初登第時遊西湖一同年戲之曰西蜀有此景否及翁即席賦賀新涼詞感慨蒼涼音節遒勁賈似道行推田令及翁復作百字令詠雪詞以譏之有聲朝野 東林山志　湖州府志　古杭雜記　堯山堂外紀

元

薩都刺

都刺字天錫號直齋姓答失蠻氏蒙古人以世勳鎮雲代居於雁門登泰定進士官京口錄事長南行臺辟為掾繼而御史臺奏為燕南架閣官遷閩海廉訪知事進河北廉訪經歷寓居武林風流俊逸而性好遊每風日晴美輒肩一杖踏雙不借走兩山間今兩山多有遺墨而西湖十景詞尤膾炙人口著有雁門集 白香詞譜箋

杭州府志

顧德輝

德輝一名阿瑛字仲瑛崑山人舉茂才署會稽教諭不就張士誠入吳遁跡嘉興之合溪營別業居之後以子恩封武略將軍錢塘縣男晚稱金粟道人家擅園林之勝清歌妙舞一時稱盛詞客多遊其門有玉山草堂集

玉山草堂集 詞綜 嘉興府志

張翥

翥字仲舉晉寧人至元末以隱逸薦至正初召爲國子助教累官至翰林學士承旨致仕加河南行省平章政事給全俸終身有蛻巖詞二卷父爲杭州鈔庫副使因家焉 西湖志 蛻巖詞

張士諒

士諒字君聲號思齋先世居泰州士諒仕元爲提舉官於浙西明興遂隱於南潯之善田灣洪武六年徵召隱逸有司三舉不應著思賢齋詞南潯志

清

張光曙

光曙字淇園雲間人祖父仕宦有政績光曙幼孤寓嘉善之斜塘鎮徙居梅花庵工書善詩詞與李煒毛蕃魏坤蔣廷棟往來倡和刻有硯北齋詞三卷行世嘉興府志

程孫濟

孫濟字元楫上海諸生僑居嘉善之環整坊博洽工詩詞與李承祺輩結社倡和有春雲集寶善堂詞長嘯吟諸刻　嘉興府志

葉舒崇

舒崇字元禮江南吳江人寄籍平湖年十二補弟子員成進士選中書舍人戊午舉博學鴻詞未試卒有謝齋詞二卷元禮美丰儀有璧人之譽虹橋豔遇哀感淒聲朱竹垞爲作高陽臺詞者也　嘉興府志　曝書亭集

金　翀

翀字振之休寧人監生寓居錢塘早卒有吟紅閣詞鈔二卷清平樂夢中贈歌者鄧鑾云樽前花底多少相憐意一曲鶯鴉飛又起小院月華如水東風暗送歸潮淚痕溼透鮫綃他日重來記取門前第五紅橋詞綜

鮑廷博

廷博字以文號淥飲歙縣人諸生家錢塘又遷烏程之烏鎮又嘗居桐鄉青鎮之楊樹灣家富藏書嘉慶十八年以知不足齋叢書二十六集進呈欽賜舉人有花韻軒詩附詞湯雨生參戎與其夫人董雙湖合畫梅樓圖廷博題浣溪沙云愛向孤山躡屐遊曾經索笑到羅浮

雍容裘帶古無儔更有雙成仙侶好爲梅寫照替梅愁
輸君豔福幾生修 知不足齋叢書 丁氏詞綜補 嘉
興府志

郭麐

麐字祥伯號頻伽居士晚號復翁吳江諸生遷居嘉善之魏塘詩文典雅尤工倚聲俊逸爲浙派後勁所著靈芬館詞集傳誦藝林率意處每流於剽滑爲人所詬病然其娟秀之致倩濡之韻亦時有入勝處 靈芬館集 篋中詞 笠澤詞徵

金錫桂

錫桂字伯辛號一山又號山南震澤廩生曹村八工四六及古文尤工詩詞授徒南潯十餘年其友沈登瀛爲營精舍藏書其中榜曰兌庵錫桂歿即割兌庵居其妻子著有詩餘一卷他著甚夥惟詩集一種范鍇爲刊於漢口　攬茝山房漫記　烏程縣志

張建謨

建謨字嘉言吳江諸生以古文詞名世寓秀水之金陀園昭文蔣霞竹爲繪倦圃讀書圖著有鴻閣聖雨齋問花樓各集經亂盡燬惟仲湘爲刊留爪集並載其詞　嘉興府志

劉炳照

炳照字光珊晚號語石陽湖人諸生工詩詞所交多知名士嘗寓浙中居南潯最久與潯之人創文藝社於九友堂提倡風雅在省曾與譚復堂爲詞友篋中詞錄稱許備至著有留雲借月庵詞梅子黃時雨云無數樓臺鎖梅雨釀寒庭院如水和溼霧濃烟作成秋意不管孤眠人怕聽空階滴得秋心碎深閨裏望遠有人欹枕垂淚猶記隄楊凝翠白纖腰瘦後今更顦顇只燕子知人相思情味不是花魂呼不醒近來天亦愁如睡渾無計替儂把花扶起清空幽裏直到古人篋中詞　蕢洲秋

語

歷代兩浙詞人小傳卷十六終

跋

吾郡周夢坡廣文輯兩浙詞人小傳自唐迄　國朝得如干家付剞劂氏以行先是夢坡度地西谿秋雪庵後築歷代兩浙詞人祠堂秋雪庵以蘆花得名祠堂祀事以每歲季秋舉行正蘆花如雪時也今年秋祀期將屆適值是書告成卑襄祀羣公得家置一編以論其世知其人意甚盛也余尤重有冀焉近世輯同省人詞爲一書者如長樂謝氏閩詞鈔臨桂況氏粵西詞見夢坡曷仿其例爲兩浙詞鈔諸家之作按小傳索之其有別集流傳者夢坡夙擅倚聲何難擇尤箸錄或僅存蕭章片闋

而其人恃此以傳則尤有裨鄉邦雅故所謂發潛德闡幽光雖工拙勿庸深論者也夢坡高志遯世著書閉戸歲月寬閒它日詞鈔踵成尤爲名山不世之業而小傳特其嚆矢云爾壬戌霜降歸安朱孝臧跋